天才家門
天才家門

청산
新무협 판타지 소설

천재가문

FANTASTIC ORIENTAL HEROES

천재가문 7

청산 新무협 판타지 소설

초판 1쇄 찍은 날 § 2008년 2월 5일
초판 1쇄 펴낸 날 § 2008년 2월 15일

지은이 § 청산
펴낸이 § 서경석

편집장 § 문혜영
편집 § 서지현 · 유혜림

펴낸곳 § 도서출판 청어람
등록번호 § 제1081-1-89호
등록일자 § 1999. 5. 31
어람번호 § 제2-1415호

주소 § 경기도 부천시 원미구 심곡1동 350-1 남성B/D 3F (우) 420-011
전화 § 032-656-4452 팩스 § 032-656-4453
http://www.chungeoram.com
E-mail § eoram99@chollian.net

ISBN 978-89-251-1174-2 04810
ISBN 978-89-251-0842-1 (세트)

天才家門

[백 년 만에 걸린 현판]

FANTASTIC ORIENTAL HEROES

천재가문

7

[완결]

청산 新무협 판타지 소설

도서출판 청어람

第六十一章 하늘이 뒤집힐 충격

天才家門

1

휘이이익—!

월예노천비를 전개한 위지불급은 한줄기 빛처럼 허공을 가로질렀다. 한 번 도약할 때마다 수십 장씩 건너뛴 그는 순식간에 삼십여 리를 주파했다.

일순 그의 시야에 하나의 복면인이 잡혔다.

'놈이다!'

위지불급은 최고조의 경공술을 전개해 복면인을 바싹 따라잡았다.

"십야혈루등주! 네놈은 더 이상 달아나지 못한다!"

위지불급은 공중제비를 돌아 검은 인영 앞으로 내려섰다.

복면인은 또 다른 추격자가 있는지 고개를 돌려 확인하고는 다시 위지불급에게 시선을 돌렸다.

"용케 쫓아왔군."

여인처럼 아름다운 미성이었다.

위지불급은 음색으로 미루어 그것이 가성임을 대번에 간파했다.

"뭐가 두려워 낯짝을 가리고 목소리마저 바꾼 거냐? 하기는 천하인들이 저주하는 악마이니 하늘이 두렵기도 하겠지."

"내가… 악마라고?"

"그렇다. 오늘로 네놈의 연쇄 살인도 끝이다."

"후후, 날 이길 자신 있어? 이미 내가 전개한 어검술을 보았을 텐데 말이야?"

위지불급은 상대의 음색이 생소했지만 말투가 아주 친숙하게 느껴졌다. 그러나 평소답지 않게 그도 극도로 긴장한 상태라 현 상황에만 정신을 집중해야 했다.

그는 상대의 높은 무공을 감안해 오금죽장을 치켜들었다.

"네놈이 어검술을 펼치기 전에 죽이면 된다."

"그게 가능할지 모르겠군."

십야혈루등주는 검을 뽑아 위지불급을 향해 겨누었다.

두 사람의 간격은 오 장 정도.

날이 거의 저문 상황이라 상대의 외양만 겨우 확인할 수 있을 정도였지만 시야는 문제될 것 없었다. 그들은 칠흑 같은 밤이라 해도 상대의 숨소리와 기도를 통해 서로의 위치를 파악할 수 있는 초고수들이었다.

위지불급은 십야혈루등주의 기도에 상당한 압박감을 느꼈다.

'놈은 이미 초극의 경지에 이르렀다.'

그는 과연 어떤 절기로 십야혈루등주를 공격해야 할지 심각하게 고민했다.

군사준이 십야혈루등주의 투살공에 속절없이 당한 것을 감안하면 상대의 기습에 대한 대비도 소홀할 수 없다. 자신도 투살마안을 수련했지만 공력의 한계 때문에 높은 경지에는 이르지 못했다. 물론 그는 투살마안과 같은 무공에 매진할 성격도 아니었다.

문득 그의 뇌리로 만상지존도의 그림이 어렴풋이 떠올랐다. 비록 그 형상이 완전하지 않았지만 처붕의 날갯짓임을 확신할 수 있었다.

위지불급은 스스로에게 자신감을 불어넣었다.

'그래, 천세무황의 절기라면 놈을 쓰러뜨릴 수 있다!'

천세무황이 만상지존도를 통해 남긴 절기는 무도에 의한 깨달음의 절기이기에 특별한 수련이 필요치 않는다. 십야혈루등주가 다양하면서도 초극에 이른 무공을 터득한 것을 감안하면 가장 효과적인 공격일 수 있었다.

그가 오금죽장에 진기를 주입시키자 화려한 광채와 함께 은천비검이 드러났다.

"차아앗!"

위지불급은 힘찬 기합성과 함께 내달렸다.

그는 무의식 속에서 천붕의 날갯짓과 같은 일검을 내질렀다.

번― 쩍―!

눈부시다. 세상의 모든 어둠을 밝혀주는 아찔한 섬광이 지상으로 내리꽂힌다. 은천비검은 한 자루 검이 아니라 거대한 천붕이 되고 검극에서 뿜어지는 검기가 날갯짓이 된다.

"뭐야? 이런 절기가 있었나?"

십야혈루등주도 예기치 못한 수법에 움찔 놀란 눈빛을 발했다. 그러나 반격은 매서우면서도 쾌속했다.

쐐애액―!

날아드는 쾌검은 절대쾌검의 경지였다. 위지불급의 은천비검이 화려한 변화를 일으키기도 전에 십야혈루등주의 쾌검에 의해 제지를 당했다.

차앙⋯⋯!

두 자루 검이 교차하면서 위지불급은 비로소 십야혈루등주의 눈을 똑똑히 볼 수 있었다.

당대에서 가장 잔혹한 살인마이자 무림 공적으로 낙인찍힌 사악한 악마 십야혈루등주!

한데 그렇듯 끔찍한 악마임에도 불구하고 십야혈루등주의 눈은 너무도 맑고 깨끗했다.

그의 눈에는 마공을 터득한 자의 마성이나 섬뜩한 핏빛 기운도 담겨 있지 않았다. 무궁한 지혜와 당당한 자부심, 그리고 세상 사람들을 조롱하는 듯한 장난기만 어우러져 있을 뿐이었다.

위지불급은 상대의 눈을 직시하는 순간 충격을 금치 못했다.

"어엇?"

그의 얼굴에서 핏기가 가시며 눈까풀과 입술이 절로 떨렸다. 한순간 숨이 막힌 그는 제대로 호흡도 내쉴 수 없었다. 맥이 탁 풀린 그는 은천비검을 내렸다. 은천비검은 이내 오금죽장으로 변환되었다.

위지불급은 십야혈루등주의 눈을 직시하며 힘겹게 입술을 뗐다.

"너… 너였단 말이냐?"

그는 전혀 방어 태세를 갖추고 있지 않고 있기에 십야혈루등주는 마음만 먹으면 간단히 그를 죽일 수 있는 상황이었다.

십야혈루등주는 검으로 위지불급의 심장을 겨누었다.

"너라니? 나를 알고 있어?"

"복면을… 벗어라. 어서… 어서!"

"훗, 너무 빨리 알아챘군. 이러면 재미없는데?"

십야혈루등주는 실소를 흘리고는 복면을 벗었다.

참으로 수려한 용모의 청년이었다. 이목구비가 이상적으로 조합을 이루었고 피부도 깨끗했다. 당대의 살인마인 십야혈루등주가 이렇듯 젊고 수려한 청년이라고는 누구도 예상치 못할 그런 용모였다.

위지불급은 전신을 와들와들 떨면서 뒷걸음질을 쳤다.

너무도 엄청난 충격으로 인해 머릿속이 온통 하얗게 변했다. 전신의 기력이 풀솜처럼 흩어진 그는 다리의 맥이 풀려 털썩 주저앉고 말았다.

"너… 너……! 네가… 어떻게… 이런 짓을……?"

그는 심장이 멎는 듯한 경악에 젖어 말도 제대로 뱉을 수 없었다.

십야혈루등주는 검을 거두고 가까이 다가섰다.

"여전히 바보 같군. 오랜만에 친동생을 만났는데 왜 마치 귀신을 본 듯 놀라는 거야, 형?"

형이라고 했다!

너무도 끔찍하고 놀랍게도 십야혈루등주는 위지불급의 동생인 위지문현이었다.

누이의 복수를 하겠다며 가문을 뛰쳐나간 위지문현.

광마 동부에서 첫 번째 십야혈루등주를 살해한 그가 여태제이의 십야혈루등주 행세를 하고 있었던 것이다.

이 엄청난 현실 앞에 위지불급은 통곡이라고 하고 싶은 심정이었다.

그는 광마 동부에서 죽은 십야혈루등주를 본 이후 새로운 십야혈루등주가 혹시 동생이 아닐까 하는 생각을 잠시나마 한 적이 있었던 게 사실이다.

그러나 그는 패황사 총단에서 살해된 시신을 검시하고 십야혈루등을 살피면서 흉수가 동생일 가능성을 배제했다. 십야혈루등 어디에도 동생의 흔적을 찾지 못했던 것이다.

한데 그가 처음 떠올린 막연한 예측이 틀리지 않았다.

제이의 십야혈루등주는 바로 위지문현이었다. 위지세가의 후예가 천하를 죽음과 공포로 몰아넣은 당대의 악마였던 것이다.

위지문현이 형을 일으켜 세우기 위해 어깨를 쥐었다.

"이게 무슨 꼴이야? 어서 일어나."

"손 치워!"

벌떡 일어선 위지불급은 동생의 머리를 향해 오금죽장을 내려쳤다.

"죽어라, 이 나쁜 놈!"

위지문현은 얼굴색 하나 변하지 않은 채 위지불급을 바라보았다. 피하거나 막을 생각은 전혀 없어 보였다. 오히려 입가에 비릿한 조소까지 머금고 있었다.

동생의 태연자약한 모습에 위지불급은 차마 오금죽장을 내려치지 못하고 억지로 멈춰 세웠다.

"윽……!"

공격을 갑작스럽게 회수하는 바람에 진기가 충돌해 내상을 입고 말았다. 그러나 그의 입가를 타고 흐르는 피는 내상에 의한 피가 아니라 극도의 상심에 의한 피였다.

위지문현이 피식 실소를 지었다.

"뭐야? 정말 조금도 눈치 채지 못한 거였어? 내가 광마 동부에서 십야혈루등주를 죽인 것을 확인했을 텐데 전혀 몰랐단 말이야?"

"이… 이놈아, 네가 제정신이냐? 어… 어떻게 네가 십야혈루등주가 되어 세상 사람들을 해칠 수 있어?"

위지불급의 비통한 모습과 달리 위지문현은 자신의 살인에 대해 조금도 가책을 느끼지 않는 모습이었다.

"형, 내가 죽인 자들은 하나같이 일류 급 이상의 고수였어. 하루에 한 명씩, 내가 수련한 무공을 시험하기 위해 비무를 했을 뿐이야. 강호에서 그런 죽음은 명예로운 전사가 아니었던가?"

"미친놈! 이 미친 자식아!"

위지불급은 격앙된 감정을 참지 못하고 주먹을 내질렀다.

위지문현은 슬쩍 한 걸음 물러서서 그의 주먹질을 피했다.

"왜 이래? 형은 강호에 출도한 이래 단 한 명도 죽인 적이 없었어?"

위지불급은 피를 토하듯 외쳤다.

"왜 이렇게 변한 거냐? 할아버님과 아버님께서 이 사실을 알게 되면… 아니, 십야혈루등주가 우리 가문의 혈족임이 세상에 밝혀진다면 그 수습을 어떻게 할 것이냐?"

위지문현은 갓 떠오르는 초승달을 바라보았다.

"내가 위지세가의 혈족인 줄 누가 짐작이나 하겠어? 버젓이 자신의 이름을 내건 형과 달리 나는 그림자와 같은 신세야. 누구도 나를 모르고 내가 위지세가 후예임은 더더욱 알지 못해."

"오… 오냐, 세상 사람들이 모른다 치자. 하지만 진실은 어찌할 것이냐? 너는 세상을 해치는 악이 되었고 우리 가문은 너로 인해 또 한 번 업을 지게 되었다."

위지불급은 북받치는 감정에 젖어 절로 쏟아지는 눈물을 주체할 수 없었다.

"이제… 끝났다. 할아버님께서 그토록 소원하셨던 가문의 현판을… 영원히 내걸 수 없게 되었어. 이 못난 놈아!"

"후훗, 누구보다 엄한 가법을 못마땅하게 여긴 형이 왜 이렇듯 고지식하게 바뀐 거야? 형만 입을 다물면 위지세가의 후예가 십야혈루등주라고는 누구도 입증하지 못해. 설마 그런 사실을 세상에 밝힐 생각은 아니지?"

위지문현은 팔짱을 낀 채 한가롭게 달을 감상했다.

"형이 아무리 멍청해도 그 정도 바보는 아니라고 생각하겠어. 만일 함부로 입을 열면 형은 우리 가문을 해친 최악의 반역자가 되는 거지."

"왜냐? 대체 무엇 때문에 세상이 악마인 십야혈루등주 행세를 하는 것이냐?"

"그냥 무료해서."

"무료해……?"

"그래, 연남건을 찾아 강호를 다니다 보니 너무 심심했어. 한데 세상은 온통 십야혈루등주 하나 때문에 전전긍긍하고 있더라고. 그깟 놈, 아니, 그깟 계집 하나 찾아낸 형을 마치 대단한 영웅처럼 존경하는 세상 사람들이 한심하기도 했지. 그래서 첫 번째 십야혈루등주를 찾아내 죽이고 내가 십야혈루등주가 된 거야. 솔직히 열흘 밤의 공포라는 존재가 아주 매력적이었어. 하룻밤에 한 명씩, 열흘에 걸쳐 살인한다는 사실에 상당한 흥미를 느낀 거지. 조금은 생각하는 살인이기에 짜릿한 재미도 있었어."

위지불급은 잠시 말문이 막혔다.

단지 무료해서 살인을 했다. 그것도 열흘 밤에 걸친 살인에 매력을 느껴서!

이것은 정상적인 사고를 지닌 사람이라면 도저히 지닐 수 없는 의식이다. 타고난 마성을 지녔거나 광기를 젖은 자만이 지닐 수 있는 사악한 심성이다.

그러나 위지불급이 아는 동생은 결코 그렇듯 잔혹한 악인이 아니었다. 자신이 질투를 느낄 만큼 뛰어난 두뇌의 소유자이며 가문의 엄한 수칙을 제대로 지켜온 온순한 아이였다.

위지불급은 자신이 지금 꿈을 꾸고 있다고 여겼다.

'이건 악몽이다! 절대 이럴 수는 없어!'

그러나 아무리 부인해도 인정할 수밖에 없는 게 현실이었다. 그가 설화와의 정사를 악몽으로 여기려 했지만 결국은 사실로 밝혀졌듯이, 동생이 십야혈루등주임은 절대 부정할 수 없는 진실이었다.

이때 위지문현이 고개를 돌려 어둠 저편으로 응시했다.

"누가 오는군. 바람 소리로 판단컨대 비행술을 구사하고 있어. 아마도 의천신검이나 천왜필왕이겠군."

그는 복면을 뒤집어쓰고는 유령처럼 솟아올랐다.

"다음번 열흘 밤의 공포 때 재주껏 나를 찾아봐. 그러면 기꺼이 형의 손에 잡혀 가문으로 돌아갈 테니까."

그는 순식간에 능선 너머로 사라졌다.

위지불급은 비로소 극도의 상심과 충격 속에서 겨우 정신을 차릴 수 있었다. 그의 귀에도 비행술에 의한 바람 소리가 들려왔다.

'어서 가문에 고해야 한다. 이는 우리 가문의 운명이 걸린 중대한 변고다.'

그는 의천신검이든 천왜필왕이든 만나고 싶은 마음이 추호도 없었다. 그가 아무리 태연함을 위장하려 해도 충격과 비통함이 워낙 크기에 도저히 숨길 수가 없을 것 같았다.

그는 사천성 미산현 방향으로 몸을 날렸다.

자신은 이미 충격을 겪었지만 가문의 일족이 받을 충격과 비통함을 생각하니 가슴이 답답했다. 무엇보다 연로한 조부의 안위가 우려되었다.

'아, 할아버님께서 제발 충격을 견뎌서야 하는데……'

2

자명궁 와해!

천하인들은 모처럼의 낭보에 환호와 갈채를 아끼지 않았다. 순식간에 공동파와 종남파를 굴복시킨 자명궁의 가공할 위력 앞에 모두가 공포에 떨고 있었기에 자명궁의 와해는 무림천하의 경사였다.

천왜필왕이 목숨을 걸고 수맥을 터뜨렸다는 무용담이 크게 화제가 되었고, 군천세가는 지난번 십야혈루등주에 의해 실추된 명예가 회복되었다.

그러나 이런 낭보에 마냥 즐거워할 수만은 없었다.

혈환마궁의 잔당들이 출현해 천자명왕을 구출해 갔다는 사실과 십야혈루등주가 어검술을 날려 이들을 지원했다는 급보가 이어지면서 천하인들은 입을 다물지 못했다.

이제 천하는 삼대악으로 불리는 십야혈루등주, 혈환마궁, 자명궁의 동맹을 우려해야 할 상황이었다.

삼악의 결집!

이에 대항하기 위해 팔대가문과 전통의 구대일방에서도 백도연합을 결성해야 한다는 목소리가 높아지고 있었다. 그것이 대세였지만 북궁세가만이 입장을 표명하지 않았다.

섬서제일 군천세가.

군천세가 사람들은 위지불급의 갑작스런 실종으로 불안해하다가 겨우 정보를 입수하고는 마음을 놓게 되었다.

북궁검민은 가문에서 축출된 몸이기에 잠시 군천세가에 몸을 의탁하고 있었다. 위지불급과의 관계를 생각하면 청풍공방을 찾아가야 마땅했지만, 아직 정식으로 혼례를 올린 사이도 아니기에 멋대로 시댁을 찾아갈 수 있는 처지도 못 되었다.

군사준이 긴급하게 입수한 정보를 말해주었다.

"위지 형은 다행히 무사하오. 하지만 그를 본 사람들의 얘기에 의하면 아무것도 먹지 않고 술만 마신다고 하였소. 게다가 하루에 무려 오백 리씩 이동한다 하오. 지나친 표현인지 몰라도 거의 미친 듯이 달려간다는 게 그를 접한 사람들의 평이오."

"……."

북궁검민은 오랫동안 생각에 잠겼다가 겨우 입을 열었다.

"소식을 알려줘서 고마워요."

"북궁 소저, 대체 어찌 된 연유인지 짐작할 수 있겠소?"

"불급의 속내를 어찌 헤아릴 수 있겠어요? 다만 그가 십야혈루등주를 찾아내지 못한 것은 확실한 것 같아요. 만일 격돌했다면 그 살인마의 높은 무공을 감안하면 불급이 무사하기 힘들었을 거예요."

"한데 왜 그렇게 강행군을 하는지 모르겠소."

"그가 서둘러 달려갈 수 있는 곳은 청풍공방뿐입니다. 가문에 무슨 변고가 생겼거나, 아니면 급히 보고할 시인이 있기 때문이겠죠."

"아무리 그렇다 해도 소저에게 한마디 말도 없이……."

군사준은 말꼬리를 흘리다가 얼른 화제를 돌렸다.

"모두들 삼대악의 동맹을 우려하고 있소. 자명궁 하나만으로도 벅찬 상대인데 혈환마궁 잔당들과 십야혈루등주까지 가세한다면 어떻게 상대해야 할지 암담하기만 하오."

"너무 우려하지 마세요. 십야혈루등주가 비록 공포스런 살인마이기는 해도 여태까지 행보로 판단한다면 천하를 지배하려는 야욕은 없어 보입니다."

"그렇다면 왜 천자명왕을 도와주었겠소?"

"강호의 혼란과 불안을 조장하고 그것을 즐기려는 의도일 겁니다."

군사준은 그녀의 예리한 분석을 가슴에 새겨두었다.

"어쨌거나 저들 사악한 무리들을 하루 속히 제거해야 하는데 도저히 찾아낼 수가 없소. 역시 위지 형의 놀라운 두뇌에 의지할 수밖에 없을 것 같소."

북궁검민이 자리에서 일어섰다.

"그동안 돌봐주셔서 고맙습니다. 이제 가봐야겠어요."

"아니, 어디를 가시려는 거요? 북궁세가로 돌아갈 처지가 아닌 것으로 아는데……."

"불급을 만나야겠어요. 정보가 정확하다면 아주 안 좋은 일이 생긴 것 같아요."

"내가 소저와 동행하겠소."

"아닙니다. 삼대악이 언제 군천세가를 위협할지 모르는 상황입니다. 소녀 혼자 가겠습니다."

북궁검민은 의천신검에게 작별 인사를 올리기 위해 처소를 나섰다. 그녀는 군사준 앞이라 가급적 감정 표현을 자제했지만 몹시 불안한 심정이었다.

'불급에게 대체 무슨 일이 있었던 것일까? 왜 이렇게 내 가슴이 불안한지 모르겠어.'

3

죽예정사(竹藝精舍)는 사천성 낮은 벼랑 가에 위치한 아담한 대나무 정자다. 푸른 대나무 숲을 내려다볼 수 있는 죽예정사는 위지세가 일족이 죽세공품 제작에 쓰일 대나무를 고르면서 잠시 휴식을 취하는 곳이다.

미산현 양민들은 이런 대나무 정자가 세워져 있는지도 모르며 위지세가 일족 중에서도 외부 출입이 자유로운 이십대 후반 사람들만 이곳을 알고 있다.

부슬부슬……!

절기상 곡우(穀雨)답게 밭에 씨앗을 뿌리기 좋도록 단비가 촉촉하게 대지를 적시고 있었다.

이때 한 사람이 어깨에 도롱이를 걸치고 대나무 우산을 받쳐 든 재 전천히 죽예정사로 향했다. 청수한 면모의 중년인은 다름 아닌 위지세가의 현 가주 위지명이었다.

죽예정사 앞에 이른 위지명은 우산을 접어 세워두고 정자 위로 올랐다.

"아버님……!"

위지명에게 절을 올리는 청년은 위지불급이었다.

그는 수염과 모발을 제대로 다듬지 않아 모습이 아주 추레했다. 비를 꼬박 맞으며 달려온 듯 온몸이 흥건하게 젖어 있었다. 게다가 입에서 독한 술 냄새까지 풍겼다.

위지명은 가볍게 인상을 찡그리며 정자 난간에 섰다.

"술을 마신 것이냐?"

"소… 송구합니다, 아버님."

"네가 어렸을 적부터 무수하게 가법을 무시하더니 이제는 아비에게 보고를 올리는 상황에서도 술을 마셨구나. 네가 정녕 가문에서 내쫓기고 싶은 거냐?"

위지불급은 소리없는 눈물을 뿌리고 있었다. 얼굴에 비에 흠뻑 젖어 있었기에 그것이 눈물인지 빗물인지 분별하기에는 어려웠다.

"아버님, 크으… 아버님……."

"불급아, 네가 지금 울고 있는 것이냐?"

위지명이 천천히 몸을 돌려 큰아들을 바라보았다.

위지불급은 무릎걸음으로 기어 부친에게 다가섰다. 그는 부친의 바짓가랑이를 부여안고는 발등에 얼굴을 묻었다.

"아버님, 너무도 괴롭습니다… 너무도 고통스럽습니다."

"……."

"이런 비통한 소식을 전해야 하는 소자는… 죽고만 싶은 심정입니다. 무엇보다… 할아버님께서 충격으로 혼절하실까… 그것이 두렵습니다."

"앉거라."

위지명은 큰아들의 어깨를 다독여 주고는 정자 가운데 붙박이처럼 제작된 대나무 탁자 앞에 앉았다.

하지만 위지불급은 감히 부친의 충격적인 모습을 대면할 수 없기에 부복한 상태를 유지했다.

"이대로… 아뢰겠습니다."

"좋을 대로 해라."

위지명은 처마를 타고 흐르는 낙숫물을 바라보았다.

"네가 그래도 용케 북궁세가의 여식을 구출했다고 들었다. 네가 금천절림에서 탈출하리라고는 예상치 못했는데 그동안 공부를 아주 등한시한 것은 아니었나 보구나."

"그건… 중요치 않습니다."

"그래, 대단한 일은 아니지. 아비가 알기로 넌 세 가지 임무를 부여받았다. 그동안 북궁세가의 여식을 구출했고 자명궁을 와해시켰지만 아직 십야혈루등주가 건재하다. 놈을 제거한 후에야 돌아와야 하는 것이 아니었더냐?"

위지불급은 턱을 달달 떨면서 아뢰었다.

"놈을… 찾아냈습니다."

"찾아냈다고? 한데 왜 놈을 제거하지 못했느냐?"

"그… 그것은……."

"능력이 부족한 탓이더냐? 무공을 미흡해서 놈을 놓친 것이냐?"

"아닙니다. 아닙니다, 아버님. 크으……."

위지불급이 비분한 심정을 참지 못하고 오열을 터뜨리자 위지명의 엄한 표정으로 꾸짖었다.

"네 이놈, 당장 울음을 그치지 못할까? 명색이 위지세가의 소가주가 계집애처럼 눈물을 흘리는 것이냐?"

"아버님, 어찌 이럴 수가 있습니까? 크으, 어떻게… 어떻게 그러한 일이……."

위지불급은 사실을 토설하려 했지만 감정이 북받쳐 말을 잇지 못했다.

한데 잠시 그를 응시하던 위지명의 입에서 상상도 못할 말이 흘러나왔다.

"불급아, 네가 아무리 어리석다 해도 십야혈루등주가… 네 동생임을 정녕 몰랐단 말이냐?"

"예에?"

위지불급은 또 한 번의 충격과 경악으로 석상처럼 굳어졌다.

부친을 올려다보는 그의 눈이 더할 수 없이 부릅떠졌다. 숨이 턱 막히고 머릿속이 하얗게 변하는 와중에도 그는 한 가지 중대한 사실을 깨달을 수 있었다.

부친은 이미 진실을 알고 있었다. 어떻게 간파했는지는 중요치 않다. 부친이 알고 있다는 사실 자체가 엄청난 충격이다. 또한 부친이 알고 있다면 가문에서도 이미 알고 있는 사실이라고 생각할 수밖에 없다.

'그… 그렇다면… 모든 것을 파악하시고 내게 십야혈루등주를 제거하라는 임무를 내리셨단 말인가?'

위지명의 얼굴에 짙은 그늘이 드리워졌다.

"불급아, 네 심정을 충분히 이해한다. 네 아우가, 그것도 피를 나눈 친동생이 당대 최악의 살인마임을 알게 되었으니 어찌 비통하고 절망하지 않겠느냐?"

"아버님… 그럼 할아버님도 이미… 알고 계신단 말씀입니까?"

"알았다기보다 짐작하고 있었다는 게 정확한 답변이다."

"어… 언제부터… 어떻게 짐작하셨습니까?"

"넌 정말 조금도 녀석을 의심하지 않았단 말이냐?"

위지불급은 지극히 혼란스러운 상황 속에서도 십야혈루등 주의 정체를 알아내기 위해 영하로 달려간 사실을 떠올렸다.

"조금… 아주 잠시 문현이일 가능성을 의심한 적이 있었 습니다. 하지만 영하에서 열 구의 시신과 열 개의 혈등을 모 두 확인한 후… 흉수가 문현이일 가능성을 지웠습니다. 한데 막상 십야혈루등주를 만나 보니… 놈이 바로 문현이었습니 다."

위지명은 일말의 감정도 깃들지 않은 단조로운 어조로 말을 받았다.

"가문에서는 너의 보고를 듣고 심각한 우려를 금치 못했다. 연남긴을 찾겠다고 가출한 녀석이 니보다 앞서 광마 동부를 찾아낸 사실, 그리고 첫 번째 십야혈루등주를 살해한 일을 놓 고 노가주님과 문중회에서 최악의 상황까지 예단했다. 녀석이 십야혈루등주를 살해한 것은 자신의 손으로 죽인 십야혈루등 주를 대신하겠다는 의도로밖에 생각할 수 없었다. 그런 가정 하에 가문에서는 두 번째 십야혈루등주가 저지른 모든 살행을 철저히 조사해 분석했다. 결국 가문에서는 문현이가 십야혈루 등주라는 결정적인 증거를 찾아냈다."

"결정적인 증거라고요?"

"그러하다. 피살된 사람들은 모두 다른 수법에 의해 살해됐다. 같은 수법이라 해도 내공 단계가 달랐고 초식도 조금씩 차이가 있어 똑같은 수법은 없었다. 한데 피살자 중 한 명이 혈탄섬지(血彈閃指)에 의해 죽었다. 그것이 바로 결정적인 증거다."

위지불급은 혈탄섬지가 패도적인 절기임을 어렴풋이 알고 있을 뿐 수법과 내력은 전혀 알지 못했다.

"혈탄섬지가 어째서… 결정적인 증거가 됩니까?"

위지명은 낙숫물을 손으로 받아 목을 축였다.

"혈탄섬지는 강력한 지강으로 소림의 탄지신통에 비해 전혀 손색이 없는 상승 절기다. 혈탄섬지에 의해 적중된 사람은 상처 부위가 열양진기에 의해 까맣게 타 들어가는 흔적이 남게 된다. 그래서 혈탄섬지임을 정확히 알아낼 수 있다."

"……."

"혈탄섬지는 우리 가문에서 패도의 절기로 분류돼 있지만 사실 우리 가문의 독문절기이다."

"예에……? 하면 어째서……."

"혈탄섬지를 창안한 분은 네게 있어 고조부 되시는 분이셨다. 그분은 떨어지는 벼락을 보고 혈탄섬지를 창안했는데 그 수법이 너무 강렬하고 파괴적이라 가문의 절기에 걸맞지 않다 판단하셨다. 본래 파기되어야 마땅했지만 노가주님께서 이를 아쉽게 여겨 패도의 절기로 분류해 남겨두셨다. 물론 이런 사실은 노가주님과 아비, 그리고 문중회의 다섯 원로만 알고 있는 비밀이다."

위지명은 정자 난간을 따라 걸음을 옮기며 말을 이었다.

"이쯤 설명했으면 너도 이미 알아들었을 것이다. 혈탄섬지는 세상 사람들이 전혀 모르는 가문의 절기다. 가문 내에서 혈탄섬지를 수련한 사람은 극히 드물다. 한데 십야혈루등주는 그 수법으로 사람을 죽였다. 그렇다면 과연 누가 흉수이겠느냐?"

"그렇군요. 문현이는… 혈탄섬지가 가문에서 창안된 독문절기임을 까맣게 모르고 그 수법을 구사했습니다. 실로 결정적인 증거입니다."

위지불급은 입술을 깨물며 고개를 떨어뜨렸다.

그는 마지막 순간까지 동생이 십야혈루등주가 아닐 수 있다는 작위적인 부정에 얽매어 있었다. 어태 그래왔던 것처럼 위지문현이 자신을 농락하기 위해 짐짓 십야혈루등주로 위장했을 수 있음을 염두에 두었다.

그가 부친을 찾아온 것도 자신이 잘못 판단했고 잘못 보았음을 확인하기 위함이었다.

한데 부친은 이미 모든 사실을 알고 있었고 그가 절대 부정할 수 없는 결정적인 증거까지 제시했다.

아득한 절망과 참담함.

위지불급은 자신이 어떻게 처신해야 좋을지 판단이 서지 않았다.

"아버님, 소자는… 더 이상 가문에서 내린 임무를 수행할 수 없습니다. 제가 어떻게… 문현이를……."

"그렇다면 아비보고 직접 나가 정신 나간 자식을 죽이란 말이냐?"

"아… 아닙니다, 아버님! 어떻게… 어떻게 아버님께서 친자식을 처단하실 수 있겠습니까?"

위지불급은 나름대로 대안을 내놓았다.

"자객단체에 의뢰하는 겁니다. 그렇게 하십시오. 어떻게 혈족을… 단죄할 수 있단 말입니까?"

"어리석구나, 불급아. 문현은 이미 절세고수 반열에 올랐다. 너와 우리 가문 일족 일부를 제외하면 누구도 정체를 모른다. 그런 유령 같은 녀석을 대체 어떤 자객 집단에서 척살할 수 있단 말이냐? 무엇보다 가문에서 탄생한 악적은 우리 가문에서 조용히 처리해야 한다. 이것이 바로 결자해지다."

위지불급은 바닥에 머리를 찧으며 피를 뿜듯이 외쳤다.

"소자는 할 수 없습니다! 제가 어떻게… 동생을 죽일 수 있단 말입니까? 차라리 제가 죽겠습니다."

"불급아!"

위지명은 큰아들을 일으켜 의자에 앉혔다. 그의 표정은 결연했고 말투는 단호했다.

"지난번 가문에서는 네게 세 가지 임무를 하명했고 너는 받아들였다. 한데 감히 가문의 명을 거역할 생각이냐?"

"그때는… 몰랐습니다. 십야혈루등주가 문현이라는 사실을 왜 진작 말씀해 주시지 않았습니까?"

"바뀐 것은 없다. 네가 처리해야 할 자는 네 동생이 아니라 당대의 악마 십야혈루등주다. 반드시 해결하고 돌아와라."

"아버님, 소자는……."

"못한다는 소리는 하지 마라!"

위지명이 보기 드물게 분노를 드러냈다.

"네놈의 아픔과 고통이 아비만큼 되겠느냐? 상황을 보고받은 노가주님께서 얼마나 비통해하셨는지 너는 조금이라도 생각해 보았느냐? 왜 네놈 혼자만 괴롭고 힘들다고만 생각하는 것이냐?"

"아버님……?"

"가문의 염원이 무엇이었더냐? 백 년이 되는 올해 우리 가문은 비로소 속죄의 굴레를 벗고 가문의 현판을 걸 계획이었다. 한데 못난 지식 히니 때문에 다시 백 년 동안 청풍공방으로 살아가야 할 상황이 되었다. 녀석은 가문의 배신자다. 넌 위시세가의 소가주로서 반드시 배신자를 처결해야 한다. 알겠느냐?"

위지불급은 부친의 눈빛을 접하는 순간 가슴이 타 들어갔다.

'아, 나만의 고통과 슬픔이 아니었어. 할아버님과 아버님의 비통함을 나는 간과하고 있었다.'

그는 얼른 몸을 일으켜 허리를 굽혔다.

"송구합니다, 아버님. 못난 모습을 보여 진정 송구합니다."

위지명은 본래대로 안색을 풀며 큰아들의 어깨를 다독여 주었다.

"불급아, 고통은 극복하기 위해 있는 것이고 슬픔은 감내하기 위해 있는 것이다. 우리 가문에서 좌절과 회피는 없다. 정신력으로 감정을 넘어서라. 네가 우리 가문에서 가장 부족한 녀석이지만 그래도 누구보다 낙천적인 네가 아니더냐?"

위지불급은 부친 앞에 털썩 무릎을 꿇었다.

"명을 받겠습니다, 아버님. 하지만 제 부족한 능력으로… 가능할지 모르겠습니다."

"물론 쉽지 않은 임무다. 상대는 너보다 훨씬 똑똑하고 무공 또한 월등하다. 그러나 세상에 완벽한 존재는 없다. 생각해 보면 네가 놈보다 한 가지 나은 장점이 있을 것이다. 너의 장점으로 상대의 약점을 공략해라. 이것이 아비가 네게 해줄 수 있는 유일한 조언이다."

위지명은 곧바로 정자를 내려섰다.

우산을 받쳐 쓴 그는 추적추적 내리는 빗속을 뚫고 대나무 숲으로 사라져 갔다.

위지불급은 오래도록 부복해 있다가 죽예정사를 나섰다.

이미 비에 흠뻑 젖은 몸이기에 부슬부슬 내리는 비가 전혀 느껴지지 않았다.

그는 혼을 절반쯤 빼앗긴 사람처럼 비틀비틀 걸음을 옮겼다.

무엇을 해야 할지는 알고 있었지만 어떻게 해야 할지는 아직 생각해 보지도 않았다. 너무도 고통스런 임무이지만 숙명이기에 피해갈 수도 없다.

좌절과 회피는 없다!

부친의 공언처럼 가문이 내린 엄중한 임무는 반드시 수행해야 한다.

어떻게 대나무 숲을 지나쳐 왔는지 몰라도 그는 어느새 가문의 경계를 벗어나 있었다. 발걸음은 여전히 천 근처럼 무거워 한 걸음 한 걸음이 괴롭다.

이때 부슬거리는 빗줄기 저편으로 누군가 보였다.

형상은 분명치 않지만 아주 친숙한 느낌이었다. 빗물을 막기 위해 머리에 죽립을 썼고 어깨에 도롱이를 걸친 상대는 여인으로 생각되었다.

위지불급은 극도의 상심 속에서도 용케 상대를 알아보았다.

"검민……?"

그러했다. 눈물을 뿌리며 그에게 달려드는 사람은 바로 그의 정혼녀인 북궁검민이었다.

"나예요, 불급. 대체 이게 무슨 꼴이에요?"

위지불급은 무너지듯 그녀의 가슴에 얼굴을 묻었다.

"나… 날 좀… 죽여줘."

북궁검민은 주저앉는 그를 부축해 안았다.

"불급, 불급! 대체 왜 이러는 거예요?"

그녀는 급히 그의 맥을 짚어보았다. 맥이 몹시 불안정했다. 자칫 기혈이 뒤엉켜 폐인이 될 수 있는 위급한 상황이었다.

"오, 맙소사!"

북궁검민은 위지불급의 혈도를 쳐서 응급조치를 취하고는

등에 들쳐 업었다.

　그녀는 빗속을 뚫고 몸을 날리며 안타깝게 외쳤다.

　"정신 차려요, 불급! 누구보다 강한 당신이잖아요?!"

第六十二章 최강의 적

天才家門

1

정원의 풀밭을 왔다 갔다 걷는 발걸음이 부산하다.

천왜핌왕 백리장패는 짤막한 디리를 쉴 새 없이 놀렸다. 잔디를 잘 자라게 하기 위해서는 적당히 밟아주어야 한다지만 백리장패가 그렇게 한가한 사람은 아니기에 연유는 다른 데 있었다.

이때 총관인 백리초광이 정원으로 뛰어들어 왔다.

"형님! 아니, 가주! 빙아가 돌아왔소!"

백리장패는 마음이 아주 급했지만 애써 태연을 가장했다.

"허엄, 그… 그러하냐? 난 태무전에 기다리겠네."

"그냥 여기서 맞이하시구려. 소제도 결과가 정말 궁금하오."

"그저 사전 회합에 불과하지 않던가? 각 문파에서 서로 후보를 내는 정도에 불과할 뿐일세."

"그래도 가주께서 단독 후보가 되시면 상황은 결정되는 것 아니겠소?"

"강호에서의 평판은 나보다 의천신검이 훨씬 높네. 그가 후보로 나서면 구파일방도 그를 추대할 것이네."

백리장패는 서둘러 태무전으로 향했다.

집무의자에 앉은 그는 공연히 보고서를 펼쳐 들고 검토하는 시늉을 했다. 그러나 마음은 콩밭에 가 있으니 보고서의 글자가 제대로 눈에 들어올 리 만무했다.

옆에 서 있던 백리초광이 넌지시 한마디 던졌다.

"가주, 보고서가 뒤집혔소."

비로소 자신이 보고서를 거꾸로 들고 있다는 사실을 알게 된 백리장패가 보고서를 내던졌다.

"자네는 나가서 볼일 보게나. 왜 옆에서 얼쩡대는 겐가?"

"가주도 참. 이런 중차대한 일에 총관인 소제가 어찌 배석하지 않을 수 있겠소? 차라도 드시면서 마음을 편히 가라앉히시오."

이때 백리빙이 활기차게 태무전 안으로 들어섰다.

"다녀왔습니다, 아버님."

백리장패는 애써 점잔을 뺐다.

"오, 오냐. 먼 길에 고생 많았구나."

그는 회합의 결과부터 묻고 싶었지만 자신의 속내를 너무 드러내는 것 같아 잠시 참기로 했다.

백리빙은 부친의 속내를 아는 듯 모르는 듯 딴소리를 해댔다.

"역시 명문정파란 자들은 고지식하기 이를 데 없더군요. 오히려 군사준이 융통성있다는 생각이 들 정도였어요."

"그… 글쎄, 회의장의 상황은 나중에 듣기로 하고 이번 회합의 결과부터……."

백리장패가 조급증을 참지 못하고 채근하자 백리빙이 다소 표정을 굳혔다.

"아버님, 마음의 준비를 하십시오."

"뭐, 뭐야?"

딸의 표정을 통해 실망스런 결과를 짐작한 백리장패기 집무 탁자를 내려쳤다.

"우라질! 결국 군천세가기 중원제일가로 올라서게 되었구나! 정 그렇게 나온다면 우리 백리태보는 독자적으로 행동에 나설 수밖에 없다!"

백리총관 역시 분노를 참지 못하고 빈 허공을 후려쳤다.

"이런 잡놈들! 우리 형님께서 목숨을 걸고 수맥을 터뜨려 자명궁을 와해시켰건만 무림맹주로 추대하지 못하겠단 말이냐?"

그러했다. 백리장패가 초조하게 결과를 기다린 것은 중원무림을 대표할 무림맹주 추대 건 때문이었다.

강호 삼대악의 결집.

이런 사실이 세상에 알려지면서 무림계에서도 무림맹을 결성해 삼대악에 대항해야 한다는 목소리가 높아졌다. 그래서 천하의 중심에 해당되는 숭산에서 회합이 개최되었다.

회합에는 구파일방 중 일곱 개 문파와 팔대가문 중 북궁세가와 황사당을 제외한 육대가문, 그리고 전통의 오대세가를 비롯한 각 성의 대표적인 문파의 수뇌급 서른세 명이 참가했다.

회합의 주제는 누구를 무림맹주로 추대하느냐에 있었다.

무림맹주(武林盟主)!

무림계를 호령한 무림맹주의 탄생을 백오십 년 전 사혈천의 겁난 이후 처음 있는 대사건이었다. 무림맹주 직은 개인은 물론이며 가문이나 사문의 영광이기에 무림인이라면 누구라도 오르고 싶은 영예로운 권좌다.

누구보다 명예욕이 강한 백리태보는 딸을 통해 자신을 후보로 내세웠다.

마음 같아서는 그가 직접 회합에 참가해 자신이 무림맹주로서 적격자임을 역설하고 싶었지만 행여 부결될 수 있다는 우려 때문에 백리빙을 보낸 것이다.

한데 마음의 준비를 하라는 딸의 답변과 심각한 표정을 통해 그는 낙담하지 않을 수 없었다.

"결국 군계명을 무림맹주로 추대했단 말이냐?"

"아닙니다."

"아니라고? 그럼 누구를……?"

"처음에는 대다수가 태양무후 선배님을 추천했습니다. 태양무후는 십대고수의 일인이며 중원 최고의 여류고수이자 대협녀이기에 누구도 이견을 제기하지 못했지요. 한데 태양무후께서 거처할 도관을 마련해 준 종남파 원로의 말에 의하면 태양무후의 행적이 묘연하다고 했습니다. 어쩌면 우화등선을 하신지도 모른다고 했지요. 그 바람에 태양무후를 무림맹주로 추대하려는 의견은 채택되지 못했습니다."

"그럼 대체 누구냐? 군계명도 아니고 태양무후도 아니라면 설마 젖비린내 나는 위지불급을……?"

"물론 아닙니다. 불급이 비록 당대의 영웅으로 추앙을 받는 기재이지만 어떻게 천하를 호령할 무림맹주로 추대될 수 있겠습니까?"

백리빙은 부친을 향해 공손히 예를 표했다.

"감축드립니다, 아버님. 이번 회합에서 아버님께서 무림맹주 후보에 오르셨습니다. 그것도 단독 후보이니 아버님께서 수락만 하시면 무림맹주 권좌에 오르실 수 있습니다."

"뭐, 뭐야?"

백리장패가 탁자를 치며 벌떡 일어섰다.

"빙아야, 네가 지금 아비를 희롱하는 것이냐? 분명 낙담의 표정으로 마음의 준비를 하라고 하지 않았더냐?"

"아버님, 워낙 영광스런 결정이기에 흥분하시지 말라는 뜻이었습니다. 아버님께서 아마도 오해를 하신 듯합니다."

백리빙이 배시시 미소를 띠자 백리장패는 기쁨에 겨워 입을 다물지 못했다.

"저… 정말이냐? 이 녀석아, 네 보고가 정녕 사실이렷다?"

"물론입니다, 아버님. 이런 중차대한 사안을 놓고 어찌 아버님께 희언을 할 수 있겠습니까?"

"하하핫!"

백리장패가 호탕한 웃음을 터뜨리자 백리초광도 비로소 상황을 깨닫고는 환호를 외쳤다.

"허어, 우리 가문에 이런 경사스런 일이 생길 줄이야! 형님! 아니, 맹주님! 진심으로 감축드립니다."

백리초광이 납죽 절을 올리자 백리장패는 짐짓 위엄을 보이며 동생의 어깨를 다독였다.

"일어나게. 겨우 추대를 받았을 뿐일세. 아직 정식으로 취임한 것도 아니지 않은가?"

백리장패는 딸의 손을 덥석 쥐었다.

"자초지종을 말해보아라. 대체 이게 어찌 된 영문이냐?"

"일단 좌정하시지요."

"오냐. 앉자꾸나."

부녀가 원탁을 사이에 두고 앉자 백리초광은 서둘러 태무전을 나갔다.

"가주, 가문의 영광이며 경사인데 어찌 연회를 베풀지 않을 수 있겠소? 내 당장 모든 일족에게 통보해야겠소!"

백리장패는 아우의 경솔함에 혀를 차면서도 굳이 제지하지 않았다.

백리빙이 차를 한 모금 마시고는 상세한 보고를 올렸다.

"아버님, 무사히 무림맹주로 취임하시면 군천세가에 단단히 사례를 하셔야 합니다. 사실 아버님을 무림맹주로 추천한 사람은 다름 아닌 군사준이었습니다."

"뭐야? 제 아비 의천신검이 아니라 나를 추천했다고?"

"그렇습니다. 군사준이 아버님을 강력하게 추천하는 바람에 의천신검은 후보 대상에서 제외되었지요. 의천신검이 양보한 상황이니 누가 감히 아버님과 경합을 겨룰 수 있겠습니까? 덕분에 아버님은 단독 후보로 추대된 것입니다."

백리장패는 홍분과 격정으로 인해 얼굴이 벌겋게 달아올랐다.

"카하핫, 사준이가 그래도 백부를 제대로 대접할 줄 아는구나. 그래, 네가 군사준과 혼약을 맺으면 우리 두 가문은 오래도록 천하를 제패할 수 있을 것이다."

"아버님, 진정하세요."

"아, 그렇지. 너한테는 불급이가 있었지?"

백리장패는 차 한잔을 단숨에 들이키고 나서야 들뜬 기분을 가라앉힐 수 있었다.

"자, 차분하게 정리해 보자. 이제 아비가 수락만 하면 무림맹주로 추대되는 것이 확실한 거지?"

"일단은 사양하셔야 합니다."

"사양하라니? 네가 지금 무슨 소리를 하는 것이냐?"

"아버님, 무림맹주는 영광과 동시에 엄청난 책임이 따르는 신분입니다. 또한 일거수일투족을 세상 사람들이 예의주시하고 있습니다. 한데 마치 기다렸다는 듯이 무림맹주 직을 수락하는 것은 모양새가 좋지 않습니다."

백리장패도 아둔한 사람이 아니기에 딸의 조언을 확실하게 이해했다.

"알겠다. 제위는 세 번을 사양하는 것이 관례이니 아비는 두 번 정도 고사하며 몸을 낮춰야겠다. 그러면 되겠느냐?"

"그 정도면 충분할 것입니다. 각파의 지존들이 연판장에 서명을 해서 무림맹주에 올라줄 것을 청원하면 그때 수락하시면 됩니다."

"허헛, 무림맹주라. 군이 힘겨운 패업을 거치지 않아도 천하를 호령할 권좌에 오르게 되었으니 이는 천운이다."

백리빙은 차분한 어조로 말을 받았다.

"아버님, 천운이기도 하지만 위지불급 도움이 결정적이었습니다. 군천세가에서 아버님을 무림맹주로 추천할 수밖에 없었던 이유는 아버님이 만상지존도를 양도해 주신 덕분입니다. 군사준이 만상지존도의 비밀을 알아내 무황의 절기를 얻은 보답이라 할 수 있지요. 그 만상지존도는 불급이 우리 가문에 예물로 바친 것입니다. 또한 아버님께서 수맥을 터뜨려 자명궁을 와해시킬 수 있었던 공적도 불급 덕분이 아니었습니까?"

백리장패는 사자 수염을 내리쓸며 고개를 끄덕였다.

"오냐, 아비도 녀석의 공을 잊지 않고 있다."

그는 원탁에 바싹 다가앉으며 목소리를 낮추었다.

"빙아야, 정말 녀석과 혼약을 맺을 마음이 없는 것이냐?"

"아버님······?"

"너만 좋다면 어떻게든 녀석을 우리 가문의 사위로 삼고 싶구나. 북궁검민이야 가문에서 축출된 신세이니 크게 문제될 것 없을 것이다. 뭐, 정 마음에 걸린다면 첩실로 삼게 하면 되겠지. 무림맹주로서 그 정도 권한이야 없겠느냐?"

백리빙은 쓸쓸한 미소를 머금었다.

"소녀는 이대로가 좋습니다. 위지세가의 며느리로 살고 싶은 생각은 전혀 없습니다."

"아비도 너를 며느리로 내줄 생각은 전혀 없다. 불급이를 데릴사위로 삼아 우리 가문에서 함께 지내면 되지 않겠느냐? 위지세가 사람들만 데릴사위를 삼으라는 법이 있더냐?"

"아버님, 불급은 위지세가의 소가주 신분입니다. 가문을 승계할 그가 어찌 우리 가문의 데릴사위가 되겠습니까? 게다가 불급과는 영원한 연인으로 약조를 했습니다. 지금도 그 마음은 변함이 없습니다."

백리장패는 몹시 아쉬운 표정을 지으며 입술을 빨았다.

"그것참······"

콧등을 긁으며 잠시 고심하던 그가 어렵사리 입을 열었다.

"빙아야, 아비의 욕심인지 몰라도 네가 아이를 낳아야 우리 가문을 계승시킬 수 있지 않겠느냐?"

"사촌 중에서 적임자를 골라 교습을 시키면 되지 않겠습니까?"

"아니다. 아비는 네가 낳은 아이를 후계자로 삼고 싶다."

"설마 저보고 불급의 아이를… 낳으라는 말씀이세요?"

백리장패는 어색한 표정이 되어 딸의 시선을 피했다.

"허엄, 불급의 핏줄이라면 제 아비를 닮아 당대의 기재가 아니겠느냐? 우리 가문을 위해서라도 그런 기재가 정말 필요하다."

백리빙은 심각하게 고민하다가 고개를 저었다.

"아마 불급이 용납하지 않을 것입니다. 지극히 폐쇄적인 위지세가에서 자신들의 핏줄을 우리 가문에 넘겨줄 리 만무하지요. 아버님, 너무 지나치신 바람입니다."

딸의 완곡한 거절에 백리장패는 더는 권할 수가 없었다. 딸의 자존심과도 결부된 사안이기에 그는 얼른 화제를 돌렸다.

"참, 위지불급에 대해 새로 입수된 정보는 없느냐? 녀석이 미사현을 방문한 이후 소식이 두절되었다고 하던데 대체 무슨 일이냐?"

"소녀도 그 연유를 알지 못합니다. 군사준 역시 짐작하지 못하고 있습니다. 하지만 검민이 그를 찾아갔으니 심각한 위험은 없을 것입니다."

"어쨌거나 꼭 찾아서 데려와야 한다. 아비가 무림맹주 된다면 일차적으로 삼대악을 척결해야 한다. 혈환마궁과 자명궁의 잔당들을 제거하고 요지혈혜와 천자명왕을 확실하게 죽여야 한다. 또한 십야혈루등주를 반드시 추적해 명줄을 끊어야 한다. 아비가 그런 중대한 임무를 완수하려면 반드시 불급의 도움이 필요하다."

백리빙은 공손하게 손을 모았다.

"아버님, 일단은 무림맹주로 취임할 준비를 하셔야 합니다. 우리 가문이 무림맹 총단이 될 것이 확실하기에 대규모 증축도 필요합니다."

백리장패는 곧 무림맹주로 취임한다는 사실에 가슴이 세차게 요동쳤다.

"오냐, 성대한 취임식을 준비해야겠다. 명색이 무림맹 총단이니 최하 일천 명은 상주할 수 있어야 하겠지? 돈에 구애받지 말고 최대한 신속하게 증축을 서둘러라. 재물이란 이럴 때 쓰라고 있는 것이 아니겠느냐, 카하핫!"

2

몸은 건재하지만 마음이 병들어 있다.

그것이 북궁검민이 진단한 위지불급의 증상이었다.

위지불급은 거의 식음을 전폐한 채 무의식 속에서 사경을 헤매고 있었다. 특별히 아픈 곳은 없는데도 혼절한 상태에서 깨어나지 못하고 있었다. 의식이 없으니 먹지도 마시지도 못했다.

북궁검민은 미음을 쑤어서 억지로 먹여주었고 수저로 물을 떠서 입 안으로 흘려 넣어주었다.

그동안 북궁검민은 시골 부락의 민가를 한 채 빌려 위지불급을 간병하고 있었다. 이미 정혼한 사이이기에 부락민들에게는 남편이 갑자기 병이 들어 거동을 못하는 것으로 일러두었다.

순박한 부락민들은 조금이나마 도움이 될 만한 약초와 산열매를 건네 위지불급의 쾌차를 기원했다.

실낱같은 초승달이 보름달로 변했으니 날짜를 꼽아보면 벌써 보름째다.

북궁검민은 거의 잠을 자지 못해 몹시 초췌한 모습으로 위지불급이 깨어나기만을 간절히 기다리고 있었다. 마음의 병은 약이 없어 달리 처방할 수도 없기에 그저 위지불급이 스스로 깨어나기만을 바랄 수밖에 없었다.

"불급, 대체 무슨 일이에요. 대체 무엇이 당신을 이렇게 만든 겁니까?"

북궁검민은 그의 손을 감싸 자신의 볼에 댔다.

"당신은 그 어떤 난관과 위험 속에서도 웃음을 잃지 않을 만큼 강인한 정신력의 소유자가 아닙니까? 그런 당신이 왜 이렇게 정신적 공황에 빠진 겁니까?"

그녀 역시 제대로 챙겨먹지 못해 몸이 바싹 말라 있었다. 눈물까지 말랐는지 이제는 울어도 눈물이 흐르지 않았다. 그러나 밖으로 흘러나와야만 눈물이 아니다. 그녀의 마음속으로는 눈물보다 짙은 피눈물이 흐르고 있었다.

"흑, 불급. 제발… 깨어나세요."

북궁검민은 숨죽인 오열에 젖다가 그만 깊은 잠에 빠지고 말았다.

얼마나 잤을까.

북궁검민은 혼몽 속에서도 자신이 잠들어 있음을 깨닫고는 번쩍 눈을 떴다. 어찌 된 일인지 그녀는 침상에 누워 자고 있었다.

"……?"

그녀는 옆을 더듬어보았지만 위지불급의 존재는 느껴지지 않았다.

"불급!"

그녀는 다급히 외치며 벌떡 일어나 앉았다.

그녀가 침상에 누워 자고 있었던 것은 확실했으며 침상에는 그녀 혼자뿐이었다. 보름 동안 시체처럼 누워만 있었던 위지불급이 온데간데없이 사라진 것이다.

북궁검민은 갑자기 세상에서 혼자 떨어진 미아가 된 것처럼 두려움과 허탈감에 젖었다.

"불급이… 없어졌어. 아, 어떻게 된 일일까?"

이때 허름한 문이 열리며 위지불급이 들어섰다.

보름 동안 자리를 보존한 탓에 비쩍 말라 있었지만 눈빛은 놀랍도록 맑았고 표정 또한 예전의 그답게 활기차 있었다. 그는 나무 소반에 죽을 받쳐 들고 있었다.

"검민, 깨어났구나?"

위지불급을 본 북궁검민은 비로소 안도할 수 있었다. 한 방울의 눈물이 보석처럼 볼을 타고 흐른다.

위지불급은 소반을 탁자에 내려놓고는 침상에 걸터앉았다.

"미안해. 나 때문에 고초가 많았지?"

"흑. 불급, 당신이 깨어났군요?"

"그래, 이제는 괜찮아."

"다행입니다. 정말 다행입니다."

북궁검민은 위지불급의 가슴에 안기며 기쁨과 감격이 교차된 울음을 터뜨렸다.

위지불급은 그녀의 등을 다독이며 위로해 주었다.

"이제 당신이 내 간병을 받을 차례야."

"소녀는 괜찮아요. 당신의 건재한 모습을 보니… 절로 힘이 납니다."

"그래도 뭐 좀 먹어야 돼."

위지불급은 그녀를 기대 앉혀주고는 나무 소반을 가져다 그녀의 무릎 위에 내려놓았다.

"들깨죽이야."

"함께 먹어요."

"난 한나절 동안 이미 세 끼를 먹었어. 검민은 꼬박 하루 동안 잠들어 있어 몹시 시장할 거야."

"예에? 제가… 하루 동안이나 잠들어 있었단 말이에요?"

"사실 내가 수혈을 짚어놓았었어. 문득 정신을 차려 보니 검민이 침상 가에 엎드려 자고 있더라고. 그래서 침상 위로 옮겨주고 수혈을 점했어. 이렇게라도 푹 자야 기운이 회복될 테니까."

위지불급은 나무 수저로 죽을 떠서 북궁검민에게 먹여주었다.

　북궁검민은 감동에 젖어 죽을 받아먹었다.

　이제는 안심해도 될 것 같았다. 과거 그녀는 냉철하면서도 강인한 여인이었는데 위지불급을 만난 후부터는 혼자 살아갈 수 없는 나약한 여인으로 바뀌었다. 그녀의 몸과 정신마저 위지불급의 일부가 된 것이다.

　위지불급은 그녀에게 죽을 먹여주면서 쾌활한 어조로 말했다.

　"내가 무척 힘들었는데 검민을 보는 순간 이제는 쓰러져도 되겠구나 하는 생각이 들더라고. 당신이라면 청상과부가 되지 않기 위해 어떻게든 날 지켜줄 거라고 믿었지."

　"당신의 농담을 들으니 회복된 게 확실한 것 같아요."

　"물론이지. 난 아플 때면 시체가 되었다가도 정신을 차리면 금세 팔팔해져. 검민과 함께 유람을 다니고 싶어 미치겠어."

　"지금이라도 좋아요. 한잠 푹 자고 자니 몸이 개운해요."

　"아니, 이삼 일만 푹 쉬었다가 나서자고. 나도 체력 보충을 해야 하니까."

　두 남녀는 사흘 동안 충분히 섭생을 한 후 부락을 나섰다.

　워낙 출중한 용모를 지닌 두 사람이었지만 촌사람처럼 옷을 입고 머리를 늘어뜨리자 평범한 농사꾼 부부처럼 행세할 수 있었다.

개방 제자들을 비롯한 사천성 수십 개 방파의 제자들은 두 사람의 행적을 수소문하고 있었지만 누구도 농사꾼 부부를 눈여겨보지 않았다. 사천성 내에서는 많은 사람들이 대나무 지팡이를 짚고 다니기에 위지불급이 지닌 오금죽장도 관심의 대상이 되지 못했다.

두 남녀는 비교적 작은 마을을 찾아다니며 장터를 구경하고 풍광을 즐기면서 아미산 부근에 이르렀다.

아미산은 불교 사대성지의 하나이며 구대문파 중 하나인 아미파가 자리한 큰 산이다.

사철 온화한 날씨 덕분에 아미산은 태고의 원시림이 고스란히 간직돼 있었다. 또한 천 리에 걸친 산세가 넓게 펼쳐져 있어 아미파가 관장하는 구역은 아미산 절반에도 미치지 못한다.

두 사람은 아미산 기슭에 형성돼 있는 부락의 허름한 객잔에서 여장을 풀었다.

위지불급은 객방으로 술과 안주를 주문해 그들만의 술자리를 가졌다. 그는 대수롭지 않게 술잔을 마주쳤지만 북궁검민은 심적 부담 때문에 술을 넘길 수가 없었다. 뭔가 중대한 비밀이 밝혀질 것임을 직감한 것이다.

위지불급은 애틋한 정감이 담긴 눈빛으로 북궁검민을 바라보았다.

"검민은 정말 사려가 깊어. 내가 왜 정신 나간 사람처럼 줄곧 누워 있었는지 조금도 묻지 않았어. 덕분에 검민과의 밀월

여행을 마음껏 즐길 수 있었지."

"불급, 괴로운 얘기라면 하지 마세요. 정말 궁금하지만 당신이 고통받고 저 또한 힘겨운 일이라면 굳이 알고 싶지 않아요."

"아니, 들어야 돼. 검민에게도 두렵고 충격적인 얘기가 되겠지만 반드시 알아야 돼. 검민은 이미 우리 가문의 가족이 되었으니까."

위지불급은 술을 한잔 비우고는 차분하게 말을 이었다.

"난 지난번 육반산에 출현한 십야혈루등주를 추적해 그자와 대면하게 되었어. 그자의 퇴로를 막고 복면을 벗은 그자의 모습을 똑똑히 보았지."

"아……!"

"한데… 너무도 엄청난 충격이었어. 십야혈루등주는 내가 알고 있던 사람이었어."

"예에?"

북궁검민은 두 손을 달달 떨며 술잔을 입으로 가져갔다. 그녀는 겨우 술을 한 모금 넘기고는 두려운 눈빛으로 그를 바라보았다.

"누… 누구였어요?"

"우리 가문의 일족이었어."

"오오, 맙소사!"

"내가 일전에 금천절림에서 언급한 적이 있었을 거야. 내게 친동생이 있었어. 북궁세가에서도 알아낸 석산향의 신비공자 위지문현. 십야혈루등주는 바로… 내 동생 문현이었어."

일수유의 정적.

북궁검민은 잠시 자신의 귀를 의심하면서 위지불급을 바라보았다.

위지불급은 묵묵히 술잔을 기울이고 있었다. 지금은 심적인 고뇌와 상심을 극복했기에 태연할 수 있지만 지난 보름은 그에게 있어 지옥 같은 시련이었다.

북궁검민은 무언가를 묻기 위해 입술을 달싹였지만 말소리는 입 밖으로 새 나오지 않았다. 도저히 알아들 수 없는 웅얼거림만 가쁜 숨소리와 함께 들려왔다.

"흑……!"

급기야 눈물을 터뜨린 그녀는 울음소리를 참으며 어깨를 들먹였다.

위지불급은 그녀 옆으로 자리를 옮겨 어깨를 감싸주었다.

"미안해, 검민. 정말 미안해."

북궁검민은 그의 어깨에 얼굴을 묻으며 한동안 울음을 그치지 못했다.

위지불급은 그녀를 따뜻하게 포옹했다.

"당신에게 너무 커다란 상심을 안겨주고 말았군. 당신을 어떻게 위로해야 할지 모르겠어."

"흑, 아니에요."

북궁검민은 그의 가슴을 부드럽게 어루만졌다.

"정말 충격적인 사실이지만 그것 때문에 내가 슬퍼하는 것이 아닙니다. 저는… 당신의 동생을 보지도 못했어요. 보다 냉정하게 평가하자면 이 사실이 세상에 밝혀져도 세상 사람들 대다수는 놀라지도 않을 겁니다. 오로지 위지세가의 존재를 깊이 알고 있는 사람들만이 충격과 혼란에 사로잡히겠지요."

"역시 당신다운 판단이야."

"불급, 정작 위로를 받아야 할 사람은 당신입니다. 얼마나 상심이 컸겠습니까? 얼마나 충격이 컸고 얼마나 고통스러웠겠습니까? 그리고 얼마나 슬프고 분노했겠습니까?"

북궁검민은 떨리는 손으로 위지불급의 얼굴을 감싸 쥐었다.

"이제야 조금 이해가 됩니다. 지옥과 같은 자명궁 내에서도 눈썹 하나 까딱하지 않던 당신이 왜 그토록 참담하게 무너졌는지 알 것 같아요. 가엾은 분…… 당신을 어떻게 위로해 주어야 할지 모르겠어요."

위지불급은 누구보다 자신을 깊이 이해하려 애쓰고 아픈 상처를 어루만져 주려는 그녀의 애틋함과 지혜에 감동했다.

"검민, 난 당신이 상처받을 것을 우려했는데 당신은 오히려 나를 걱정하는군. 이것이 이심전심이니 어찌 당신을 사랑하지 않을 수 있겠어? 솔직히 당신이 너무도 실망해 나를 떠나가지 않을까 불안한 심정도 있었는데 정말 기우였어."

"그런 소리 말아요. 어떻게… 소녀가 어떻게 당신을 떠나 살수 있겠어요?"

"검민……."

위지불급은 그녀의 볼에 뺨을 맞대며 가슴 뭉클한 감동에 젖었다.

"당신은 진정 하늘이 내린 나의 반려자야."

두 남녀는 뜨거운 포옹을 통해 서로의 상처를 더듬어주고 슬픔과 충격을 가라앉혀 주었다.

잠시 후 격한 감정을 가라앉힌 두 남녀는 자리를 마주하고 앉았다.

북궁검민이 차분한 어조로 물었다.

"듣고 싶어요. 대체 어찌 된 영문인지 상세하게 알고 싶어요."

"물론이야. 내가 아는 가문의 내력과 위지문현에 대해 모두 말해주겠어."

위지불급은 술을 한 모금 마시고는 기나긴 이야기를 늘어놓았다.

가문에 대한 내력과 비밀 정원에 비치된 수많은 책자들, 가문 특유의 교습 방식과 절제된 생활, 그리고 위지문현의 성장 과정과 능력을 자세하게 털어놓았다.

북궁검민은 눈을 동그랗게 뜬 채 놀랍고도 신비로운 이야기를 빠짐없이 뇌리에 새겨두었다. 당대에서 가장 뛰어난 재녀답게 그녀는 길고도 복잡하고 상황을 대부분 이해했다.

근 두 시진에 걸친 이야기가 끝났다.

북궁검민은 긴 한숨을 내쉬고는 그늘진 안색을 띠었다.

"아버님의 우려가… 결코 지나친 것이 아니었어요. 아버님은 위지세가를 어둠의 지배자이며 세상을 조종하는 사악한 존재로 여겼습니다. 물론 위지세가는 결코 사악하지 않지만 세상을 조종하는 보이지 않는 손임은 확실했군요."

"조종이 아니야. 다만 세상의 악을 조용히 제거해 왔을 뿐이야. 그러면서도 가문의 존재를 드러내지 않으려 하는 것이 과연 잘못된 처사였을까?"

"오해 마세요, 불급. 저는 위지세가를 탓하는 것이 아니라 두려운 마음으로 존경하는 겁니다. 제발… 저희 북궁세가와 충돌이 없기만을 바랄 뿐이에요."

위지불급은 팔을 뻗어 그녀의 손을 가만히 쥐었다.

"검민, 맹세코 우리 가문에서 먼저 북궁세가에 어떤 위해를 가하는 일은 없을 거야."

"당신을 믿겠어요."

북궁검민은 술을 한 모금 마시고는 화제를 바꾸었다.

"지금은 십야혈루등주에 대해 집중하기로 해요. 당신의 아버님께서 언급하신 대로 십야혈루등주는 세상의 공적일 뿐 당신의 동생과는 무관합니다. 그런 마음으로 접근해야만 합니다. 만일 동생임을 마음에 담고 있다면 당신은 그를 찾아낼 수 없을 뿐만 아니라 절대 맞서지 못할 겁니다."

"맞아. 당신의 지적이 정확해. 그래서 내가 오랜 기간 괴로워했던 거였어. 십야혈루등주가 내 동생임을 뇌리 속에서 씻어내려고 고통스런 다짐을 해왔던 것이지."

"물론 피를 나눈 형제이니… 완전히 배제하기는 어려울 겁니다. 결국은 의지의 문제이지요."

"그래, 강렬한 의지와 혈연의 정을 넘어설 대의(大義)가 필요하지."

위지불급은 벽에 등을 기댄 채 천장으로 시선을 고정시켰다.

"그러나 보다 현실적으로 생각하면 의지와 대의만으로는 녀석을 상대할 수 없어. 녀석을 능가할 초극의 무공, 그리고 녀석의 뛰어난 두뇌를 앞서는 지혜가 필요해."

"그래요. 사악한 흉수가 위지세가 내에서도 백 년 이래 최고의 천재라면 당신에게는 너무도 벅찬 상대입니다."

"검민, 난 지금 십야야혈루등주에게만 집중해도 부족한 상황이라 한동안 시간이 필요해."

"소녀가 어떻게 처신해야 좋겠어요?"

위지불급은 탁자에 바싹 다가앉았다.

"혈환마궁의 잔당들이 모습을 드러낸 이상 자명궁과 동맹을 모색할 거야. 악마지공을 터득한 요지혈혜는 천자명왕만큼이나 부담스런 존재가 됐어. 내 판단으로 무림인들은 백도연합이나 무림맹이 결성해 저들 삼대악을 상대할 것 같아. 검민이 무림맹의 군사가 돼서 혈환마궁과 자명궁을 궤멸시키면 십야혈루등주를 보다 압박할 수 있을 거야."

"혈환마궁은 가능하겠지만… 제 능력으로 어떻게 천자명왕을 감당하겠어요?"

"과거의 천자명왕이 아니야. 자명궁이 와해되는 심대한 타격을 받은 천자명왕은 자존심 때문이라도 전면에 나서지는 않을 거야. 또한 당신의 음률로 쥐 떼를 물리칠 수 있으니 자명궁의 쥐 떼는 더 이상 공포가 될 수 없어."

북궁검민은 결연한 빛을 보였다.

"알았어요. 최선을 다할게요."

그러다 자신의 가문을 떠올리며 음울한 표정으로 물었다.

"제 아버님께서 어떻게 나오실지가 정말 걱정이에요. 독자적인 행보를 취하신다면… 제가 어떻게 아버님과 맞설 수 있겠어요?"

"북궁세가의 준동을 막기 위해서라도 신속하게 혈환마궁과 자명궁 잔당들을 제거해야 돼. 천하를 위협할 존재들이 소멸되면 천기무현께서도 생각을 달리하실 거야. 누구보다 현명하신 분이니 절대 무모한 도전을 실행하지는 않으실."

위지불급은 술잔을 내리며 심각한 표정을 지었다.

"어떤 경우라도… 천기무현과 천자명왕이 협력해서는 안 돼. 정사쌍뇌가 합쳐진다면… 강호의 평화는 절망적이야."

북궁검민의 두 눈에 서글픈 눈물이 고였다.

"그래요. 그런 최악의 사태는… 절대 일어나서는 안 되죠."

자리에서 일어선 위지불급이 북궁검민의 등 뒤로 섰다. 위지불급은 그녀의 어깨를 감싸며 애써 웃음을 지었다.

"검민, 우리의 최대 단점은 쓸데없는 걱정을 너무 많이 하는데 있어. 잠자리를 가질 때마다 아이를 갖는 것도 아닌데 말이야."

불영곡(佛影谷).

아미산 남쪽에 자리한 이 계곡은 자욱한 안개 속에 태고의
원시림이 간직된 신비로움을 지니고 있었다. 맑은 시냇물은
바닥이 훤히 들여다 보일 정도로 투명했으며 곳곳에서 들려오
는 산새의 울음소리는 모든 시름을 삭여줄 듯이 청명했다.

불영곡에 이른 위지불급은 지형을 최대한 이용한 진세를 펼
쳤다.

그것은 금천절림에 펼쳐져 있었던 신비의 진세로 위지불급
은 그것을 우주만상진(宇宙萬象陣)으로 명명했다. 우주만상진
을 파훼하는 와중에 습득하게 되었기에 그는 소규모의 금전절
림을 만들어낼 수 있었다.

위지불급은 작은 폭포수 옆에 초옥을 짓고 거처로 삼았다.

과연 얼마 동안 이곳에서 지내야 할지 그 자신도 알지 못했
다. 그의 뇌리에 간직된 무공을 현실적으로 이끌어내야 하기
에 상당히 시일이 요구된다.

위지불급은 작은 폭포수 속에 들어앉아 정신부터 가다듬었
다.

최강의 적!

그는 무공과 지략, 기량 등 모든 면에서 자신보다 앞서는 적
과 싸워야 한다. 냉정하게 판단하면 승산은 희박하다. 무엇보
다 심리적인 면에서 그는 뒤지고 있다.

어느 것 하나 불리하지 않은 게 없기에 최악의 싸움이다.

그러나 절대 패할 수 없는 싸움이기에 그의 부담감은 클 수밖에 없었다.

위지불급은 지그시 이를 깨물며 결연한 의지를 불태웠다.

'내 손에서 끝내야 한다! 아버님께서 나서게 만들어서는 안 된다. 동귀어진을 하는 한이 있더라도… 반드시 해결해야 한다!'

第六十三章　아미산의 대검돌

天才家門

1

　석양 무렵이 되자 매미들의 요란한 합창 소리가 조금씩 잦아들었다.

　북궁세가로 향하는 진입로는 잘 정비돼 있었으며 길 좌우에 심어진 수십 년 수령의 삼나무가 세월의 향기를 발하며 손님을 맞이하고 있었다.

　네 명의 가마꾼이 메고 있는 한 대의 사인교가 진입로를 따라 천천히 이동하고 있었다.

　교자에 타고 있는 사람은 퉁퉁한 풍채의 노인으로 청년처럼 붉은 혈색이 보기 좋았다. 일견해도 상대한 재력을 보유한 상인으로 보였다.

　그는 넓은 소매 속으로 두 손을 낀 채 눈을 반쯤 뜨고 있었다.

초소장은 이미 통보를 받았는지 사인교에 타고 있는 노인을 향해 정중히 예를 표했다.

"고생이 많으셨습니다, 왕 대인. 가주께서 초당에서 기다리고 계십니다."

노인은 간단히 고개만 끄덕였다.

"알았네."

가마꾼들은 북궁세가 무사들의 안내를 받아 장원으로 들어섰다. 통상 남의 집을 방문하면 교자나 말에서 내려 걸어서 들어가는 것이 예의였지만 노인은 여전히 교자에 타고 있었다.

초당 대문 앞에 이르자 비로소 교자가 바닥으로 내려졌다.

노인은 비로소 자리에서 일어섰다.

"너희는 물러가 있거라."

"예, 대인."

가마꾼들은 북궁세가 무사를 따라 바깥채로 물러갔다.

노인은 다소 불편한 걸음걸이로 대문을 지나쳤다. 정원에 대기해 있던 북궁휘가 공손하게 예를 표했다.

"명왕 선배께서 친히 왕림해 주시니 실로 영광이오."

노인은 소매로 이마의 땀을 닦으며 실소를 흘렸다.

"허헛, 노부가 너무 실수를 많이 했나 보군. 애써 변장한 보람도 없으니 말일세."

"아니외다. 겉모습을 보면 누구도 명왕임을 알아채지 못할 정도로 완벽하오. 다만 사전에 통보하신 서찰의 필체로 명왕임을 간파했을 뿐이오."

"하기는… 노부가 왼손으로 쓴 필체라 해도 그것을 간파하지 못할 자네가 아니지."

노인은 마치 자신의 집을 찾아온 사람처럼 앞서 초당으로 들어섰다.

순간 그의 모습이 빠르게 변모했다.

퉁퉁한 모습은 간데없고 다소 홀쭉한 체격으로 바뀌었고 검었던 머리와 수염이 눈처럼 희게 탈색되었다. 감춰졌던 두 눈의 유연한 빛마저 분명하게 드러났다.

놀랍게도 노인은 바로 자명궁의 주인 천자명왕이었던 것이다.

천자명왕의 북궁세가 방문.

이는 세상에 알려져서는 안 될 극비사안이었다.

천자명왕이 먼저 자리에 앉자 북궁휘는 귀빈을 맞이하는 태도로 선 채로 천자명왕에게 차를 따라주고는 자신도 좌정했다.

천자명왕은 찻잔을 들어 향기부터 맡았다.

"흐음, 몽정석화(蒙頂石花)로군. 사천성 아안(雅安)의 명품이지. 당나라 때부터 황궁에 진상된 진귀한 차를 맛보게 될 줄은 몰랐네."

"존귀하신 명왕께 어찌 하급 차를 대접할 수 있겠소? 어렵게 구했소."

"애썼네."

천자명왕은 차를 한 모금 음미하고는 찻잔을 내려놓았다.

"차는 훌륭하지만 물은 제대로 구하지 못한 것 같군."

"무슨… 문제가 있소?"

"차 맛은 단지 좋은 차로만 결정되지 않네. 좋은 차와 더불어 차 맛을 결정하는 게 물일세."

"물론이오. 물이 차 맛을 결정하는 데 중요한 역할을 하지요. 그래서 후배는 풀잎의 이슬을 몰아 겨우 한 찻주전자의 분량을 마련한 것이오."

천자명왕은 허연 수염을 내리쓸며 자신의 지식을 과시했다.

"차를 끓일 때 쓰이는 물로 으뜸은 노산 강왕곡의 물일세. 이를 천하제일천(天下第一泉)이라 하지. 두 번째는 무석 혜산의 물이며, 세 번째는 항주 호포천의 물일세. 그 외에도 북경의 옥천과 산동의 박돌천의 물도 최상품이라 할 수 있지."

"아, 과연 선배의 박학하심은 후배가 감히 좇을 수 없소."

북궁휘는 몸을 일으켜 공손히 예를 표했다.

천자명왕은 자부심 어린 미소를 짓고는 찻잔을 감싸 쥐었다.

"어쨌거나 노부 평생 처음 맛보는 최고의 차일세. 이처럼 좋은 차를 마시면서 바둑을 한 수 둔다면 신선이 따로 없을 것이네."

"허허, 물론이오. 명왕께 한 수 지도를 받고자 정성껏 바둑돌을 닦고 있었소."

북궁휘는 바둑판을 펼쳐 놓고 바둑돌이 든 통을 내려놓았다.

두 사람의 바둑돌은 모두 회색이었다. 이른바 단색 바둑으로 천재적 수준의 두뇌와 기력을 지닌 사람만이 즐길 수 있는 지적인 사치였다.

딱… 딱……!

두 사람은 몽정석화를 즐기면서 천천히 바둑을 두었다.

사실 천자명왕은 이렇듯 한가하게 바둑을 즐길 처지가 못 되었다. 공동파와 종남파를 강제로 굴복시킨 이후 자명궁은 무림의 공적이 되었고, 결국은 위지불급을 비롯한 두 가문에 의해 자명궁이 와해되는 수모를 겪었다.

비록 혈환마궁과 십야혈루등주의 도움을 받아 겨우 탈출할 수 있었지만 그는 여전히 추적 대상이었다.

한 번 무림 공적으로 낙인찍히면 그를 돕거나 숨기는 자도 같은 죄인으로 취급받는다. 한데 이런 무림 공적을 맞이해 북궁휘는 귀빈으로 극진히 대접하고 함께 바둑까지 두고 있으니 북궁세가 또한 무림 공적에 몰리게 될 상황이다.

이런 사실은 두 사람 모두 알고 있지만 철저하게 무시했다. 만일 북궁휘가 전하의 이목을 두려워했다면 천자명왕의 방문을 사전에 저지했을 것이다.

반상 위에는 온통 회색돌뿐이라 형세판단은 두 사람만이 할 수 있다.

북궁휘가 바둑돌을 내려놓으며 장고에 몰입했다.

"흐음, 어려운 패로군. 안 받자니 자존심이 상하며, 그렇다고 응수하자니 반상의 운명이 결정되겠구려."

"결국 가주는 받을 수밖에 없을 것이네."

천자명왕은 차를 즐기며 느긋하게 기다렸다.

한참을 장고하던 북궁휘가 결국 패에 응했다.

"선배의 짐작대로 받을 수밖에 없겠군. 다행히 후배가 패감에 여유가 있는 것 같소."

"노부가 어떤 패감도 무시한 채 패를 따낸다면 가주의 다음 행보는 쉽지 않을 것이야."

"일단 잠시 봉수하겠소."

북궁휘는 바둑판을 옆으로 밀치고는 탁자에 바싹 다가앉았다.

"명왕, 왜 후배의 경고를 무시하셨소? 어떻게든 위지불급의 진입을 막았어야 했었소."

"본래 훈수를 두는 사람이 묘수를 알고, 옆에서 지켜보는 사람이 멀리 볼 수 있는 법일세. 자네가 자명궁의 몰락을 예견했다 하여 행여 노부보다 뛰어나다는 자부심에 빠져 있다면 큰 오산일세. 북궁세가 역시 위지불급이란 놈의 손에 의해 궤멸될 수 있으니 말일세."

"명왕 선배……."

"자네의 적은 위지불급 하나가 아니라 위지세가 전체가 아니던가? 북궁세가가 과연 전설의 위지세가를 대신할 수 있는지 내가 지켜볼 것이네."

천자명왕은 다시 바둑판을 원탁 가운데로 끌어놓고는 바둑돌을 놓았다.

딱……!

"난 만패불청일세. 자네가 어느 곳을 두든 패를 해소하겠네."

"……."

북궁휘는 예리한 눈빛으로 반상을 면밀하게 검토했다.

사실 두 사람의 대국은 단순한 바둑 대결이 아니었다. 현 상황과 각자의 처지를 대변하는 심리적인 대결이었다.

북궁휘는 바둑돌을 두 점 집어 반상에 내려놓았다. 패배를 인정하며 돌을 던진 것이다.

"기꺼이 귀를 씻고 선배의 조언을 듣겠소."

천자명왕은 승리의 즐거움을 만끽하며 태사의에 편히 기대앉았다.

"혈환마궁은 황사당과 해룡채(海龍寨)의 지원을 자신하고 있네. 자네도 알다시피 황사당과 해룡채는 팔대가문에 속하지만 강호 판도를 뒤흔들 저력은 없네. 혈환마궁 또한 강력한 단체이기는 해도 머지않아 결성될 무림맹에 맞설 정도는 못 되지. 다행히 우리 측 후원군으로 십야혈루등주가 있네."

"십야혈루등주는 만나 보셨소?"

"그자는 독자적으로 행동할 뿐 조직이 없네. 요지혈혜의 얘기를 듣고 분석해 보면 커다란 야심도 없는 자로 보이네."

"대체 그자의 정체가 뭐요? 신분과 사문의 내력이 그렇듯 철저하게 숨겨질 수는 없지 않소?"

"확실한 것은 제이의 십야혈루등주가 첫 번째에 비해 월등한 두뇌의 소유자라는 점일세. 무공 또한 절세적이지만 노부는 그자의 용의주도함과 치밀함에 더 높은 점수를 주고 싶네."

북궁휘는 찻잔을 받쳐 들고 자리에서 일어섰다.

"그렇다면 초극의 절기를 자유롭게 터득할 수 있고 천재적인 두뇌의 소유자란 얘기인데… 세상에 그런 존재는 오직 한 곳에서만 태어날 수 있소."

천자명왕은 천천히 수염을 내리쓸었다.

"위지세가! 그래, 놈이 위지세가의 혈통을 받은 놈이라면 충분히 가능하지. 하지만 모든 정황을 조사해 보면 놈이 위지세가 출신임을 입증하기가 쉽지 않네. 위지세가의 소가주인 위지불급이란 녀석은 정말 낙천적인 성격으로 자네나 나처럼 어둠을 숨기고 있지 않음이 확인되었네. 만일 십야혈루등주가 위지세가 출신이라면 놈의 성격상 절대 견디지 못할 것일세."

"후배 역시 녀석과 대면한 적이 있었소. 한데 녀석은 후배가 예상했던 위지세가 일족이 아니었소. 전설적 가문의 후예로 인정하기에는 부족함이 많았소. 물론 금천절림을 파훼해 과연 위지세가 일족임을 확인시켜 주었지만 다소 실망했던 것이 사실이오. 그런 녀석이 위지세가의 소가주 신분이라면 녀석보다 월등하게 생각되는 십야혈루등주가 위지세가 출신으로는 짐작하기 어렵소."

"흐음, 정말 신비로운 놈일세. 무엇을 의도하고 있는지조차 전혀 예측할 수가 없어."

북궁휘는 월창 앞에서 멈춰 섰다.

"한 가지는 확실하오."

"한 가지라니?"

"놈은 살인마왕 광마와 유사한 면을 지니고 있소. 외견상 광기를 지닌 광마의 살행과 분명히 차이가 있지만 잔혹한 마성은 광마의 재현이라 해도 부족함이 없소."

"광마의 재현……?"

천자명왕은 수염을 어루만지며 잠시 생각에 잠겼다가 눈을 가늘게 떴다.

"제일의 십야혈루등주가 광마의 후예임은 위지불급에 의해 밝혀지지 않았던가? 한데 오히려 제이의 십야혈루등주가 광마에 가깝다고?"

"첫 번째 십야혈루등주는 그저 우연히 광마의 동부에서 절기를 십여 가지 터득했을 뿐 지모나 사실에서 부족함이 많았소. 광마의 후예로 판단하기에는 확실히 미흡하다 할 수 있소. 후배의 판단이 다소 비약일 수 있지만 제이의 십야혈루등주는 광마의 혈족이거나 진정한 후예일 가능성이 높소."

"허허, 놀라워. 정말 놀라운 분석일세. 자네의 총명은 확실히 노부를 능가하는군. 정말 인정하고 싶지 않지만… 세월의 흐름은 어쩔 수 없나 보네. 이번 상황을 끝으로 조용히 은퇴해야겠다는 마음을 굳히게 만드는군."

북궁휘는 찻잔을 내려놓고 정중히 포권을 취했다.

"과찬이시오, 명왕 선배. 그나마 후배가 동굴 속에 눌러앉아 있지 않아 조금 더 정보를 입수했을 뿐이오."

"겸손할 필요 없네. 한번 승패는 병가지상사라지만 그것은 주먹다짐에 목을 건 무골(武骨)들에게나 해당되는 말이지. 우리 같은 사람에게는 한번의 패배가 치명적일세. 사실 위지불급에게 복수하고 싶은 마음이 간절하지만 난 녀석의 참패와 위지세가의 몰락을 지켜보는 것으로 만족하겠다고 생각을 바꾸었네. 물론 내게 그런 위로를 안겨줄 사람은 북궁 가주뿐일세."

"최선을 다하겠소."

"다른 것은 몰라도 위지세가를 멸절시킬 수 있다면 조언을 아끼지 않겠네."

"사실… 위지세가를 괴멸시킬 방법이 전혀 없는 것은 아니오."

북궁휘는 천자명왕에게 가까이 다가섰다.

"그 계책에 대해 선배와 긴히 논의하고 싶소."

천자명왕의 입가에 사악한 미소가 감돌았다.

"크홋, 세상에서 가장 즐거운 일이 무엇이지 아는가? 반드시 죽여야 할 자를 제거하는 계획을 수립하는 일일세. 정말 짜릿한 즐거움이지."

2

무림맹 결성!

백리태보에서 거행된 행사는 성대하게 진행되었다. 실로 오랜만에 전 무림이 규합된 무림맹이 결성되었기에 절차상 다소 이견이 있었지만, 삼대악을 목전에 두고 있는 터라 무림맹주의 추대는 원만하게 타결되었다.

무림맹주 백리장패.

그에 대한 평판을 두고 몇 개 문파에서 추대에 반대했지만 군계명이 워낙 적극적으로 추천했기에 백리장패는 당당히 무림맹주에 등극할 수 있었다.

이로써 백리태보는 무림맹 총단으로 위상이 높아졌으며 맹주의 임기는 삼대악이 소멸되는 날까지로 정해졌다.

백리장패는 자신에 대한 입지를 강화시키기 위해 군계명을 부맹주로 추천했고 북궁겸민을 군사로 삼았다. 또한 북궁겸민의 제안을 받아들여 군사준, 백리빙, 철주휘 등을 무림맹의 순찰영주로 삼아 신진 고수들의 규합을 꾀했다.

이로써 천하 무림의 향방은 무림맹과 삼대악의 본격적인 대결로 압축되었다.

맹주 등극 삼 일째.

백리장패는 붉은 용이 수놓아진 적룡포를 걸친 채 정원을 산책하고 있었다. 갓 지어진 용포라 옷에서 윤기가 흘렀다.

그는 용포를 걸친 자신의 모습을 살피며 웃음기를 지우지 못했다.

"허헛, 내가 무림맹주라니. 소림 장문인에게 명령을 내릴 수 있는 무림맹주가 되다니."

성대한 연회가 끝난 뒤라 각 문파의 사절들은 돌아갔지만 파견된 고수들은 무림맹 총단에 남아 있었다.

무림맹에 상주하는 고수들은 현재 오백여 명.

아직 자파의 제자들을 파견하지 않은 문파가 약조대로 고수들을 보내면 팔백여 명이 넘는다. 여기에 백리태보의 제자 이백 명 정도를 포함하면 무려 일천 명이 상주하는 엄청난 무단(武團)이 갖춰진다.

천하 일천 고수들을 호령하는 무림맹주.

개인적으로나 가문으로서나 엄청난 광영이기에 백리장패는 흐뭇한 심정을 감출 수가 없었다.

"이제 세상에 두려울 게 없다. 누가 감히 무림맹주인 나와 맞설 수 있단 말인가?"

그는 한바탕 통쾌한 광소를 터뜨리고 싶었지만 주변의 이목이 있기에 애써 참아야 했다.

이때 날렵한 발걸음 소리와 함께 백리빙이 정원으로 들어섰다.

"아버님… 아니, 맹주님."

"오냐, 야심한 시각에 어쩐 일이냐?"

"왜 여태 주무시지 않고 계십니까?"

"허엄, 삼대악을 토벌해야 하는 막중한 임무를 짊어졌는데 어찌 편히 잠들 수 있겠느냐?"

백리빙은 잔잔한 미소를 머금었다.

"그보다는 평생의 염원을 달성하신 흥분 때문에 잠자리에 들지 못하시는 것이겠지요."

속내를 들킨 백리장패가 짐짓 표정을 굳혔다.

"이 녀석, 함부로 넘겨짚지 마라."

"알겠습니다. 하지만 아버님께서도 조금만 자중해 주십시오. 무림맹주라는 신분이 분명 영광이지만 책임 또한 무겁기에 마냥 좋아하실 일만은 아닙니다."

"허, 허엄. 아비가… 그렇듯 티를 냈느냐?"

"남들은 모르지만 소녀의 눈에는 그리 보였습니다."

백리장패는 떨떠름한 표정으로 쓴 입맛을 다셨다.

"오냐, 알겠다. 너도 알다시피 아비가 감정을 자제하는 성격은 아니지 않느냐? 그만큼 음흉하지 않다는 뜻이다."

그는 뒷짐을 지고 짧은 다리를 옮겼다.

"일단 진영은 갖춰진 셈이다. 항간에서는 아비가 무림맹주에 등극하면 천하를 집어삼킬 야심을 드러낼 거라 하지만 아비가 그렇듯 탐욕스런 사람은 아니다."

"압니다. 아버님께서 열협은 아니시지만 대의는 지키시는 분이라고 소녀는 확신합니다."

"물론이다. 참, 위지불급에게서는 아직 소식이 없느냐?"

"검민으로는 부족하다고 생각하십니까?"

"솔직히… 믿음이 가지 않는다. 물론 검민이 자명궁의 쥐 떼를 물리칠 수 있는 능력을 보유하고 있지만 상대는 지독히도 사악하고 잔혹한 삼대악이 아니더냐?"

"그보다는 검민이 북궁세가의 딸이기 때문이겠지요."

백리장패는 신중한 표정을 띠었다.

"오냐, 네 말대로 검민은 신뢰하기 힘들다. 북궁휘는 아비를 무림맹주로 인정하지 않았고 북궁세가 또한 무림맹에 제자 한 명 파견하지 않았다. 이는 자칫 반역으로 오인될 소지가 있다."

"위지불급이 칩거한 상황이기에 지금은 검민에게 의존할 수밖에 없습니다. 검민은 이미 가문에서 축출된 신분이니 북궁세가와 연관 지어 생각지 마십시오. 천기무현이 무슨 연유로 무림맹 결성에 불참했는지 몰라도 무림맹이 결성된 이상 감히 딴마음을 먹지 못할 겁니다."

"당연히 그래야지. 과거 아비가 결맹을 약조했는데 이를 무시한다면 명백한 배신 행위다. 아비는 절대 배신을 용납지 않아."

한데 이때였다.

"으아악!"

처절한 비명 소리가 밤하늘을 진동시켰다.

깜짝 놀란 백리장패 부녀는 동시에 치솟아올랐다.

"아니, 무슨 일이냐?"

백리장패는 비명 소리가 들려온 의사청으로 날아갔다.

무림맹주로 내정되면서 새로 건립한 의사청은 워낙 규모가 크다 보니 아직 작업 중에 있었다. 한데 의사청 용마루 위에 붉은 등이 걸려 있었다.

"어엇, 설마?"

용마루 위에 내려선 백리장패는 혈등을 집어 들었다.

핏빛을 발하는 붉은 등은 으스스한 기운을 담고 있었다. 백리장패는 이미 몇 차례 십야혈루등을 직접 본 적이 있기에 그것이 공포의 십야혈루등임을 확신할 수 있었다.

"으득, 이… 이놈이 감히 본좌의 총단까지 침투했단 말인가?"

의사청 주변으로 무림맹 총단 고수들이 모두 운집했다.

이때 호위대 소속 무사가 비통한 어조로 외쳤다.

"크으, 친위령주가 피살되셨습니다!"

백리장패가 급히 내려서며 의사청으로 들어섰다.

의사청 대형 원탁 아래로 목이 베어진 한 구의 시체가 널브러져 있었다. 그의 목은 원탁 한가운데 놓였는데 바로 백리초광의 목이었다.

백리장패는 자신의 아우이자 총관이었던 백리초광을 무림맹주의 친위대 영주로 삼았는데 그가 피살된 것이다.

아우의 수급을 대한 백리장패는 그만 석상처럼 굳어지고 말았다.

"초… 초광아?"

뒤미처 들어선 백리빙도 숙부의 수급을 보고는 비통함을 금치 못했다.

"흑, 숙부……."

백리장패는 아우의 수급을 가슴에 안고는 통한의 눈물을 뿌렸다.

"크으. 초광아, 평생 자네를 구박만 했는데… 이렇게 갔단 말인가?"

백리태보의 무사들은 모두가 무릎을 꿇으며 애도의 눈물을 뿌렸다.

"총관!"

"원통하외다, 친위령주!"

백리장패는 주변을 향해 호통을 쳤다.

"뭣들 하는 것이냐? 당장 놈을 추격하라! 강호의 악마를 추적하란 말이다! 내 손으로 놈을 요절낼 것이다!"

여명.

여름밤은 길지가 않아 어느새 동녘이 밝아오고 있었다.

백리장패는 여전히 아우의 수급을 가슴에 안은 채 비통함에 젖어 있었다.

북궁검민이 옆으로 다가서며 조용히 아뢰었다.

"맹주님, 원통하신 심정은 충분히 이해합니다. 부맹주이신 의천신검께서도 친아우를 잃는 아픔을 겪으셨습니다. 이런 고통과 슬픔이 어찌 두 분만에게만 해당되겠습니까. 그동안 십야혈루등주에 의해 피살된 명사들은 헤아릴 수 없이 많습니다. 친위영주께서는 명예롭게 전사하셨습니다. 이제 그분의 넋을 놓아주십시오."

백리장패는 물끄러미 그녀를 바라보다가 딸에게 수급을 건넸다.

"빙아야, 네 숙부의 시신을 수습해라. 당분간 장례는 치르지 않을 것이다. 십야혈루등주 그 악마의 목을 베어 망자의 영전에 바칠 것이다."

"예, 아버님."

백리빙은 숙부의 수급을 받쳐 들고 의사청을 나갔다. 백리태보 무사들은 관에 담겨 있는 백리초광의 시신을 메고 뒤를 따랐다.

북궁검민이 백리장패에게 따뜻한 차를 올렸다.

"맹주님, 이제 좀 진정이 되십니까?"

백리장패는 차를 한 모금 마시고는 길게 한숨을 내쉬었다.

"놈은 어찌 되었는가, 군사?"

"순찰영주 세 분이 출동했지만 소득이 없을 겁니다."

"우라질!"

백리장패가 탁자를 내려치며 분통을 터뜨렸다.

"감히 무림맹 총단을 급습해? 이것은 놈이 무림맹의 결속을 와해시키고 본좌에게 수모를 안기기 위함이 아니더냐?"

"분명 경고적인 의미일 겁니다. 그러나 달리 생각하면 십야혈루등주 역시 무림맹 출범에 부담감을 느꼈기에 총단으로 뛰어드는 모험을 감행한 것일 수도 있습니다."

"군사의 판단은 어떤가? 이제 또다시 열흘 밤의 공포가 시작된 것으로 볼 수 있는가?"

"여태까지 십야혈루등은 한번 밝혀지면 열흘 동안 지속됐습니다. 현재까지 접수된 정보로 십야혈루등이 밝혀진 곳은 없었다고 합니다. 그렇다면 이번 십야혈루등이 첫날째이며 앞으로 아흐레 동안 더 밝혀질 가능성이 아주 높습니다."

백리장패는 이를 부득부득 갈았다.

"다음은 어느 곳인가? 놈이 출혈한 곳을 예상할 수 있는가?"

북궁검민은 다소 난치한 표정을 띠었다.

"송구합니다, 맹주님. 소녀는 그만한 지혜를 지니지 못했습니다."

"아니야. 내가 너무 성급했군. 위지불급이라 해도 첫날에 밝혀진 십야혈루등을 갖고 다음번 살인을 예상할 수 없을 것이네."

"조심스럽게 예측한다면 향후 십야혈루등주의 표적이 될 만한 곳은 사천성의 대문파들입니다. 소녀가 예상하기로 아미파, 청성파, 사천당문, 금풍장(金風莊), 철권보(鐵拳堡) 등이 유력합니다."

백리장패도 나름대로 생각이 있는 사람이기에 북궁검민의 판단에 적극 동조했다.

"그래, 놈의 행적을 감안한다면 군사가 언급한 문파들이 표적이 될 가능성이 높네."

그는 자리를 박차고 일어섰다.

"이럴 게 아니라 당장 성도로 가봐야겠네. 사천당문과 금풍장, 철권보 등이 모두 성도에 위치해 있으니 어느 한곳에서는 놈을 찾아낼 수 있겠지."

"맹주님, 지금은 친위영주를 위한 사적인 복수에 연연하실 때가 아닙니다."

"허어, 사적인 복수라니? 무림 공적인 강호제일의 악마를 추살하는 일이 어찌 사적인 복수란 말인가?"

"무림맹은 삼대악을 척결하기 위해 결성된 조직입니다. 만일 십야혈루등주를 쫓다가 다른 악도들에게 총단을 급습당하게 되면 어찌할 생각이십니까?"

"뭐, 뭐야? 놈들이 총단을 급습한다고?"

"충분히 가능합니다."

"으음!"

백리장패는 잔뜩 이맛살을 찌푸리다가 다시 좌정했다.

"군사의 우려가 지나친 것이 아니야. 총단을 잃게 되면 무림맹의 위상은 땅에 떨어지고 본좌는 맹주의 자격을 잃게 되겠지."

그는 최대한 감정을 자제했다.

"본좌가 어찌했으면 좋겠는가? 군사의 고견을 말해보게."

"일단 사천성의 전 문파에 십야혈루등주의 기습에 대비하라는 명령을 하달하십시오. 또한 군천세가에 계신 부맹주께 십야혈루등주의 추적을 명하십시오."

"군사, 본좌는 그냥 총단만 지키란 말인가?"

"아닙니다. 총단에 대한 방비를 충분히 갖추면서 출동을 준비하십시오. 열흘 밤의 공포가 칠팔 일쯤 경과하면 십야혈루등주의 다음 표적을 예측해 보겠습니다."

백리장패는 힘있게 고개를 끄덕였다.

"그래, 군사라면 위지불급처럼 놈의 행적을 예상할 수 있을 것이네."

북궁검민은 공손하게 손을 모았다.

"소녀의 재주는 탁세신룡의 절반에도 미치지 못합니다. 하지만 최선을 다해 익마의 행적을 유추해 보겠습니다."

3

사천성 전역이 공포에 휩싸였다.

무림맹 총단에서 시작된 열흘 밤의 공포가 청성파와 아미파까지 거쳐 갔다. 아미파에서는 여제자가 간살되는 참변까지 겪는 바람에 충격과 경악을 금치 못했다.

십야혈루등주의 악명은 이미 과거의 광마를 능가해 고금제일의 악마로까지 불리게 되었다.

성도에 위치한 사천당문과 금풍장, 철권보, 맹천강(猛川岡)의 수뇌 급들도 연이어 피살됐다. 하지만 십야혈루등주의 침투가 워낙 교묘해 모두가 눈을 부릅뜬 채 삼엄한 경비를 서고 있음에도 불구하고 혈등이 밝혀지는 것을 막지 못했다.

그렇게 아흐레째 밤이 흘러갔다.

성향촌(盛香村)은 아미산 자락에 위치한 자그마한 부락이다.

성향촌 마을 사람들 절반은 약초를 캐거나 사냥을 업으로 삼기에 이들에게 약초와 모피를 구입하려는 상인들로 인해 성향촌은 여느 마을답지 않게 번잡스러웠다.

 대나무 삿갓을 쓴 약초꾼도 성향촌에 직접 약초를 팔러 온 사람으로 보였다. 여느 사람과 다른 점이라면 약재를 사러 온 상인과 전혀 흥정을 하지 않았다는 데 있었다.

 약간의 돈을 쥔 약초꾼은 한 말의 양곡과 몇 가지 생필품을 구입하고는 술을 한잔 걸치기 위해 노천 주점을 찾아들어 갔다.

 나무 그늘 아래 펼쳐진 노천 주점에는 상인들과 사냥꾼, 약초꾼들이 한데 섞여 술잔을 주고받고 있었다.

 삿갓을 쓴 약초꾼은 빈 좌석을 하나 차지해 있고는 삿갓을 벗었다.

 다듬지 않은 수염이 덥수룩한 청년이었다.

 제대로 씻지 않고 얼굴이 꾀죄죄했지만 이목구비가 반듯했고 유현함이 깃든 눈빛이 놀랍도록 맑았다.

 청년은 다름 아닌 위지불급이었다.

 그동안 불영곡에서 수련을 하던 그는 등잔을 밝힐 기름과 약간의 생필품, 그리고 식량을 구하기 위해 잠시 마을에 내려온 것이다. 작은 마을이다 보니 그를 알아볼 사람이 없기에 그는 오랜만에 술을 한잔 즐길 수 있을 것 같았다.

 주인이 거칠게 술과 안주를 내려놓고 갔다.

 술은 싸구려 죽엽청이고 안주는 재가 묻은 멧돼지 구이였지만 위지불급에게는 모처럼의 성찬이었다.

독한 죽엽청이 목구멍을 타고 넘어가자 뱃속이 후끈 달아올랐다.

"좋군."

정말 좋았다. 하지는 그는 친동생이 지은 살업 때문에 자신도 죄인의 입장이라 표현조차 과하게 할 수 없었다.

그는 천천히 술을 즐기다가 문득 귓속으로 파고드는 말소리에 바싹 주의를 기울였다.

털보사냥꾼이 동료들에게 열불을 토하고 있었다.

"세상에 그런 나쁜 새끼가 있단 말인가? 십야혈루등주가 얼마 전 아미파에 잠입해 어린 불제자를 간살한 것으로 아는데, 어젯밤에도 한 번 더 아미파를 뒤흔들어 놓았다고 했네."

"그럼 이번에도 또 아미파 제자를 겁탈했단 말인가?"

"아니, 이번에는 아미파의 원로의 목을 베어 불단에 올려놓았다고 하더군."

사냥꾼들이 일부는 귀를 틀어막았고 일부는 합장을 취했다.

"아이고, 아미타불! 감히 부처님을 능멸하다니!"

"진정 인간이 아니라 악마의 화신일세."

위지불급은 가슴이 턱 막혀 술도 제대로 마실 수가 없었다. 그는 단순한 연쇄살인을 넘어선 만행에 감정을 주체할 수가 없었다.

'미쳤어! 녀석이… 갈수록 미쳐 가고 있어. 이렇듯 인성을 상실했단 말인가?

털보 사냥꾼이 술을 한 사발 들이켜고는 이를 부득 갈았다.

"그 악마 새끼를 보기만 하면 내가 화살 한 대로 쏘아 죽일 수 있는데 찾아낼 수 없다는 게 정말 원통하네."

동료 사냥꾼이 술잔을 채워주며 위로했다.

"오늘이 사천성에서 십야혈루등이 밝혀진 지 열흘째 되는 날이 아닌가? 어쨌거나 오늘 밤만 지나면 한동안 잠잠해지겠지. 그래도 우리 같은 무지렁이들은 살해될 염려가 없으니 됐지 뭔가?"

위지불급은 참담한 심정으로 술잔을 기울였다.

독한 술을 거푸 들이켰지만 술맛도 느낄 수 없었고 취기도 전혀 오르지 않았다. 그 와중에도 그는 귀를 열어두고 있었기에 사천성에서 전개됐던 아홉 선의 살인에 대해 모두 들을 수 있었다.

그는 애써 마음을 가라앉히고는 생각을 정리했다.

'이번 십야혈루등은 사천성 중경의 무림맹 총단에서 첫 번째로 밝혀졌다. 둘째 날에 아미파, 셋째 날에 청성파, 넷째 날에 사천당문……'

그의 뇌리 속으로 사천성의 지도와 함께 십야혈루등주의 행적이 선명하게 그려졌다.

'어제가 아흐레째로 아미파에 또 한 번 십야혈루등이 밝혀졌다.'

제이의 십야혈루등주는 첫 번째 십야혈루등주보다 행동반경이 훨씬 넓고 하루 동안의 이동거리도 엄청 멀어 그 행적을 예측하기가 쉽지 않다.

이번 사천성에서 전개된 아홉 건의 연쇄살인 역시 그의 예상을 훨씬 벗어나고 있었다. 청성파나 아미파, 사천당문 등은 공력 대상이 확실했지만 그 일정에는 규칙성이 전혀 없었다.

'아미파를 두 번씩이나 침범한 것은 모두의 의표를 찌르는 행동이었다. 아미파로서는 충격이 채 가시기도 전에 엄청난 타격을 또다시 받았을 것이다.'

위지불급은 서산으로 뉘엿뉘엿 넘어가는 저녁 해를 바라보았다.

열흘 밤의 공포 마지막 날.

'오늘 밤의 표적은 과연 어디일까? 다시 청성파나 사천당문이 될 가능성이 높은데…….'

그는 자신만큼 고심하고 있을 북궁검민을 떠올리자 가슴이 아팠다.

'검민이 얼마나 괴로울까? 모두들 검민의 예측에만 의존하고 있을 텐데…….'

문득 그는 동생인 위지문현의 성향을 떠올리고는 오늘 밤에 십야혈루등이 밝혀질 장소에 대해 확신하게 되었다.

'그래! 문현은 남에게 자신의 의도가 읽히는 것을 지극히 싫어하는 녀석이다. 내 짐작이 틀림없어!'

그는 은자 한 조각을 탁자 위에 내려놓고는 노천 주점을 나섰다. 자신의 은신처로 가져갈 꾸러미를 챙길 겨를이 없었다.

부락을 벗어난 그는 전진파의 경공절기인 월예도천비를 구사했다. 그는 한 마리 새가 되어 수림 위를 날아갔다. 그는 노을로 짙게 물드는 아미산 저편의 봉우리를 바라보았다.

'과연 시각 내에 당도할 수 있을지 모르겠군.'

4

아미파.

구대문파 중 유일한 여인들만의 문파다. 소림과 더불어 불문을 대표하는 비구니들의 문파로서 엄한 계율과 절제된 수양을 요구하는 것으로 널리 알려져 있다.

이런 아미파가 십야혈루등주에 의해 두 번씩이나 침범을 당했으니 엄청난 치욕이 아닐 수 없었다.

아미파 제자들은 지난밤에 살해된 원로 멸심 사태를 애도하며 밤을 못 이루고 있었다. 그들은 이미 두 번씩이나 침범을 당했기에 십야혈루등주가 다른 곳으로 떠났다고 확신하고 있었다. 여태까지의 행적으로 십야혈루등주가 하나의 문파를 세 번씩이나 침범한 적은 없었기 때문이다.

그러나 예상할 수 없는 것이 악마의 행적이기에 아미파 전 제자들은 법당 주변을 철저하게 경계하고 있었다.

열흘 밤의 공포 중 마지막 밤.

아미파 제자들은 목탁을 치면서 어서 날이 밝기만을 부처님께 간절히 기원해야 했다.

준수한 용모의 청년이 복면인은 환히 밝혀진 아미파를 응시하고 있었다.

법당과 전각마다 밝혀진 등불은 연등제(蓮燈祭)를 방불케할 만큼 환했지만 축제의 분위기는 아니었다.

청년은 다름 아닌 위지문헌이었다.

그는 이미 두 번씩이나 아미파를 침투했기에 아미파의 경비 상황과 내부구조에 대해 훤히 알고 있었다.

'훗, 아직 열흘 밤의 공포 중 세 번째 공포를 당한 예는 없었다. 아미파가 그런 공포를 경험할 첫 번째 문파가 되겠군.'

그는 복면을 뒤집어썼다. 당대의 악마 십야혈루등주가 된 것이다.

둥실 떠오른 십야혈루등주는 나무 잎사귀를 밟으며 유연하게 미끄러졌다. 신법을 펼치면서도 바람 소리도 내지 않기에 그의 존재는 곧 유령이었다.

이 순간 허공 저편에서 한 줄기 불꽃이 내리꽂혔다.

십야혈루등주는 흠칫 놀랐지만 자신을 직접적으로 공격한 것이 아니기에 신법을 멈추고 바닥으로 내려섰다.

퍼엉—!

불꽃 광선에 적중된 거목 한 그루가 대번에 숯덩이로 화했다.

이어 하나의 섬세한 인영이 십야혈루등주 앞으로 내려섰다. 마치 바닥에서 솟아오른 듯한 경이적 신법의 소유자는 우아한 용모의 여인이었다.

삼십대의 여인답지 않게 백발이 특이했고 외견상 많지 않은 나이임에도 불구하고 세월의 깊이가 느껴졌다.

"네가 당대의 악마 십야혈루등주냐?"

십야혈루등주는 잠시 그녀를 훑어보고는 깍듯하게 예를 표했다.

"태양무후가 아니시오? 최강의 여류고수를 이렇게 뵙게 되어 영광이오."

그러했다. 백발의 여인은 중원 십대고수의 일인이며 당대 최고의 협녀로 추앙받고 있는 태양무후였다.

태양무후는 오랜 수양을 거쳤지만 사악한 살인마 앞에서는 감정을 자제하기 힘들었다.

"예전에 강릉에서 대면한 적이 있는 첫 번째 십야혈루등주는 그래도 인간적인 양심은 지닌 자였다. 한데 너는 인성마저 말살된 살인마로구나!"

"무후, 흑백에 대한 구분은 누구도 감히 단정할 수 없소. 무후의 손에 죽은 사람들 중 과연 단 한 사람도 억울한 사람이 없다고 장담할 수 있겠소?"

"닥쳐라! 그 어떤 변론으로도 너 자신을 비호할 수 없다. 너는 절대 용서받을 수 없는 악인이다."

"진정한 악은 드러내지 않는 어둠이오. 나처럼 색깔을 확실히 한 사람은 악이 아니라 마(魔)로 불러야 마땅하오."

십야혈루등주는 폭음 소리를 듣고 달려오는 아미파 제자들의 움직임을 간파하고는 둥실 떠올랐다.

"자리를 옮겨 무후의 지도를 받겠소."

태양무후는 자신을 조금도 두려워하지 않는 상대의 당당함과 결코 흉포하지 않은 태도에 혼란을 금치 못했다.

'으음, 이해가 되지 않는군. 이자의 눈빛은 결코 탁하지 않고 말투에서도 높은 배움이 느껴진다. 과연 이자가 진정 당대의 악마라는 십야혈루등주란 말인가?'

그러다 그녀는 십야혈루등주가 아미파의 여제자를 간살하고 원로의 목을 법당 안 불단에 올려놓은 악행을 떠올렸다.

'놈은 극악이며 극마다. 나를 대하는 공경한 태도는 결코 진심이 아니라 오만 때문이다.'

그녀는 신법을 펼쳐 십야혈루등주의 뒤를 쫓았다.

잠시 후 아미파 제자들이 장내로 내려섰다.

붉은 가사를 걸친 아미파의 원로 멸정 사태가 새까맣게 변해 버린 고목을 보고는 급히 합장을 올렸다.

"오, 태양신화다! 태양무후께서 우리 아미파를 보호해 주셨다."

제자 하나가 물었다.

"폭음 소리는 한 번밖에 들려오지 않았습니다. 대체 어찌 된 일일까요?"

멸정 사태는 염주를 돌리며 안도했다.

"악마가 설마 또다시 본 문을 침범하겠느냐? 게다가 무후께서 보살펴 주시고 있으니 오늘 밤은 안심해도 될 것 같다. 자, 모두 물러가자."

넓은 골짜기 대부분은 바위로 이루어져 있었다. 계곡 바닥으로 계수가 시원스럽게 흐르고 있어 물소리가 요란했다.

태양무후는 십야혈루등주와 오 장 정도 떨어져 있는 바위 위로 내려섰다.

"네가 도주하지 않는 것을 보니 아주 비열한 자는 아니로구나?"

십야혈루등주는 낭랑한 웃음을 터뜨렸다.

"하하, 이번 기회가 아니면 세상에 몇 분 남지 않은 중원십대고수와 어떻게 무공을 겨룰 수 있겠소? 소생은 무후의 위대한 절기인 태양신화주를 기꺼이 받아보겠소……."

"네 얼굴을… 한번 볼 수 있겠느냐?"

"그것은 조금 곤란하오. 하지만 무후가 운명할 상황이면 한번쯤 보여 드릴 용의가 있소."

"네 사문은 어찌 되는 것이냐?"

"하늘과 땅이 내 사문이오."

"오만한 답변이로군. 풍문에 의하면 네가 광마의 후예라고 하던데?"

"그것은 나에 대한 모독이오. 내가 구사한 수법이 광마와 조금 연관이 있기는 하지만 난 광마와는 무관하오."

태양무후는 곤혹스런 눈빛으로 그를 직시했다.

"네 언변이 참으로 유창하구나. 예법과 배움이 아주 깊음을 알 수 있겠다. 그렇다면 대의와 도리도 배웠을 텐데 어찌 이렇듯 사악한 만행을 저지른단 말이냐?"

"공포와 두려움이 반드시 나쁜 것만은 아니오. 사람들은 공포를 이겨내기 위해 정신력을 키울 것이며, 두려움을 극복하기 위해 무공을 수련하며, 자신을 더 강하게 만들기 위해 노력할 것이오. 다시 말해 내 존재는 악이 아니라 광명을 단련시키기 위한 정마(正魔)요."

태양무후가 길게 탄식했다.

"네 음성으로 미루어 나이가 많지 않은 것으로 생각되는데 어찌 뼛속까지 마성에 젖을 수 있단 말이냐?"

"내 존재를 이해하지 못하는 것은 무후의 편협된 의식 때문이오. 무후께서 선도(仙道)를 추구한다고 들었소. 도문의 최고 진리는 상선약수가 아니오? 모두가 싫어하는 가장 낮은 곳으로 흐르는 것이 물이듯 나 또한 스스로 가장 낮은 길을 택하고 있소. 이 정도면 내가 정마로 불려도 부족함이 없지 않겠소?"

"……."

태양무후는 상대의 정연한 논리에 잠시 할 말을 잊었다. 그녀는 비로소 상대가 단순한 살인마가 아님을 절실하게 깨닫게 되었다.

"십야혈루등주, 넌 정말… 두려운 존재로구나. 만일 네가 정도를 걸었다면… 대협객으로 추앙을 받았을 것이다."

"그렇지 않아도 머지않아 대협객 행세도 해볼 생각이오."

"뭐, 뭐야?"

"십야혈루등과 대비되는 십야광명등(十夜光明燈)을 밝혀볼 생각이오."

"십야광명등……?"

"그렇소. 매일 밤 세상의 악적들만 골라 죽이고 푸른 등을
밝힐 것이오. 아마 반년이 지나지 않아 세상 사람들은 십야광
명등을 하늘처럼 떠받들 것이오. 그러면서 떠들어댈 것이오.
십야광명등주가 십야혈루등주를 제압해 줄 거라고 말이오. 이
얼마나 재미있는 상황이겠소. 하하핫!"

태양무후는 난생처음 오싹한 공포를 느꼈다. 그녀는 태양진
기를 운기해 장심에 운집시켰다.

"진정 무섭구나. 세상에 어떻게… 너 같은 악마가 태어날 수
있단 말이냐?"

십야혈루등주는 천천히 검을 뽑아 들었다.

"난 악마로 태어난 것이 아니라 스스로 키워진 것이오."

"네가 갈 곳은 지옥뿐이다!"

태양무후는 장심 가득 운집한 태양진기를 내던졌다. 구슬
형상의 태양신화주는 모든 것을 녹여 버린다는 태양무후의 최
고 절기였다.

화르륵ㅡ!

태양신화주가 강렬한 불꽃을 발하며 날아들었다.

십야혈루등주는 호신강기를 펼쳐 몸을 보호하는 동시에 검
강을 발출해 맞섰다.

"폭천섬!"

아찔한 광휘와 함께 검강이 하늘과 땅을 갈랐다.

콰아아앙!

엄청난 폭음과 함께 쪼개진 태양신화주가 사위로 비산되었다.

태양무후는 자신의 절학을 파훼한 상대의 경지적인 무공을 내심 놀라움을 금치 못했다.

'생애 최강의 적이로군.'

그녀는 바싹 긴장하며 손가락을 튕겼다.

열 줄기 불꽃이 제각기 호선을 그리며 뻗어나갔다. 태양신화주와 더불어 태양무후의 또 다른 절기인 태양화섬지였다.

십야혈루등주는 검을 휘둘러 태양화섬지를 베어내고는 반격을 전개했다.

"천마분참(天魔分斬)!"

한순간에 쏟아지는 수백 수천 개의 검형이 밤하늘을 붉게 수놓았다. 과거 마검천자(魔劍天子)로 불리었던 검마왕의 절기였다.

태양무후는 탄지검을 발출해 상대의 검형을 해소하고는 접근전을 펼쳤다.

퍼— 퍼펑—!

한 번 격돌할 때마다 강기의 파편이 사위를 휩쓸었다. 집채만 한 바위덩이가 공깃돌처럼 날아다녔고 견고한 바위 벼랑이 맥없이 주저앉았다.

"받아랏!"

태양무후는 허공을 딛고 선 채 연속적으로 태양신화주를 내던졌다. 엄청난 공력이 소진되는 절기이지만 그만큼 강력하다.

십야혈루등주는 검강을 발휘해 태양신화주를 쪼갰지만 강렬한 열양강기에 의해 상당한 타격을 입게 되었다.

'과연 십대고수다운 무공이로군.'

십야혈루등주가 뒤로 밀리자 태양무후는 탄지신검을 발출해 힘껏 내려쳤다.

"가랏, 악마!"

그러자 십야혈루등주는 신검합일을 전개해 태양무후와 정면으로 충돌했다.

차앙⋯⋯!

보검과 탄지검이 교차되었다. 두 사람은 서로 검을 맞댄 채로 서서히 하강했다.

순간 십야혈루등주의 한쪽 눈에서 무시무시한 광채가 뿜어졌나.

번— 쩍!

투살공이었다. 투살공은 통상 두 눈을 통해 분출되지만 십야혈루등주는 보다 강력한 위력을 발휘하기 위해 한쪽 눈으로만 투살공을 발출한 것이다.

태양무후는 찰나지간 호신강기를 펼쳐 투살공을 차단하면서 탄지검을 마저 내리그었다.

쨍그렁!

십야혈루등주는 검이 동강나며 탄지검에 의해 복면과 가슴이 어깨가 베어지는 부상을 당하고 말았다. 그러나 방어에 최선을 다하지 못한 태양무후 역시 투살공에 의해 오른쪽 눈이 파열되고 말았다.

"흐읔!"

태양무후는 소매로 얼굴 한쪽을 가리며 바위 위로 내려섰다.

단순히 눈알만 파열된 것이 아니라 심각한 내상까지 당했기에 입술을 비집고 선혈이 흘러나왔다. 태양무후가 이렇듯 심한 부상을 당하기는 수십 년 이래 처음 있는 일이었다.

십야혈루등주는 어둠 저편으로 멀어져 갔다.

"카핫, 과연 태양무후로군. 한 수 지도 잘 받았소. 덕분에 난 더 강해질 것이오!"

몇 번을 도약하는 사이 십야혈루등주는 수십 리 밖으로 사라졌다.

"아… 내 한계로구나."

바위 위에 털썩 주저앉은 태양무후는 소매를 찢어 한쪽 눈을 처맸다. 내상을 막기 위해서는 급히 운기조식을 취해야 했지만 행여 십야혈루등주가 되돌아와 암습을 가할 위험이 있기에 아직은 마음을 놓을 수가 없었다.

일순 그녀의 이목이 계곡 입구로 집중되었다. 빠른 속도로 날아드는 누군가를 감지한 것이다.

'고수로군.'

태양무후는 한쪽 눈이 상한 극심한 고통을 무릅쓰고 바위 위에서 몸을 일으켰다.

만암곡으로 날아든 사람은 허름한 옷차림에 얼굴이 구레나룻으로 덮인 청년이었다. 미처 그를 알아보지 못한 태양무후가 한 줄기 탄지검을 세워 들었다.

"누구냐?"

구레나룻 청년은 다름 아닌 위지불급이었다. 한눈에 태양무후를 알아본 그가 가까이 내려섰다.

"무후, 소생 위지불급입니다."

"네가… 불급이라고?"

태양무후는 위지불급을 찬찬히 뜯어보고는 탄지검을 회수했다.

"그렇구나. 한데 네가 여기는 어쩐 일이냐?"

"십야혈루등주가 아미파를 다시 침범할 것으로 예상돼 달려온 것입니다. 한데… 상처를 입으셨습니까?"

"한발 늦었구나. 네가 있었더라면… 당내의 악마를 죽일 수 있었을 텐데……."

"예에? 하면 십야혈루등주와 대결하신 겁니까?"

태양무후는 천으로 감싼 눈 부위를 가리며 부끄러운 기색을 띠었다.

"유감이다. 악마를 죽이지 못하고 부상만 당하고 말았다."

위지불급은 대번에 그녀의 부상을 간파했다.

"아, 투살공에 당하셨군요?"

"어쨌든 잘 와주었구나. 나를 좀 부축해 다오."

"예, 선배님."

위지불급이 바위 위로 내려서자 태양무후는 그의 등에 업혔다.

"노신이 사내 등에 업혀보기는 처음이구나."

"소, 송구합니다."

"일단 아미파로 가자. 적당한 암자를 하나 빌려 잠시 요양을 해야겠다."

"알겠습니다."

위지불급은 월예도천비를 펼쳐 능선을 넘어섰다.

그는 마음속으로 심한 죄책감에 시달렸다. 태양무후는 자신의 목숨을 구해준 은인이다. 한데 자신의 동생에 의해 이렇듯 중상을 입었으니 어떻게 사죄를 올려야 할지 몰랐다.

'죄송합니다, 무후! 사죄조차 할 수 없어 더욱 송구스럽습니다.'

天才家門

1

구 일 밤의 공포.

이번 십야혈루등이 아흐레 밤까지만 이어졌다는 소식에 천하인 모두가 놀라움을 금치 못했으며 그 자세한 내막이 속속 밝혀졌다.

아미산에서 태양무후와 십야혈루등주가 격돌했다.

태양무후가 십야혈루등주의 투살공에 한쪽 눈을 잃는 중상을 입었지만 십야혈루등주 역시 탄지검에 부상을 당해 도주했다. 십야혈루등주가 마지막 날 혈등을 밝히지 못했다는 것은 그만큼 중대한 부상을 당했음을 의미한다.

이런 얘기를 전해들은 대다수 사람들은 태양무후조차 십야혈루등주를 제압하지 못했다는 사실에 우려를 금치 못했다.

그러면서 열흘 밤의 공포가 이어지지 않았다는 사실에 큰 위안을 받았다. 이는 십야혈루등주의 연쇄 살인 의지를 꺾은 첫 번째 사건이기에 십야혈루등주에 대한 막연한 공포에서 벗어날 수 있었다.

무엇보다 유령과 같은 십야혈루등주도 부상을 당할 수 있다는 점에 열협들의 의기가 높아졌다.

부상을 당했다는 것은 죽일 수도 있음을 시사한다.

많은 협객들은 십야혈루등주를 구야혈루등주로 깎아내리며 그에 대한 추살에 적극적인 행동에 나섰다. 이 모두 태양무후가 몸을 다쳐 가면서까지 얻어낸 결실이었다.

아미산 보현암(普賢庵).

아마파와 봉우리 하나를 사이에 둔 산중턱에 세워진 자그마한 암자가 보현암이다. 암자는 보현보살을 모신 작은 법당과 수행을 위한 토굴, 그리고 아담한 요사채로 구성돼 있다.

태양무후는 보현암에서 요양을 하고 있었다.

보현암은 비구니 암자이기에 위지불급은 암자 밖에 임시 초옥을 짓고 지내야 했다. 보현암은 새벽 예불 이후 문을 열고 저녁 예불 이전에 암자 문을 닫아걸기에 위지불급은 해가 떠 있는 동안에만 보현암에서 머물 수 있었다.

위지불급은 태양무후의 눈을 회복시켜 주기 위해 최선을 다했지만 이미 심하게 훼손돼 시력 회복이 불가능했다. 그저 고통을 덜어주고 상처가 빨리 아물 수 있도록 조치하는 게 그가 할 수 있는 전부였다.

태양무후는 탕약 사발을 어린 비구니에게 건넸다.

"고맙구나, 일심."

"무후님의 조속한 쾌차를 부처님께 기원하겠습니다."

어린 비구니는 공손히 합장을 취하고는 사발을 받아 들었다. 어린 비구니는 위지불급에게도 합장을 취하고는 방을 나갔다.

태양무후는 붕대로 가린 눈 부위를 매만지며 잔잔한 미소를 띠었다.

"네 신묘한 의술 덕분에 이제 전혀 아프지가 않구나. 소문에 의하면 네가 투살공에 당한 군사준의 눈을 회복시켜 주었다고 하던데 네 재주가 참으로 가상하구나."

"무후의 눈을 회복시켜 드리지 못해 송구할 따름입니다."

"괜찮다. 세상을 살아가는 데에는 한쪽 눈만으로도 충분해."

태양무후는 가부좌를 풀고 침상에서 내려섰다.

"바람을 좀 쐬고 싶구나."

"괜찮겠습니까?"

"노신도 의술을 조금 알고 있다. 무리만 하지 않으면 큰 문제가 없을 것이다."

보현암을 나선 두 사람은 쓰르라미 울음소리가 요란하게 울려 퍼지는 산길을 따라 걸음을 옮겼다.

그들은 아미산 남쪽 산악을 굽어볼 수 있는 탁 튄 벼랑 가에 나란히 섰다.

태양무후가 능선의 짙은 녹음을 바라보며 입을 열었다.

"불급, 이번에 십야혈루등주라는 자를 만나 의외로 많은 얘기를 나누게 되었다."

"아, 예……."

위지불급은 머리카락이 쭈뼛 솟았다. 그의 동생이 신분을 밝히지는 않았겠지만 행여 의심을 살 여지를 남겼는지 가슴이 조마조마했다.

"그동안의 행적만으로 판단한다면 십야혈루등주는 사악하기 이를 데 없는 살인마다. 한데 막상 그를 만나 얘기를 들어 보니 과연 그가 극악한 살인마인지 이해가 되지 않았다."

"그자의 얼굴을 보셨습니까?"

"아니, 얼굴은 보지 못했다. 한데 목소리며 말투를 감안한다면 네 또래 정도로 생각되더구나. 참으로 놀랍게도 그자는 특별한 의식의 소유자였다. 확실치는 않아도 높은 학식까지 겸비한 것으로 보였다. 그런 자가 당대 최악의 살인마라니……."

위지불급은 십야혈루등주의 존재를 신랄하게 비난했다.

"놈은 미쳤습니다. 제정신을 지닌 자라면 절대 이런 만행을 저지를 수 없습니다."

"노신이 보기에는 결코 미친 자가 아니다. 하지만 마성에 깊게 물든 것은 확실하다. 그리고……."

태양무후는 천천히 고개를 돌려 위지불급을 응시했다. 유현한 기운이 담긴 눈빛을 접한 위지불급은 가슴이 덜컥 내려앉았다. 그러나 어떠한 내색도 해서는 안 되기에 담담히 미소를 띠며 말했다.

"말씀하시지요."

"네게는 정말 미안한 얘기지만… 지금 생각하니 그자에게서 너와 유사한 분위기가 느껴진 것 같았다."

"소생과 말입니까?"

"그래, 세상과 동떨어진 고고함과 이해할 수 없는 신비감이 그러했는데……."

태양무후는 말꼬리를 흐리며 얼른 표정을 바꾸었다.

"아니다. 너의 범속하지 않은 기질이 어찌 악마의 광기에 비할 수 있겠느냐? 노신의 실언을 용서해라."

"아닙니다, 무후."

"노신마저 이런 수모를 당했으니 당대에서 그자를 제압할 고수는 거의 없을 것이다. 무림맹주로 추대된 천왜필왕이나 군천세가의 가주인 의천신검이라도 놈을 제압하기 쉽지 않을 게야. 노신은 오직 네게 희망을 걸 뿐이다."

위지불급은 정중히 포권을 취했다.

"강호에는 인재가 많습니다. 악은 반드시 쓰러질 것입니다."

"그래, 당연히 그래야겠지."

태양무후는 다시 능선으로 시선을 돌렸다.

"노신은 이제 은퇴할 생각이다."

"무후……?"

"사실 진작 폐관에 들어갔어야 했는데 십야혈루등주로 인해 천하가 온통 두려움에 젖어 있어 차마 외면할 수가 없었다. 비록 그자를 제거하지 못했지만 열흘 밤의 공포를 저지했다는 것으로 위안을 삼고 싶다. 하지만 노신의 역할은 여기까지인 것 같구나."

"달리 후계자는 내정해 놓으셨습니까?"

"노신의 태양진기는 사내도 지니기 힘든 극양지공이다. 노신이 어렸을 적 복연을 입어 천년금구의 내단을 복용한 덕분에 태양진기를 보유할 수 있었지. 여인의 몸으로 노신의 태양진기를 계승할 체질을 지닌 아이는 찾기 힘들 것이다."

위지불급이 넌지시 한 사람을 소개했다.

"무후의 태양진기를 계승할 여인이 한 명 있기는 합니다."

"혹시… 백리태보 출신의 백리빙을 말하는 것이냐?"

"그렇습니다. 소생의 진단이 틀림없다면 백리빙 소저는 여인으로는 드물게 극양의 체질을 지녔습니다."

태양무후는 온화한 미소를 머금었다.

"풍문에 의하면 네가 백리빙과 연인 관계라 하더구나."

"부끄럽습니다. 하지만 소생이 백리빙을 제안한 데에는 전혀 사심이 없습니다."

"안다. 네가 그럴 사람은 아니지."

태양무후는 빠르게 위지불급의 혈도를 점했다.

"놀라지 마라. 네게 노신의 태양진기를 전수해 주려는 것이다."

"무후……?"

"네 공력이 미흡해 십야혈루등주와 상대하기에는 부족하다고 판단된다. 노신의 태양진기가 도움이 되기를 바라겠다. 노신이 주입시켜 준 태양진기는 훗날 백리빙에게 전수해 주고 노신의 후예가 되었음을 알려주어라. 그때까지만 네가 보유하고 있으면 된다."

태양무후는 위지불급을 바닥에 앉히고는 뇌정혈에 장심을 올려놓았다.

"태양신공의 구결부터 일러주겠다. 편안히 받아들여라."

"무후, 아직 존체도 회복치 않은 상태입니다."

"난 괜찮아."

태양무후는 장심을 통해 태양진기를 위지불급에게 주입시켜 주었다.

화르륵……!

두 사람의 몸 위로 불꽃이 피어올랐다. 그것은 사람의 살을 태울 화염이 아니라 초극 무공에 의한 정화였다.

2

중경 무림맹 총단.

지난번 십야혈루등주에 의해 백리초광이 피살된 이후 총단의 방책을 더욱 견고해졌다. 망루는 더욱 높아졌고 총단을 휘

과연 표적이 어디인가 109

감고 도는 해자도 더욱 깊어졌다.

대의사청에서는 한창 회의가 진행 중에 있었다.

"군사는 모두에게 고하게."

맹주 옥좌에 좌정해 있던 백리장패가 북궁검민을 향해 소매를 들어 보였다.

자리에서 일어선 북궁검민이 좌중을 향해 예를 표하고는 보고를 올렸다.

"그동안 접수된 정보를 분석한 결과 혈환마궁의 잔당은 절강성 안탕산(雁蕩山)에 은신해 있는 것이 확실합니다. 또한 해룡채와 황사당이 진작부터 저들 사악한 무리들과 내통해 있었음도 확인되었습니다. 소녀가 판단하기로 저들은 강남을 중심으로 세력을 확장해 사파연맹을 결성하는 것이 목표입니다."

청룡당(靑龍堂)을 맡고 있는 소림의 법장 대사가 말을 받았다.

"아미타불, 참으로 난세외다. 만일 저들이 사파연맹을 창건한다면 정사대립은 오랜 세월 계속될 것이오."

백리장패가 좌중을 둘러보며 물었다.

"본좌는 당장 출동해 혈환마궁의 잔당들과 저들의 동조 세력을 말살하고자 하오. 각 당주의 당주들과 영주들은 의견을 밝히시오."

백호당(白虎堂)의 수좌인 무당의 청인 도장이 먼저 견해를 밝혔다.

"맹주, 안탕산까지는 무려 칠천 리 길이오. 저들을 토벌하기 위해 출동하는 와중에 총단이 급습이라도 당하면 오도 가도 못하는 난처한 상황에 처하게 되오. 일단은 태양무후에 의해 부상을 당한 십야혈루등주를 총력으로 추적해 제거하는 것이 우선이라 생각하오."

주작당(朱雀堂) 수좌인 개방의 풍수취개(風水醉丐)가 이견을 제기했다.

"십야혈루등주에 대한 추적은 황하에서 바늘 찾기요. 일단은 소재가 확인된 악적들부터 제거하는 것이 순서외다."

현무당(玄武堂)을 맡고 있는 화산의 서악풍검(西岳楓劍)이 동조를 표명했다.

"주작당주의 말씀이 옳소. 드러난 적부터 제거하는 것이 순리요."

그러자 기린당(麒麟堂)의 수좌인 철문산장의 장주 철위진이 반론을 제기했다.

"색녀들이 자명궁의 쥐새끼들과 함께 있지 않다면 크게 신경 쓸 상황이 아니오. 일단 가장 위협이 되는 자명궁의 잔당들부터 찾아내 토벌해야 하오."

자명궁에 의해 부친과 철문산장의 정예들 대다수를 잃은 그로서는 개인적인 원한 때문이라도 자명궁 토벌을 우선적으로 주장할 수밖에 없었다.

무림맹 총단은 오대당과 순찰삼령으로 편성돼 있다. 순찰삼령은 백리빙, 군사준, 철주훼가 맡고 있는데 그들은 연륜이나 배분상 의견을 제기할 위치는 못 되었다.

다섯 당주의 의견이 갈리자 백리장패가 선뜻 결정을 못 내리고 북궁검민에게 조언을 구했다.

　"군사는 어찌했으면 좋겠는가?"

　"각 당주들의 말씀이 모두 일리가 있습니다. 총단을 지켜야하고, 토벌에 나서야 하고, 자명궁 잔당들이나 십야혈루등 추살 등 어느 하나도 소홀히 할 수 없습니다. 하지만 모든 일을 한꺼번에 수행할 수는 없으니 일단은 우선순위를 두어야 합니다."

　"그렇다면 무엇이 우선인가?"

　"혈환마궁과 그 동조세력의 토벌을 위해 총단의 전력이 출동할 필요는 없을 것 같습니다. 맹주께서 삼대당과 순찰이대를 이끌고 출동하시면 능히 토벌할 수 있을 것입니다."

　"이 개 당과 순찰일대로 총단을 지키게 한다는 것인가?"

　"그렇습니다. 물론 총단의 방비를 보다 견고히 하기 위해서는 십야혈루등주 추적을 취해 출동해 계시는 부맹주를 잠시 총단으로 불러들이십시오. 그 정도면 설사 자명궁과 십야혈루등주가 급습해 와도 능히 총단을 사수할 수 있을 것입니다."

　백리장패는 복잡했던 머릿속이 대번에 정리된 기분이었다.

　"하핫, 과연 군사다운 혜안이군."

　자리에서 일어선 그가 한껏 위엄을 뽐냈다.

　"그럼 맹주로서 명을 내리겠소. 청룡당, 주작당, 현무당이 출동하고 백호당과 기린당은 총단을 사수하는 것으로 결정하겠소. 순찰삼령 중에서는 군사준과 철주훼 영주가 출전하고 백리빙 영주는 총단에 남게나. 물론 군사도 남아 총단을 지키게나."

회의가 끝나자 모두가 부산하게 움직였다.

북궁검민은 출전 채비를 점검하기 위해 무기고로 향했다.

무림맹 결성 이후 첫 번째 출정이기에 비록 그녀가 직접 출전하는 것은 아니었지만 사뭇 긴장되었다. 무림맹의 업무 대부분이 그녀의 판단에 의해 결정되었기에 누구보다 책임에 대한 부담이 막중했다.

이때 순찰무사 하나가 그녀에게 서찰을 건넸다.

"군사, 북궁세가에서 보내온 서찰입니다."

북궁검민은 자신의 가문에서 서찰을 보내왔다는 말에 크게 당혹했지만 애써 태연함을 유지했다.

"고마워요."

북궁검민은 서찰을 뜯어 한눈에 훑어보았다.

잠시 봅시다.

단 한 줄의 글. 서명도 없어 누가 보냈는지도 알 수 없다. 하지만 북궁검민은 서찰의 필체만으로 누가 보냈는지 대번에 알 수 있었다.

'아, 불급이야!'

그는 서찰을 챙겨 넣고 급히 정문으로 달려갔다.

무림맹 총단이 된 백리태보는 대규모 증축 공사를 걸쳤기에 외부로 나서려면 네 곳의 철문을 통과해야 하고, 십 장에 달하는 해자를 가로지르는 다리를 건너야 했다.

총단을 나선 북궁검민은 진입로를 따라 곧장 달려갔다.

위지불급이 어디에 있을까 두리번거릴 필요도 없었다. 자신의 모습을 드러내면 그가 신호를 보낼 것이기에 총단에서 최대한 멀어지는 것이 중요했다.

위지불급이 굳이 북궁세가의 이름을 빌어 자신에게 서찰을 전한 것은 신분을 밝히지 않으려는 의도로 생각할 수 있었다. 하기에 그녀는 누구에게도 고하지 않고 총단을 나섰다.

"검민, 수림 우측으로 진세가 보이면 진입해. 다행히 미행은 없는 것 같군."

분명 위지불급의 음성이었다.

북궁검민은 모처럼의 해후를 기대하며 뛰는 가슴을 억눌렀다.

그녀는 뒤도 돌아보지 않고 진세 입구로 뛰어들었다. 진세는 나무와 풀로 이루어진 삼라초연진(森羅艸緣陣)이라 견고하지는 않아도 주변의 이목을 가리기에는 충분했다.

대나무 삿갓을 쓰고 입과 턱이 구레나룻으로 덮여 있는 청년은 다름 아닌 위지불급이었다.

북궁검민의 눈에서 절로 감격의 눈물이 흘렀다.

"불급……."

위지불급은 삿갓을 뒤로 넘겼다. 그는 밝은 미소를 띠며 다가섰다.

"잘 있었어?"

"흑, 불급……."

북궁검민은 위지불급의 허리를 끌어안으며 가슴에 얼굴을 묻었다.

위지불급은 그녀의 이마에 입을 맞추고는 등을 다독여 주었다. 그녀와 함께 있지 못한 세월이 미안하기만 했다.

"정말 미안해."

"무사해서 다행이에요. 십야혈루등주가 아미산에 세 번씩이나 나타났다는 소식을 듣고 얼마나 가슴을 졸였는지 몰라요."

"지난 열흘 밤의 공포 때는 간발의 차이로 놓치고 말았어. 꼭 만났어야 했는데……."

두 사람은 오랜 포옹으로 해후의 감격을 해소하고는 나란히 나무등걸 위에 걸터앉았다.

"왜 총단으로 오시지 않았어요? 모두들 당신이 와주기만을 기다리고 있는데요. 사실 무림맹 군사 자리는 불급이 맡아야 할 자리잖아요?"

"아니야, 검민. 죄인 된 몸으로 어떻게 무림맹에 몸담을 수 있겠어?"

"불급……."

북궁검민은 위지불급의 어깨에 머리를 기댔다.

"제발 그런 말씀 마세요. 북궁세가도 무림맹에 가담하지 않았어요. 그럼 저도 죄인이 되는 거잖아요?"

"그것과는 비교가 안 되잖아? 나로서는 푸른 하늘을 대할 수 없을 만큼 부끄러운 일이야."

"알았어요. 당신의 심정 충분히 이해해요."

"고마워. 그래도 이렇게 당신과 얘기를 나눌 수 있어 큰 위로가 돼. 만일 나 혼자 이런 고통을 감내하려 했다면… 정말 힘겨웠을 거야."

"저도 고마워요. 저를 믿고 모든 비밀을 밝혀줘서 정말 고마워요."

위지불급은 그녀의 어깨 위로 팔을 두르고는 따뜻하게 끌어안았다.

"그동안 무림맹에 대해 알아보니 직제나 구성이 효과적으로 이루어진 것 같아."

"책임이 너무 막중해 부담이 커요. 특히 이번 출동 건에 대해서는 고심을 많이 했어요."

"절강성 안탕산에 은신해 있다는 혈환마궁 잔당들을 토벌하기 위해 출동이 결정된 거야?"

북궁검민이 눈을 동그랗게 떴다.

"아니, 그것을 어떻게 알았어요? 여러 가지 단서를 근거로 겨우 알아낸 정보인데……?"

"나도 단편적인 정보로 추측했을 뿐이야."

"황사당과 해룡채 두 가문이 혈환마궁과 동조했다는 것이 문제입니다. 저들은 사파연맹 창건까지 계획하고 있어요. 그게 구체화된다면 정사 간의 대치는 장기화될 겁니다."

"한데 혈환마궁 토벌을 위해 무림맹 총단의 전력이 출동하기로 결정되었어?"

"아니에요. 행여 자명궁이나 십야혈루등주의 총단을 급습할 것이 우려돼 제가 삼 할 정도는 남겨두자는 의견을 제시했고 맹주께서 이를 수용했지요."

"검민도 잔류 쪽인가?"

"예, 혈환마궁 잔당들 중에 자명궁 무리들이 거의 보이지 않기에 저는 남기로 했습니다."

"흐음, 잘됐군."

몸을 일으킨 위지불급이 팔짱을 낀 채 천천히 풀밭을 거닐었다.

"내 판단이 틀리지 않다면 혈환마궁은 미끼야."

"미끼요?"

"무림맹의 주력을 총단에서 뽑아내 최대한 멀리 내보내려는 의도라 할 수 있지. 그래서 혈환마궁의 잔당들이 비교적 멀리 떨어진 절강성에 터전을 세웠다고 볼 수 있어."

북궁검민이 잠시 고심하다가 물었다.

"혈환마궁을 미끼로 사용할 계책은 누가 강구한 거죠?"

"천자명왕이겠지. 요지혈혜는 아마 자신이 이용당하고 있다는 사실을 전혀 모르고 있을 거야."

"혈환마궁이 와해되면 다음 차례는 자명궁 잔당이 될 텐데 왜 혈환마궁을 버리려는 거죠?"

"더 큰 것을 얻기 위함이지. 그것을 얻을 수 있다면 혈환마궁 정도는 버려도 된다는 판단이었을 거야."

"더 큰 거요? 그게 뭔데요?"

"나도 그게 확실치가 않아."

위지불급은 신중한 눈빛을 띠었다.

"분명 혈환마궁 이상 가는 가치를 얻으려는 속셈임에 분명해. 그래서 무림맹의 주력을 멀리 떠나보내려는 거니까."

"혹시 군천세가를 노리는 것이 아닐까요? 사실 천왜필왕이 무림맹주로 등극했지만 백도의 실질적인 구심점은 군천세가입니다. 만일 군천세가가 와해되면 백도의 충격은 엄청납니다."

"의천신검이 있는 한 저들도 쉽게 군천세가를 쓰러뜨리지는 못해."

북궁검민이 심각한 모습으로 말을 받았다.

"부맹주께서는 지금 군천세가를 떠나 십야혈루등주를 추적하고 계십니다. 이번에 혈환마궁 토벌대가 출동하면 부맹주를 총단으로 불러들여 총단 방어를 강화하기로 했습니다. 군사준 영주도 토벌대에 포함돼 있기에 군천세가는 거의 비어 있는 상황이나 다름없습니다."

그녀의 추측은 나름대로 타당성이 있었다.

위지불급은 잠시 생각하다가 고개를 흔들었다.

"비록 군천세가를 와해시킨다 해도 의천신검과 군사준이 건재한 이상 재건은 어렵지 않아. 무너진 장원이야 세우면 되니까 커다란 타격이 될 수 없어. 만일 군천세가를 노리기 위해 혈환마궁을 버린다면 그야말로 소탐대실이지."

"그렇다면 혹시 소림이나 무당을……."

"나 같으면 차라리 이곳 총단을 노리겠어."

"가능할까요? 자명궁 쥐 떼 군단도 두 개의 해자를 메우고 십 장 방벽을 넘어서기는 쉽지 않아요. 무엇보다 제가 피리 소리로 쥐 떼를 흩뜨릴 수 있다는 것을 잘 아는 천자명왕이 그런 무리수를 두겠어요?"

북궁검민의 어조에는 자신감이 역력했다.

위지불급은 나무토막을 이끌어 북궁검민과 마주 앉았다.

"검민, 천자명왕은 무서운 두뇌의 소유자야. 어마어마한 쥐 떼 군단을 조종해 온 그가 피리 소리 하나 때문에 그 막강한 힘을 포기하겠어?"

"예에……?"

"반드시 철 호각 소리만으로 쥐 떼를 움직일 수 있는 것은 아니야. 냄새와 주술로도 쥐 떼를 조종할 수 있어. 만일 그런 쥐 떼 군단이 무림맹 총단으로 몰려들면 검민은 어떻게 상대할 수 있겠어?"

"아……!"

북궁검민은 두려운 표정을 띠며 어깨를 부르르 떨었다.

"저… 정말 난감하군요. 향묘신의는 혈환마궁 토벌대에게 모두 지급되었는데……."

위지불급은 팔을 뻗어 그녀의 손을 쥐었다.

"검민, 난 그저 가능성을 말했을 뿐이야. 하지만 분명 가능성은 높아도 천자명왕이 무림맹 총단을 급습하는 강수는 두지 않을 것 같아. 승산은 희박하고 피해가 너무 크다면 천자명왕 성격상 절대 시도하지 않을 거야."

"그럼 대체 표적은 무엇일까요? 군천세가도 아니고 이곳 총단도 아니고……."

북궁검민이 씁쓸한 미소를 머금었다.

"설마 북궁세가를 노리는 것은 아니겠지요? 지금 상황에서는 오히려 자명궁이 북궁세가의 힘을 빌려야 할 처지이니 말이에요."

일순 위지불급의 표정이 심각하게 변했다.

"천자명왕과 천기무현. 자명궁의 쥐 떼 군단과 북궁세가의 진세 파훼 능력. 두 세력의 합작. 공동의 적……."

위지불급은 하얗게 질려 벌떡 일어섰다.

"안 되겠어. 아무래도 미산현으로 가봐야겠어."

"불급, 말도 안 돼요. 설마 당신의 가문을……?"

"천자명왕은 충분히 그럴 수 있는 악인이야."

"진정해요, 불급."

북궁검민이 그의 손을 감싸 쥐며 위로해 주었다.

"지난번 자명궁 쥐 떼가 청풍공방을 침범했지만 피리 소리로 물리쳤다면서? 저들이 아무리 암수를 써도 어떻게 전설의 위지세가를 넘볼 수 있겠어요?"

"검민에게는 정말 미안한 얘기지만… 만에 하나 천자명왕과 천기무현이 손을 잡는다면 청풍공방도 무사할 수 없어. 청풍공방에서 제대로 된 무공을 구사하는 일족은 스무 명도 채 되지 않아."

"그럴 리가 없어요. 제 아버님이 아무리 위지세가에 대한 경계심이 높아도… 어떻게 무림공적인 천자명왕과 합작을 하겠어요?"

"나도 그렇게 믿어. 하지만 이번에 무림맹의 주력을 멀리 절강성까지 보내려는 의도를 감안하면 가능성을 전혀 배제할 수가 없어."

위지불급은 두툼한 봉투를 꺼내 북궁검민에게 건넸다.

"곤란한 처지가 되면 이것을 사용해."

"불급, 당신 가문 문제라면 저도 같이 가고 싶어요. 저도 이제 위지가문의 일족이잖아요?"

"당신이 위지기문의 일족인 것은 확실해. 하지만 지금은 총단에 남아 있어야 돼. 사실 자명궁이 이곳 총단을 노릴 가능성이 더 높으니까."

"알았어요."

북궁검민은 위지불급의 목에 팔을 두르고는 뺨을 비볐다.

"너무 걱정 마세요. 청풍공방은 무사할 겁니다."

"나도 그러기를 바라. 그럼 다녀올게."

위지불급은 북궁검민의 입술에 가볍게 입을 맞추고는 진세를 빠져나갔다.

북궁검민은 눈물이 가득 눈으로 동쪽 하늘을 바라보았다.

"아버님, 제발 소녀가 죄인으로 살아가지 않도록 배려해 주십시오. 천자명왕과는 절대 손을 잡으시면 안 됩니다. 소녀가 간절히 비나이다."

무림맹주 백리장패, 세 명의 당주, 두 명의 순찰영주를 비롯한 오백여 무림맹 고수들이 출동했다.

혈환마궁의 잔당과 동조세력을 말살하기 위한 토벌대로 무림맹 결성 이후 첫 번째 출동이기에 나름대로 흥분과 긴장에 싸여 있었다. 대규모 인원이 빠져나가자 총단이 갑자기 한가해졌다.

백리빙은 휘하의 순찰무사들에게 경계를 강화토록 지시하고는 북궁검민을 찾아갔다.

북궁검민은 집무실에서 정보를 검토하다가 자리에서 일어서며 그녀를 맞이했다.

"어쩐 일이세요, 언니?"

"일 잘하는지 감독하려고."

"제 직위가 언니보다 낮지 않습니다."

"그래서 네 멋대로 출타를 한 거야?"

"그게… 무슨 말씀이세요?"

백리빙은 집무 책상 위에 걸터앉았다.

"나도 눈치는 빠끔한 사람이야. 북궁세가에서 네게 서찰을 보냈다고?"

"예……."

"이상하네? 네가 북궁세가에서 축출됐다는 것은 세상이 알

고 있는데 왜 서찰을 보냈을까?'

북궁검민은 차를 한잔 따라 백리빙에게 건넸다.

"핏줄을 어찌 칼로 끊듯이 끊을 수 있겠어요?"

"후훗, 부녀 간의 정분이 남아 있다고 둘러대려는 거냐? 내가 판단하기로는 남녀 간의 정분이 더 질긴 것 같은데?"

"자꾸 이상한 말씀을 하시네? 돌려 말씀하시지 말고 단도직입적으로 물으세요."

"좋아, 불급을 만나러 나간 거지?"

"……."

"역시 인정하는군. 불급의 성격상 번거로움을 싫어해 총단으로 들어오지 않고 널 불러냈으리라 짐작했어."

북궁검민은 솔직하게 털어놓았다.

"맞아요. 불급이 찾아왔었어요."

"그럼 나한테만큼은 귀띔을 했었어야지? 불급과는 내가 너보다 훨씬 먼저 만났고 깊은 관계도 먼저 맺었단 말이야!"

"언니……?"

북궁검민이 난처한 표정을 표하지 백리빙이 멋쩍은 미소를 띠며 언성을 낮추었다.

"그래, 미안하다. 그래도 너희가 정혼한 사이인데 내가 이런 얘기를 직접 언급하면 안 되지."

백리빙은 북궁검민의 손을 쥐며 활달하게 말했다.

"그 얘기는 잊어, 검민. 한데 모처럼 만났을 텐데 벌써 보낸 거야?"

"급히 갈 곳이 있었나 봐요."

"항상 바쁘군."

백리빙은 책상에서 내려서면서 힐끗 그녀를 보았다.

"내 소식은 묻지도 않았지?"

북궁검민은 비로소 위지불급이 자신에게 건네 봉투를 떠올렸다.

'불급은 이런 일이 있을 줄 예상하고 있었군. 정말 놀라운 지혜야.'

그녀는 두툼한 봉투를 백리빙에게 건넸다.

"받으세요."

"이게 뭐야?"

"불급이 주었어요."

"저… 정말?"

일순 백리빙이 얼굴이 홍분과 격동으로 인해 발갛게 상기되었다. 그녀는 잡아채듯 봉투를 받아 들고는 급히 집무실을 나갔다.

자신의 처소로 들어선 백리빙은 떨리는 봉투를 뜯고 서찰을 끄집어냈다. 수려한 행서체 필체가 한눈에 들어왔다.

미빙, 미처 만나보지 못하고 가서 미안하오.

대신 미빙에게 멋진 선물을 안기겠소. 일단 봉송한 작은 상자를 열어보시오.

백리빙은 봉투 안으로 손을 작은 상자를 끄집어냈다. 봉인을 뜯고 뚜껑을 열자 밀랍에 싸인 환약이 보였다. 밀랍에 싸인 상태에서도 독특한 향기가 물씬 풍겨졌다.

　"이게 뭐지?"

　백리빙은 잠시 환약을 살피다가 다시 서찰로 시선을 돌렸다.

　환약은 바로 태양신단이오.

　태양무후께서 미빙을 후계자로 삼겠다는 신표로 하사한 선물이오. 또한 태양신공의 구결을 서찰 말미에 적어두었으니 깊이 숙지하도록 하시오. 훗날 태양무후께서 내게 주입시켜 주신 태양진기를 미빙에게 전해주겠소.

　태양무후의 후예가 되었음을 진심으로 축하드리겠소, 미빙.

　그럼 가까운 시일 내에 만나 회포를 풉시다.

　백리빙은 이것이 꿈은 아닌지 자신의 볼을 꼬집어보았다. 눈물이 날 만큼 아팠다. 분명 현실이었다.

　"와아아! 내가 태양무후님의 제자가 되다니! 맙소사, 이런 광영이!"

　그녀는 위지불급이 곁에 없는 게 한스러웠다.

　"왜 옆에 없는 거야, 불급? 네가 날 추천해 준 덕분에 내가 이런 복연을 얻게 되었는데!"

그녀는 흥분과 환희에 겨워 한동안 감정을 주체하지 못했다. 그러다 아미산에서 요양하고 있을 태양무후의 존재를 떠올리며 겨우 감정을 자제했다.

그녀는 아미산 방향을 향해 정중히 삼배를 올렸다.

"제자 백리빙이 존엄하신 사부님을 뵈옵니다. 훗날 찾아뵙고 정식으로 인사를 올리겠습니다, 사부님."

그녀는 떨리는 손으로 서찰을 펼쳐 들고는 태양신공의 구결을 뇌리에 새겼다. 태양신공은 당대 최강의 절기 중 하나로 구결이 사십팔절이나 될 만큼 길었다.

백리빙은 정신력을 집중해 열 번 연속 구결을 읽고서야 겨우 구결을 뇌리에 담을 수 있었다.

아직 진기도 운용해 보지도 않았지만 그녀는 이미 태양진기가 체내에 형성된 듯 몸이 뜨거워졌다.

그녀는 한껏 부푼 꿈에 취하고 말았다.

"이제 내가 중원지화(中原之花)다!"

3

미산현 청풍공방.

외부와 별반 교류를 하지 않은 공방은 여느 때처럼 조용히 움직이고 있었다. 나이 든 사람은 국화지 제작에 종사했고 아낙들과 십삼 세 이상의 아이들은 죽세공품 제작에 참여했다.

아직 어린 아이들은 가문에서 정해놓은 교습 계획에 맞춰

서책을 읽고 그림과 기예를 배운다.

위지세가의 양녀가 된 위지취취도 이제는 온전히 한 가족이 되었기에 함께 죽세공품을 만들면서 또래들과 스스럼없이 얘기를 주고받을 수 있었다.

그녀의 죽세공 기술은 아직 미흡해 또래보다 작업 속도가 더뎠지만 이를 문제 삼은 어른은 없었다.

청풍공방 사람들은 얼마나 빠른 속도로 죽세공품을 제작하느냐를 전혀 생각지 않고 있었다. 평범한 대바구니를 짜는 데도 하자가 없어야 했고 독창적인 무늬를 창안해 모두의 인정을 받는 것에 즐거워했다.

이들에게 있어 죽세공품 제작은 단순한 밥벌이 수단이 아니라 지식의 응용이며 차분하게 심성을 가다듬는 수련이었던 것이다. 한데 이때였다.

땡― 땡땡―!

청풍공방 전체에서 요란한 종소리가 일제히 울려 퍼졌다.

간간이 청풍공방으로 손님이 찾아올 때 이를 고하는 종소리가 죽세공 작업장에 미리 울리기는 했어도, 이렇듯 청풍공방 전체를 진동시킬 종소리가 울리기는 처음이었다.

위지세가 일족들은 급박한 경종 소리를 듣고도 조금도 당황하지 않았다.

나이 든 아낙이 자리에서 일어서며 작업복을 벗었다.

"각자 소지품을 챙겨 비밀장원으로 피신해라."

"예, 대고모님."

위지세가 일족은 차분하면서도 신속하게 흩어졌다.

나이 든 아낙이 위지췌췌의 손을 쥐었다.

"놀랄 것 없다. 우리 공방을 노리는 적이 출현한 것 같구나."

"예에? 누… 누가요?"

"아직 모르겠다. 하지만 외곽 순찰조가 감당하기 어려운 적임에는 분명하다."

"자… 자주 있는 일인가요?"

"아니다. 우리 가문이 미산현에 터전을 잡은 지 백 년 이래 처음 있는 사건이다."

나이 든 아낙은 위지췌췌를 이끌고 죽세공 작업장을 나섰다.

"최상급의 경보가 발동된 것으로 미루어 쉽지 않은 싸움이 될 것 같구나."

콰— 콰쾅—!

엄청난 폭음과 함께 매큼한 화약 냄새가 코를 찔렀다.

청풍공방을 에워싼 대나무 숲 일각이 강력한 화탄에 소멸되고 있었다. 대나무 숲에 설치된 진세가 허물어지면서 대나무 숲이 불바다로 화했다.

이를 바라보는 자들은 마흔 명 남짓.

삼십여 명 정도는 회색 옷차림이었다. 그들 중 일부가 대나무 숲 안쪽으로 화탄을 던져 견고한 진세를 연이어 파괴했다.

이들을 지휘하는 사람은 바로 북궁세가의 가주 북궁휘였다. 그가 위지세가에 대한 본격적인 침공에 나선 것이다.

북궁세가 사람들의 활약을 지켜보고 있는 자들은 하나같이 흉측한 용모의 소유자로 다름 아닌 자명궁의 잔당들이었다.

천자명왕은 북궁휘와 나란히 선 채 불타는 대나무 숲을 감상하고 있었다.

"가주, 첫 대면치고는 너무 심한 것 아닌가? 사전에 통보라도 해주었어야 하는데 말일세."

"바둑을 둘 때 하수는 접바둑으로 치수를 조정하오. 상대가 전설의 천재가문인데 어찌 정당한 대결을 청할 수 있겠소? 이는 우리들의 오만이오."

"히헛, 그렇게 되는군. 헌데 가주는 어떻게 벽력강의 비밀스런 화탄 제조법을 알고 있었던가?"

"화탄 제조가 극비는 아니오. 우리 가문에서 제조한 폭렬화탄(爆裂火彈)은 벽력강의 벽력화탄보다 파괴력은 약하지만 화염은 더욱 강렬하오. 위지세가의 세 겹 진세를 제거하는 데 오히려 효과적이라 할 수 있소."

"흐음, 그럼 우리도 선을 보여야겠군."

천자명왕은 수라혈군을 돌아보았다.

"쥐 떼 군단을 출동시켜라."

"예, 명왕!"

수라혈군은 수하들에게 지시를 내렸다.

"쥐 떼 군단 출동!"

자명궁 무사들은 대나무 폭죽을 쏘아 올렸다.

퍼— 퍼펑—!

허공에서 폭죽이 터지며 붉은 연기가 자욱하게 피어올랐다. 붉은 연기가 대지로 내려앉자 곳곳에서 쥐 떼가 모습을 드러냈다.

찍— 찌찍—!

눈알이 새빨갛게 변한 쥐 떼는 잿더미로 변한 대나무 숲 속으로 뛰어들었다. 쥐 떼가 갉아먹는 속도는 엄청나 이내 대로와 같은 평지가 형성되었다.

천자명왕은 수염을 내리쓸다가 천천히 걸음을 내딛었다.

"자, 그럼 전설의 가문을 접수해 볼까?"

청풍공방 별원.

위지세가의 일족들은 별원 내에 보관돼 있는 귀중한 자료를 한 짐씩 짊어지고 비밀장원으로 향하고 있었다. 그들 역시 위기를 감지했기에 표정은 심각했지만 결코 부산을 떨거나 당황해하지 않았다.

윤거에 타고 있는 노가주는 나무 그늘 아래서 가주의 보고를 받고 있었다.

"북궁세가와 자명궁이 합세했습니다. 외곽 진세는 강력한 화탄에 의해 거의 파괴되었습니다. 자명궁의 쥐 떼 군단이 뛰어들면 비밀장원도 무사하기 어려울 것 같습니다."

"쿨럭, 일전에 가짜 십야혈루등주가… 벽력강에 침투해 세상을 잠시… 놀라게 하지 않았더냐?"

"그렇습니다. 당시 벽력강에서는 화탄 제조법이며 한 알의 화탄도 잃어버리지 않았다고 공표했습니다. 하지만 당시 정황을 살펴보면 누군가 화탄 제조법에 관한 기록을 읽은 게 확실합니다."

"그렇구나. 가짜 십야혈루등주로… 위장한 자가 바로 북궁세가 일족이었어. 쿨럭쿨럭."

"경비가 엄중한 벽력강을 침투한 정도면 북궁휘일 가능성이 아주 높습니다. 북궁휘라면 굳이 화탄 제조법이 기술된 책을 훔칠 필요가 없이 통째로 암기했을 것입니다."

"쿨럭, 그때부터… 북궁휘가 우리 가문을 노리고 있었을 게다."

화탄을 통해 무림의 의혹을 밝혀내는 두 사람의 지혜는 참으로 놀라웠다.

노가주는 대나무 숲 위로 퍼져 있는 검고 붉은 연기를 응시했다.

"자명궁의 쥐 떼는 지난번 음률 한 곡조로 물리쳤다. 천자명왕이 바보가 아닌 다음에야 무의미한 공격에 나설 리가 없지 않느냐?"

"그렇습니다. 아마도 음률로 막아낼 수 없는 쥐 떼를 새로 조련한 것으로 예상됩니다."

이때 위지세가의 외곽 경비를 담당하고 있는 순찰조장이 들어섰다.

"어렵게 됐습니다. 이번 쥐 떼는 피리 소리를 듣고도 전혀 동요하지 않습니다. 삼중 진세가 모두 붕괴돼 쥐 떼가 곧 공방 내로 진입합니다. 어서 피신하셔야 합니다."

노가주가 손수건으로 눈가의 진물을 닦으며 물었다.

"쿨럭, 소리로 조종할 수 없다면… 저들은 어떻게 쥐 떼를 움직이더냐?"

"저들은 붉은 연기를 피워내는데 독특한 향이 느껴졌습니다. 아마도 냄새를 통해 쥐 떼를 조종하는 것 같습니다."

위지명이 순찰조장에게 지시를 내렸다.

"당장 중화제를 제조하게. 쥐 떼를 흩뜨릴 수는 없지만 비밀 장원은 지켜야 하네."

"알겠습니다."

순찰조장이 물러가자 노가주가 윤거를 돌렸다.

"과연 천자명왕이로군… 쿨럭, 한 가지 냄새로 쥐 떼를 조종할 리는 없을 테니… 긴급히 제조한 중화제로는 쥐 떼 군단을 감당할 수 없을 게다. 아무래도… 청풍공방을 포기해야 할 것 같구나."

청풍공방 포기!

그것은 위지세가의 근간을 뒤흔드는 중대한 사건이 아닐 수 없었다.

위지명은 노가주 앞에 조용히 무릎을 꿇었다.

"아버님, 이 모두 소자가 불민한 탓입니다. 사수대를 결성해서라도 반드시 가문을 지키겠습니다. 윤허해 주십시오."

"상심하지 마라. 이는… 가주의 잘못이 아니라… 우리 가문의 운명이다."

"아버님……."

"우리 가문은 백 년 전… 씻지 못할 죄를 지었다. 한데 이번에… 쿨럭쿨럭, 그보다 더한 과오를 저지르고 말았다. 과연 이런 가문이… 보존될 가치가 있다고 생각하느냐?"

노가주의 비감한 모습에 위지명이 결연하게 말했다.

"그래서 우리 일족은 백 년 동안 속죄해 오지 않았습니까? 십야혈루등주의 업보는 불급이가 해결할 것입니다. 다시 백 년 동안 속죄하는 한이 있더라도 가문은 지켜져야만 합니다. 아버님, 제발 가문을 지킬 수 있도록 윤허해 주십시오."

"가주, 아직 가문의 현판도 걸지 못한… 정풍공방일 뿐이다. 쿨럭, 잃는다 해도 공방을 잃는 것이지… 가문을 잃는 것은 아니다."

노가주는 천천히 윤거를 이동시켰다.

"지금 우리는… 고통과 슬픔을 감내해야 한다. 쿨럭, 그것이… 당대의 악마를 배출한 일족이 받아야 할 죗값이다. 아직 불급이가 건재하니… 불급에게 맡기자. 한낱 공방의 장인들이 어찌… 북궁세가와 자명궁과 맞설 수 있단 말인가?"

"아버님……."

"쿨럭, 미산현의 백 년 존속은 이제 끝났다… 가문의 뿌리가 있는 땅으로… 다시 돌아갈 것이다. 쿨럭쿨럭."

화르륵……!

청풍공방 전체가 불타고 있었다.

죽세공품 작업장, 국화지 제작 작업장, 죽세공품과 국화지가 가득 쌓여 있는 창고, 별채와 숙소, 서고 등등 사람에 의해 세워진 모든 건물이 화마에 휩쓸리고 있었다.

북궁세가 무사들은 행여 집이나 창고에 숨어 있는 자들이 열기를 못 참고 뛰어나올 것에 대비했지만 청풍공방 사람들은 어디에도 보이지 않았다.

한편 북궁휘와 천자명왕은 청풍공방 내의 비밀장원으로 들어서 있었다.

그들은 거대한 서고와 무고에 가득한 기록과 서책을 보고는 감탄과 두려움을 금치 못했다. 위지세가 일족이 오랜 세월 수집해 놓은 사료와 세상에 대한 분석은 세상을 환히 꿰뚫어 볼 천리안이었던 것이다.

북궁휘는 심한 위축감에 사로잡혔다.

자신의 가문에도 방대한 분량의 기록과 사료가 보관돼 있지만 위지세가 일족이 보유한 기록에 비하면 십분지 일도 되지 않았기 때문이다.

천자명왕은 무고의 서가에서 무서 한 권을 뽑아 들었다.

"이건 소림 칠십이종 절기 중 하나인 합마공(蛤蟆功)이 아닌가? 크홋, 소림의 비기가 한낱 잡기처럼 널려 있다니."

그는 방대가 자료를 쓸어보았다.

"이것들을 검토하면서 지내면 여생이 심심찮겠어."

한데 북궁휘가 냉담하게 일축했다.

"위지세가의 저술과 사료는 모두 태워 버릴 것이오."

"가주, 그럴 필요까지야……?"

"그래야 하오. 그래야 저들의 존재를 세상에서 말살시킬 수 있소."

이때 수라혈군이 무고로 들어섰다.

"명왕, 하늘로 날아갔는지 땅으로 꺼졌는지 한 놈도 보이지 않습니다."

"놈들 중 무공을 모르는 계집이나 어린아이도 있다고 들었는데 벌써 도주했을 리는 없다. 워낙 교활한 놈들이니 분명 어딘가 은신해 있을 것이다. 반드시 찾아내야 한다."

"대나무 숲은 뿌리가 워낙 질겨 쥐 떼도 땅을 피고 들어가기가 어렵습니다. 게다가… 어찌 된 일인지 이곳으로 들어선 쥐 떼가 우왕좌왕하고 있습니다."

"뭐야?"

천자명왕이 북궁휘에게 시선을 돌렸다.

"놈들이 벌써 대비책을 마련했단 말인가?"

"저들이라면 중화제를 제조했을 것이오. 다양한 중화제를 살포해 두었다면 쥐 떼도 저들의 냄새를 좇아 추적할 수가 없소."

"크흣, 이거 너무 싱겁게 됐군. 결국 우리는 위지세가를 점령한 것이 아니라 놈들이 버리고 간 것을 차지했을 뿐일세."

"유감스럽지만… 명왕의 말씀을 인정할 수밖에 없겠소."

북궁휘는 뒷짐을 진 채 무고 밖으로 나섰다.

"쓰레기는 철저히 태워 버립시다."

천자명왕은 씁쓸한 표정을 지으며 손에 쥔 무서를 바닥으로 내동댕이쳤다.

"쓰레기라면 더 이상 미련을 둘 일이 없군."

화르르륵─!

대나무 숲 속에 숨겨져 있던 거대한 비밀장원이 불더미로 화하고 있었다. 건물 대부분이 대나무 골조였기에 불길은 하늘을 찌를 듯이 드셌다.

백 년 동안 존속해 왔던 청풍공방.

결코 짧지 않은 역사가 한줌 재로 화했다. 그 흔적도 찾아볼 수 없는 철저한 소멸이었다.

第六十五章

천붕의 비상

天才家門

1

보이는 모든 것이 새까맸다.

과거 청풍공방과 비밀장원이 존재했던 거대한 대나무 숲은 잿더미로 화해 있었다. 모든 것이 철저하게 타버렸고 바닥까지 심하게 파헤쳐져 과연 이곳이 며칠 전까지 하나의 공방이 존재했는지 의심스러울 정도였다.

"할아버님… 아버님……!"

위지불급은 잿더미 속에 털썩 무릎을 꿇었다.

그의 고향이며 그의 일족이 백 년 동안 살아온 터전이 너무도 참혹하게 소실되었기에 그는 분노보다 참담한 슬픔에 잠겨야 했다.

그가 이곳에 당도하기 이틀 전 이미 풍문을 통해 청풍공방이 화마에 휩싸여 소실되었다는 얘기를 들었지만 가문의 비밀 장원까지 완벽하게 사라졌다고는 미처 예상치 않았다.

한데 막상 모든 것이 불타 버린 광경을 보게 되자 가슴이 터질 것만 같았다.

위지불급은 겨우 격동을 자제하며 벌떡 일어섰다.

"그래, 이렇게 돌아가실 분들이 아니다. 백만대군도 막아낼 우리 가문이 이렇게 소실된 데에는 반드시 이유가 있을 거야."

매큼한 잿더미 속에서 그는 유황과 초산의 독한 냄새를 맡을 수 있었다.

"화탄이로군. 가문의 삼중 진세를 무너뜨리기 위해 화탄이 사용됐다. 벽력강이 보유한 벽력화탄과 같은 종류다."

그는 이미 청풍공방 부근에 대규모 쥐 떼가 출현했다는 정보를 입수했기에 자명궁이 침공했음을 확신하고 있었다. 하지만 화탄의 사용됐다는 것은 전혀 의외였다.

"자명궁에는 화기가 전혀 없었다. 천자명왕 역시 화기 제조와는 거리가 멀다. 화기는 쥐 떼에게 치명적이기에 아예 취급하지도 않았지. 그렇다면… 자명궁 외에 협력자가 있었음에 분명해."

그는 홍수의 흔적을 찾기 위해 빠르게 주변을 살폈다.

벽력강은 강호 정세와 무관한 가문이기에 그들이 자명궁과 손을 잡았다고는 전혀 생각할 수 없었다. 만일 화탄이 사용됐다면 홍수가 벽력강에서 훔쳐 왔거나, 유사한 화탄을 제조한 것으로 추측해야 옳았다.

주변은 워낙 철저하게 불타 버려 단서가 될 흔적은 남아 있지 않았다.

　위지불급은 수색 범위를 외곽으로 바꾸었다.

　화해 현장 주변의 푸른 대나무들은 강렬한 열기에 검게 그을렸고 댓잎은 모두 말라 버렸다.

　문득 위지불급은 대나무 중간에 걸려 있는 가는 쇠사슬을 하나 발견하게 되었다.

　"……?"

　위지불급은 화염의 열기에 반쯤 녹아 있는 쇠사슬을 집어 들었다. 매듭이 엉겨 붙어 정확한 내용을 알 수 없지만 가문에서 남긴 암호가 확실했다.

　"암호가 남겨졌다면 일족이 피신했을 가능성이 높다."

　위지불급은 보다 희망적인 심정으로 대나무 숲을 샅샅이 훑었다. 마침내 그는 비교적 온전한 쇠사슬 한 가닥을 찾아낼 수 있었다.

　그는 쇠사슬의 매듭을 통해 암호를 해독했다.

　대부분 무사하다. 가문이 소실된 것은 하늘의 뜻이다. 홍수에 대해서는 잊고 십야혈루등주를 추살하는 데 주력해라. 그 임무가 완수되었을 때 너는 비로소 가문으로 돌아올 자격이 있다.

　위지불급은 가슴을 내리쓸며 안도의 한숨을 내쉬었다.

　"아, 역시 무사하셨구나."

그는 대부분이란 대목이 마음에 걸렸지만 가문 전체가 소실되는 참화를 당한 것을 감안하면 오히려 피해가 적었다고 자위했다.

"하늘의 뜻이라는 의미는 가문에서 대응하지 않았다는 것을 추측할 수 있다."

그는 재차 쇠사슬의 암호를 확인하고는 바닥에 묻었다.

"이해할 수가 없군. 왜 홍수를 잊으라는 지시를 내리셨단 말인가? 우리 가문이 당한 만큼 보복을 해도 시원치 않은데 어찌 복수를 금하셨단 말인가?"

그는 또 다른 암호를 찾기 위해 대나무 숲을 헤맸지만 달리 남겨진 암호는 없었다.

"이런 와중에도 십야혈루등주를 추살하는 지시를 재차 내리셨다. 내가 반드시 해결해야 할 사명으로 규정하신 것이다."

그는 동생 위지문현을 떠올리자 심정이 참담했다.

아무리 냉정하게 생각하려 해도 친동생과의 대결은 두렵고도 고통스러웠다. 세상 사람들 모두가 십야혈루등주를 잔혹한 악마로 손가락질해도 그만은 동생을 비호하고 싶은 게 솔직한 심정이었다.

그러나 가문은 거듭 그에게 임무 수행을 재촉했다.

그의 가문의 성향 상 임무를 맡기면 완수 때까지 관망하는 게 일반적인데, 이렇듯 임무 수행을 언급했다는 것은 조속한 해결을 촉구한 것이다.

위지불급은 어렴풋이 가문의 의도를 이해할 수 있었다.

"그래, 가문에서는 문현이 녀석 때문에 대응을 포기했을 것이다. 녀석이 저지른 만행에 대한 업보라고 생각해 가문을 포기한 것임에 틀림없어."

생각에 여기에 이르자 그는 동생을 향한 분노를 금할 수 없었다.

"나쁜 자식! 너 때문에 가문이 이런 참화를 당해야 했다. 알고나 있느냐, 이 못난 놈아!"

그는 한스럽게 외치고는 훌쩍 솟구쳐 올랐다.

가문에서는 보복을 금하라는 지시를 내렸지만 그는 이를 무시했다. 훗날 가문에서 문책을 받게 되면 쇠사슬 암호문을 못 본 것으로 둘러대면 될 일이었다.

'용서치 않겠다, 흉수들!'

얼마의 시간이 흘렀을까.

잿더미 위로 댓잎이 뿌려지며 누군가 내려섰다.

본래 수려한 용모였지만 얼굴 한쪽에 흉터가 깊었다. 마치 불에 달궈진 칼에 의해 베어진 상처였다. 그는 바로 위지문현이었다.

가문이 참화를 둘러보는 그의 눈빛에서 강렬한 살기가 피어올랐다.

"감히… 우리 가문을 향해 칼을 겨누다니! 하찮은 것들이 감히 신(神)의 가문을 범접해?"

그가 손을 치켜들자 등에 멘 검이 저절로 발출되었다.

번— 쩍—!

한줄기 섬광체로 화한 검이 대나무 숲으로 날아들었다. 검은 커다란 호선을 그리며 대나무 숲을 휩쓸었다. 기로써 검을 조종하는 이기어검술이었다.

수만 그루의 대나무가 순식간에 베어졌다.

어검술을 회수한 위지문현은 팽이처럼 몸을 회전시켰다.

"차앗!"

우우웅—!

그의 몸 주변으로 엄청난 회오리가 일어났다.

슈슈슉—!

어검술에 의해 베어진 대나무가 흡인력에 이끌리며 잿더미 위에 꽂혔다. 수만 그루의 대나무가 꼬리를 물고 날아들면서 폐허를 뒤덮었다.

오래지 않아 시커먼 잿더미는 사라지고 거대한 대나무 숲이 조성되었다.

대나무는 잘린 상태로 바닥에 꽂히기만 해도 뿌리를 내리기에 이들 대나무가 새로운 대나무 숲을 형성하기는 어렵지 않다.

신에 이른 능력으로 폐허를 대나무 숲으로 변화시킨 위지문현이 둥실 떠올랐다.

"정사쌍뇌! 너희는 내 손으로 죽여주겠다!"

2

절강성 안탕산.

산 정상에 오르면 동해가 내려다 보일 만큼 해안에 인접한 산이다. 봉우리는 높지 않지만 골짜기가 넓고 깊어 막상 계곡으로 들어서면 거대한 산악에 갇힌 기분을 느끼게 해준다.

천장곡(千丈谷)은 안탕산 내에서도 가장 기나긴 계곡이다.

계곡에는 한 여름 장마 때나 계수가 흐르기에 가을로 접어드는 지금에는 바싹 말라 있다.

계곡 안쪽으로는 삼백여 명에 이르는 남녀 무사들이 도열해 있었다.

혈환마궁의 궁주 요지혈혜와 혈환삼공.

팔대가문에 해당되는 황사당의 가주 금미사군, 해룡채의 가주 적룡해왕(赤龍海王).

황사당은 강동에 위치해 있기며 무림계의 회합에 거의 모습을 드러내지 않아 다소 이질적이다. 또한 해룡채는 동해의 섬에 자리한 가문으로 해상의 강자이지만 중원 무림과는 거의 교류가 없다.

이들 두 가문은 강력한 결속력으로 당당히 팔대가문에 올랐지만 오히려 자신들이 다른 육대가문과 동등한 위치라는 사실에 내심 불만을 품고 있었다.

게다가 그들은 태생이 녹림과 해적 출신들이라 사파에 가까운 자들이었다. 이런 그들이기에 오히려 무림맹과 맞서게 된 것이다.

특이한 금빛 눈썹의 소유자인 금미사군이 나른한 음성으로 물었다.

"궁주, 자명궁의 지원은 확실하오?"

요지혈혜는 계곡 입구 쪽으로 시선을 주시했다.

"물론이에요. 오늘은 무림맹과 더불어 중원 백도 놈들의 명줄을 끊는 날입니다."

"정보에 의하면 놈들의 머릿수가 우리보다 배는 많다고 하는데 묘책은 있는 거요?"

"머릿수는 중요하지 않아요. 자명궁의 쥐 떼 군단이 놈들의 배후로 밀물처럼 몰려들 겁니다. 반 토막을 비롯해 무림맹 놈들은 한 명도 살아남지 못할 거예요."

붉은 수염의 적룡해왕이 커다란 삼지창을 휘두르며 위용을 과시했다.

"쥐 떼 따위에 의존할 해룡채가 아니오. 우리 가문의 전사들은 모두 일당백이오!"

해적질로 단련된 해룡채 무사들은 벗은 상반신에 요란한 무신을 새기고 있었다. 이들은 이미 혈환마궁 색녀들의 유혹에 넘어가 모두가 투지를 불태우고 있었다.

이때 계곡 입구로 대규모 행렬이 모습을 드러냈다. 무림맹의 기치를 높이 세워 든 무사들이었다.

맹주 백리장패를 비롯해 삼대당의 당주, 두 명의 순찰영주가 이끄는 무림맹 총단 고수 오백여 명. 그리고 도중에 개별적으로 합류한 열혈의 군웅까지 합쳐 모두 육백 명을 넘는 무림 군단이었다.

백리장패가 수뇌 급을 대동해 앞으로 나섰다.

"본좌는 무림맹주 천왜필왕이다! 세상을 어지럽히는 사악한 무리들은 당장 무릎을 꿇어라! 죄를 뉘우친다면 관대하게 처분할 것이다!"

요지혈혜가 두 가주와 혈환삼공을 대동해 다가섰다.

"호호, 백도에 정말 인물이 없나 보구나? 너 같은 반 토막을 맹주로 추대했으니 말이다."

백리장패는 자명궁 토벌 때 먼발치로 그녀와 대면한 적이 있기에 대번에 신분을 알 수 있었다. 그는 자신의 신체를 빗댄 모욕을 애써 무시했다.

"하핫, 냄새나는 계집이 용케 두 가문을 구워삶았구나? 너희 셋이 한 침상에서 어울린 것은 아니냐?"

그러자 적룡해왕이 삼지창으로 바닥을 찍었다.

"닥쳐라, 반 토막! 세상에 왕은 오직 한 명뿐이다. 이미 철사패왕이 죽었으니 네놈을 삼지창에 꿰어 말려 죽이겠다. 그러면 왕이란 칭호는 오직 나 적룡해왕뿐이다!"

"해적질이나 일삼는 도적놈이 무슨 왕이란 말이냐? 너는 해졸(海卒) 정도면 충분하다."

이번에는 금미사군이 음침한 어조로 물었다.

"천왜필왕, 객쩍은 소리는 그만두고 싸움으로 승부를 내자. 어떻게 싸웠으면 좋겠느냐?"

"금 눈썹, 본좌는 너희와 싸우러 온 것이 아니라 토벌을 하기 위해 온 것이다. 따라서 싸우는 것이 아니라 너희가 죽는 것이다!"

"글쎄, 한 치 앞도 못 보는 놈들이 그렇게 씨부렁대다가 피눈물을 흘리더라고."

"카하핫, 본좌가 장담컨대 너희는 한 놈도 살아남지 못할 것이다!"

"그럼, 슬슬 시작해 볼까?"

양측 모두 자신감이 팽배했기에 누구도 자신들이 패할 것이라고 인정하지 않았다.

요지혈혜는 자명궁의 지원을 철석같이 믿었기에 승리를 낙관했다. 그녀는 번쩍 손을 쳐들었다.

"공격하라!"

혈환삼공이 혈환마궁 여제자들을 대동해 앞서 출전했다. 이어 황사당과 해룡채의 무사들이 괴성을 지르며 뒤따랐다.

상대쪽에서 최고 수뇌들이 나서지 않자 군사준이 출전을 고했다.

"맹주님께서는 잠시 관전하십시오."

"오냐, 저들의 대가리들이 나서면 본좌가 출전할 것이다. 흉악한 노파들은 제일영주가 처리해라."

"명을 받들겠습니다.

군사준이 출전을 위해 나서자 청룡당주인 소림의 법장 대사와 현무당주 서악풍검이 뒤를 이었다.

"우리가 제일영주를 지원하겠네."

두 사람 모두 소림과 화산의 수석원로로서 자파를 대표하는 초절정고수였다.

마침내 양측 일천 명에 가까운 고수들이 대협곡 속에서 충돌했다.

퍼— 퍼펑—!

차차창—!

폭음과 금속성이 천장곡 전체를 진동시켰다.

수적으로 무림맹과 군웅들이 훨씬 유리했지만 협곡이다 보니 전체가 동시에 싸움에 나설 수가 없어 양측의 격돌은 대등하게 전개되고 있었다.

가장 치열한 싸움은 역시 혈환삼공과 맞서 싸우는 세 사람의 격돌이었다.

군사준은 일전에 혈환마궁 토벌 때 혈환삼공과 한번 맞선 적이 있었다. 당시는 쉽지 않은 싸움이었는데 지금은 한결 여유가 있었다.

그로서는 십야혈루등주의 투살공에 의해 부상을 입은 것이 오히려 전화위복이 되었다. 눈 부상을 치료하는 동안 만상지존도의 신비를 어느 정도 깨우친 그는 심안을 얻으면서 비약적으로 성장했다.

"붕익창파(鵬翼滄波)!"

군사준은 붕새처럼 날아오르면서 일검을 내려쳤다.

쐐애액—!

허공에서 쏟아지는 검기가 연속적으로 내리꽂혔다.

혈환삼공 중 둘째인 혈환이로는 정신이 아득해졌다. 절기를 발휘해 검기를 쳐냈지만 더 강력한 검기가 꼬리를 물고 이어지면서 숨도 제대로 쉴 수가 없었다.

"카아아!"

혈환이로는 혼신을 힘을 당해 혈음탈명강기를 발출했다. 일순 그녀의 전신이 핏빛으로 변하며 붉은 기운이 폭사되었다.

퍼— 퍼퍼펑—!

연속적으로 작렬하는 폭음.

결국 검기에 의해 혈음탈명강기가 파훼되며 혈환이로는 무수한 검기에 의해 관통되는 참살을 면치 못했다.

혈환이로가 너무도 허무하게 쓰러지자 요지혈혜는 격분했다.

"으으, 이 사숙께서 타계하시다니!"

그녀는 허공으로 솟구치며 악을 쓰듯 외쳤다.

"두 가주, 모조리 죽여요!"

요지혈혜가 직접 나서자 백리장패가 대붓을 뽑아 들고 그녀를 가로막았다.

"냄새나는 계집, 네년은 본좌가 상대해 주겠다!"

"흥, 네놈부터 죽고 싶으냐?"

요지혈혜는 자전강기를 운집해 힘껏 내던졌다. 한데 백리장패 역시 자색 기운을 발하는 강기로 그녀의 자전강기를 상대했다.

요지혈혜의 한쪽 눈이 경악으로 물들었다.

"아, 아니 자전강기?"

"오냐, 본좌 역시 자전강기를 수련했다. 자전강기는 극양의 무공이기에 계집인 너보다는 본좌가 훨씬 강할 것이다."

"빠득. 위지불급! 놈이… 계집처럼 입도 싸구나!"

"불급을 탓할 것 없다. 본좌는 자전강기의 원리까지 깨달았기에 새롭게 보완된 자전강기를 완성할 수 있었던 것이다."

백리장패는 무자천서를 통해 여태껏 터득한 절기의 허실을 분석할 수 있는 안목을 지닐 수 있었다. 덕분에 그의 절기는 보다 강화될 수 있었고 무공 수위도 두 단계는 높아졌다. 능히 십대고수의 반열에 오를 만큼 절세고수로 성장한 것이다.

백리장패는 요지혈혜를 향해 대붓을 내려쳤다.

"본좌의 붓으로 네년을 쪼개주겠다!"

요지혈혜는 신법을 펼쳐 피신하면서 기회를 노렸다.

비록 강력한 자전강기가 무용지물이 되었지만 그녀에게는 숨겨진 비기가 있었다. 일전에 자명궁 앞에서 위지불급에게 선보인 바 있는 절기였다.

악마지공 혼천혈염폭!

당시는 위지불급의 기이한 검법에 의해 무산되었지만 백리장패는 능히 죽일 자신이 있었다. 그러나 상대가 예상보다 훨씬 강한 고수이기에 기습적으로 발출할 기회를 노려야 했다.

콰— 콰쾅—!

일백 명이 넘는 사상자가 발생하면서 싸움은 더욱 격렬해졌다.

혈환삼공 중 한 명을 해치운 군사준은 금미사군을 상대로 단독 대결을 펼치고 있었다. 그의 무공은 부친 의천신검과 버금갈 정도로 높아졌기에 강동 제일의 고수라는 금미사군과 맞서고도 전혀 밀리지 않았다.

현무당주인 풍수취개와 철주훼는 합작을 펼쳐 적룡해왕을 상대했다. 완력을 앞세우는 적룡해왕이기에 역시 힘을 내세우는 철주훼의 분전이 눈에 돋보였다.

전세는 조금씩 무림맹과 군웅들의 우세로 기울기 시작했다.

한데 이때였다. 거대한 검은 물결이 계곡 입구서부터 몰려왔다. 자명궁의 쥐 떼 군단이었다.

금미사군을 밀어낸 군사준이 계곡 입구 쪽으로 몸을 날렸다.

"순찰향묘대는 어서 쥐 떼를 저지하라!"

그러자 향묘신의를 걸친 무사들이 나서며 방어선을 형성했다. 그들은 자명궁에서 쥐 떼 군단과 맞선 적이 있는 군천세가와 백리태보 무사들로 구성되었다.

찌— 찌찌익—!

밀물처럼 몰려들던 쥐 떼는 향묘신의로 무장한 무사들을 대하자 요란스럽게 울어대며 좌우로 흩어졌다. 한데 벼랑 위쪽에서 날카로운 호각 소리가 울려 퍼지자 새로운 쥐 떼가 출현했다.

수천 마리의 쥐 떼가 벼랑을 타고 뛰어내렸다. 눈알이 새빨간 쥐들은 향묘신의조차 두려워하지 않는 특별 조련된 쥐 떼였다.

특별 조련된 쥐들이 향묘신의로 무장한 무사들을 공격하자 방어선이 허물어졌다. 대규모 쥐 떼는 빈 곳을 틈타 계곡 안쪽으로 파고들었다.

쥐 떼 군단이 난입하면서 양측의 격돌에 큰 혼란이 생겼다. 이때부터는 사람 대 사람의 싸움이 아니라 사람 대 쥐의 싸움이 되었다.

이런 혈투는 무림맹 측에게만 해당되는 것이 아니었다. 쥐 데 군단은 혈환마궁을 비롯한 황사당과 해룡채 고수들도 가리지 않고 마구 물어뜯었다.

"으악, 쥐들이 미쳤다! 같은 편을 공격하다니!"

"젠장, 우리 모두를 죽일 작정이다!"

요지혈혜는 자명궁 쥐 떼 군단의 출현에 한껏 고무되었나가 자신의 제자들마저 피해를 입게 되자 당황함을 금치 못했다.

"아, 아니? 이게 어찌 된 일이지?"

군사준은 바위 벼랑을 딛고 선 채 피리를 입에 물었다.

그는 출전에 앞서 북궁검민을 통해 쥐 떼를 물리칠 수 있는 곡조를 배우기는 했지만 음률의 조예가 깊지 않아 제대로 효과를 볼 수 있을지 자신할 수가 없었다.

삘리릭— 삘릭—!

피리 소리가 울려 퍼지자 쥐 떼 일부가 공격을 멈추고 우왕좌왕했다. 하지만 안평풍식곡의 음률이 불안정해 쥐 떼를 흩뜨리지는 못했다.

쥐 떼의 맹렬한 공격이 줄어들었지만 양측 고수들은 쥐 떼와 뒤섞여 있는 것만으로 공포였기에 천장곡을 빠져나가기 위해 아우성을 쳤다.

한데 이때였다. 벼랑 높은 곳에서 연이어 폭음이 울려 퍼졌다.

퍼— 퍼펑—!

벼랑 상단의 바위가 붕괴되면서 바위 벼랑 전체가 붕괴되기 시작했다.

군사준이 백리장패 옆으로 내려섰다.

"맹주, 화탄이 터진 것 같습니다. 자칫 벼랑 전체가 붕괴될 수 있습니다. 속히 피신시켜야 합니다!"

"화탄이라니? 설마 벽력강에서 우리를 몰살시키려 했단 말이냐?"

"그럴 리가 있겠습니까? 자명궁의 수작일 가능성이 높습니다."

백리장패는 탈출을 위해 아우성을 치는 혈환마궁 측을 바라보았다.

"계곡이 붕괴되면 저들 역시 무사할 수 없다."

"천자명왕은 잔인한 지략가입니다. 저들의 안전은 전혀 고려하지 않았을 겁니다."

"으득, 이 교활한 쥐 대가리!"

훌쩍 솟구친 백리장패는 떨어져 내리는 거대한 바위덩이를 대붓으로 날려 버렸다. 그는 허공을 딛고 선 채 다급히 외쳤다.

"속히 탈출하라!"

명령이 떨어지자 무림맹 고수들이 입구를 향해 달려갔다. 쥐 떼도 함께 이동하는 바람에 참으로 아수라장이었다.

백리장패는 수뇌 급들이 운집한 곳으로 내려섰다.

"다른 놈은 몰라도 요지혈혜의 목은 베어야겠소. 요사한 계집만 죽이면 황사당이나 해룡채은 더 이상 본 맹과 맞서지 않으려 할 것이오."

청룡당주인 법장 대사가 우려의 기색을 띠었다.

"맹주의 의기가 존경스럽소. 하지만 계곡이 붕괴되는 상황인 데다 쥐 떼가 득실대니 어떻게 추적하겠소?"

"쥐 떼는 문제될 것 없소. 나 혼자서라도 악녀를 추적하겠소."

백리장패가 호기를 부리자 군사준이 한 걸음 나섰다.

"소생이 맹주를 보좌하겠습니다."

군사준에 이어 철주훼와 삼대당주가 모두 나서자 백리장패는 진영을 갈랐다.

"본좌는 제일영주만 대동하겠소. 삼당주는 총단 고수들과 군웅들의 탈출을 최대한 지원하시오. 제삼영주 역시 걸출한 완력으로 당주들을 도와라."

천장곡의 붕괴가 더욱 심해졌다.

백리장패는 군사준만 대동하고 요지혈혜 추살에 나섰다.

그로서는 대규모 고수를 출동시킨 상황에서 아무런 성과도 없이 귀환하는 것이 두려웠다. 그가 요지혈혜를 추살하려는 의지는 강호의 안녕과 정의 구현 때문이 아니라 오로지 자신의 개인적인 위상과 명예를 높이기 위함이었기 때문이다.

콰… 콰쾅……!

계곡 위에서 연이어 붕괴되는 바위 벼랑을 느긋하게 바라보는 사람들은 독목혈군이 거느린 자명궁 무사들이었다.

"흐음, 천기무현의 재주가 명왕보다 더 뛰어난 것 같군. 단지 십여 개의 폭렬화탄으로 천장곡을 붕괴시킬 수 있다고 하더니 과연 사실이야."

천장곡 상단의 바위 벼랑을 화탄으로 무너뜨린 자들은 바로 그들이었다.

"누가 뒈지든 상관없다. 크크, 가장 좋은 결과는 죄다 죽는 거지."

그는 수하들을 이끌고 능선으로 향했다.

"우리는 소임을 다했다. 돌아간다!"

한편 천장곡 안쪽으로 피신한 요지혈혜는 계속되는 계곡의 붕괴에 입이 바싹바싹 말랐다.

고개를 돌려 확인해 보니 황사당과 해룡채 무리들은 무림맹 군웅들과 뒤섞여 계곡 입구로 달아났는지 전혀 보이지 않았다.

앞선 전투와 쥐 떼의 공격, 그리고 계곡의 붕괴로 인해 휘하

제자들은 고작 스무 명 정도가 남았을 뿐이다. 무엇보다 혈환 삼공이 모두 전사했다는 것은 크나큰 타격이었다.

요지혈혜는 철저하게 당했다는 생각에 입술을 질끈 깨물었다.

"간악한 쥐 대가리! 너를 철석같이 믿었건만 감히 나를 배신하다니! 놈은 우리 모두를 매장시킬 생각이었다!"

이때 비명 소리와 함께 혈환마궁 제자들 세 명이 대번에 쪼개졌다.

백리장패는 빠른 속도로 날아들며 대붓을 휘둘렀다.

"요지혈혜, 네년은 결코 달아나지 못한다!"

뒤이어 날아든 군사준도 검을 휘둘러 혈환마궁 제자들을 병기를 날려 버렸다.

요지혈혜는 최악의 상황임을 인식하고는 가파른 벼랑 위로 치솟아올랐다.

"목숨을 걸고 놈들을 저지하라!"

그러나 이미 전의를 상실한 혈환마궁 제자들은 병기를 버리고 투항했다.

"맹주님, 살려주세요!"

"항복하겠습니다!"

백리장패는 그녀들을 모두 죽이려 했지만 군사준이 만류했다.

"맹주님의 관대함을 베푸십시오."

군사준은 혈환마궁 제자들을 일으켜 세웠다.

"너희는 최대한 살 길을 찾아가라! 다시는 요사한 죄를 짓지 마라!"

"흑, 감사하옵니다."

혈환마궁 제자들은 감격의 사례를 올리고는 계곡 입구 쪽으로 달아났다. 그러나 계곡의 붕괴가 워낙 심해 과연 몇 명이나 목숨을 건질지는 의문이었다.

백리장패가 가파른 벼랑을 박차며 솟구쳐 올랐다.

"어서 추격하세!"

한편 능선을 따라 도주하던 요지혈혜는 깎아지른 벼랑에 이르자 그만 길이 끊기고 말았다. 건너편 벼랑까지는 너무 멀었고 운무에 덮인 바닥은 깊이를 알 수가 없었다.

"젠장!"

요지혈혜는 발길을 돌려 다시 능선 위로 올라섰다. 한데 두 개의 인영이 허공 저편에서 날아들었다.

백리장패와 군사준.

백리장패는 대붓을 어깨에 걸치며 군사준을 돌아보았다.

"제일영주는 잠시 물러서 있어라. 본좌가 친히 악녀를 단죄할 것이다."

"교활한 계집이니 방심하지 마십시오, 맹주."

"알겠다."

백리장패는 요지혈혜와 오 장 거리를 두고 대치해 섰다.

"악녀, 순순히 포박을 받겠느냐?"

"닥쳐라, 반 토막. 너 따위한테 굴복할 내가 아니다."

"당연히 그렇게 나와야지. 만일 네가 무릎을 꿇고 항복하겠다면 정말 섭섭할 뻔했다."

"그 말을 후회하게 될 거다."

요지혈환은 혈환탈명강기를 운기했다.

그녀의 전신으로 으스스한 기운이 감돌면서 원형 강기가 형성되었다.

백리장패는 대붓을 번쩍 쳐들었다.

"네년의 낯짝에 악녀라고 확실하게 새겨주겠다."

"흥, 어리석은 놈!"

요지혈혜는 훌쩍 솟구치며 핏빛처럼 붉게 변색된 혈옥수를 내려쳤다. 대기를 가르는 바람 소리가 매섭다.

백리장패는 힘차게 대붓을 휘둘러 혈옥수 공격을 파훼했다.

"잡술 따위는 안 통한다!"

그는 허공을 밟고 차 오르며 빠르게 몸을 회전시켰다.

"와선참필(渦旋斬筆)!"

그의 성명절기인 선풍필법이 전개되자 허공이 온통 대붓의 그림자로 뒤덮였다. 허실을 분간할 수 없는 가운데 예리한 붓 끝이 호선을 그리며 요지혈혜의 미간으로 날아들었다.

"아아……!"

요지혈혜는 잔뜩 두려운 빛을 띠며 몸을 움츠렸다.

백리장패는 승리를 낙관하며 경계심을 해소했다. 그는 어떤 서체로 글을 새길까 잠시 즐거운 공상에 잠겼다.

이 순간 요지혈혜의 전신에 불꽃이 피어올랐다. 붉은 화염이 아니라 귀화처럼 으스스한 파란 불꽃이었다.

"호호호. 죽어라!"

그녀는 움츠렸던 몸을 활짝 펴며 일장을 내질렀다.

화르르륵—!

가공할 열기였다. 세상을 휩쓸어버릴 화염은 그야말로 악마의 불꽃이었다. 바로 삼대악마지공 중 하나인 혼천혈염폭이 전개된 것이다.

퍼어엉!

순식간에 새파란 귀화에 휘말린 백리장패는 엄청난 충격 속에 튕겨져 나갔다. 전신을 태우는 극심한 고통을 견디지 못하는 그는 데굴데굴 굴렀다.

회심의 일격을 적중시킨 요지혈혜는 백리장패의 숨통을 끊기 위해 날아들었다.

"호홋. 후회할 거라고 했지, 반 토막?"

이 순간 군사준이 뛰어들어 그녀를 가로막았다.

"어림없다, 악녀!"

요지혈혜는 사악한 웃음을 띠며 재차 혼천혈염폭을 전개했다.

"네놈도 태워 죽일 것이다!"

화르르륵—!

새파란 귀화가 사위를 휩쓸었다.

군사준은 두 손으로 검을 쥔 채 눈을 반개했다. 엄청난 악마지공이 쏟아지고 있건만 그는 입정한 노승처럼 부동자세를 취했다.

새파란 귀화가 이내 그의 몸을 휘감았다.

순간 그는 귀화를 떨쳐 내며 힘차게 솟구쳐 올랐다. 도약하는 그의 모습은 거대한 천붕의 비상이었다.

요지혈혜는 자신의 악마지공이 파훼되었음을 인식했다. 물론 이번이 처음은 아니다. 일전에 위지불급을 향해 혼천혈염폭을 구사했을 때도 똑같이 무산되었다.

한데 지금은 악마지공이 무산된 것에 끝나지 않았다. 붕대의 날갯짓과 같은 검기가 연속적으로 내리꽂히며 요지혈혜는 산산이 부서지고 말았다.

"아아악!"

비명 소리에 이어 남은 것은 형체도 알 수 없는 육신과 붉은 피뿐이었다. 악녀의 허무한 최후였다.

군사준은 급히 백리장패 옆으로 내려섰다.

"맹주, 맹주! 괜찮으십니까?"

백리장패는 심한 화상으로 얼굴이며 손이 일그러져 있었다.

"크으, 아… 악녀는 어찌 되었느냐?"

군사준은 장삼을 벗어 그의 몸을 덮어주었다.

"죽었습니다. 맹주의 강력한 필법에 최후를 마감했습니다."

"사준아……."

"그것이 사실입니다. 맹주께서는 부상을 무릅쓰고 당대의 악녀를 제거하셨습니다. 경하드립니다."

백리장패는 군사준의 부축을 받아 몸을 일으켜 세웠다. 그는 씁쓸한 웃음을 띠며 군사준의 어깨를 다독여 주었다.

"오냐, 네가 사실이라면… 틀림없겠지."

군사준은 그를 등에 업었다.

"장하십니다, 맹주. 이로써 혈환마궁은 와해됐고 황사당과 해룡채 두 가분은 맹주의 신위에 복종할 것입니다."

백리장패는 그의 어깨에 얼굴을 묻었다.

"고맙다. 과연 군천세가는 천하에서 가장 광명한 가문이로구나. 너의 겸손과 의로움을 잊지 않으마."

第六十六章 악의 가문

天子家門

1

호북성 양양.

기름진 옥토가 펼쳐져 있는 양양은 예로부터 물산이 풍부해 전략적 요충지로 평가되었다. 삼국시대에 위촉오 세 나라는 양양을 얻기 위해 치열한 전투를 벌였으며 이후에도 양양성을 둘러싼 전투가 많이 전개되었다.

양양 외곽의 양산(壤山)은 높지 않은 산임에도 불구하고 수림이 우거져 있어 경작지로는 적합지 않았다.

인근 마을 사람들 일부는 양산의 중턱에 하나의 장원이 세워져 있음을 기억하고 있다. 그들의 말에 의하면 장원이 언제부터 세워졌는지는 잘 몰라도 대략 백 년 전쯤 갑자기 장원이 폐허가 되었다고 한다.

장원의 이름은 바로 위지세가였다.

백 년 풍상 속에서 장원은 흔적을 찾아보기 힘들었다.

건물 기둥과 벽은 모두 허물어졌고 기와는 산산이 깨져 흩어졌으며 그저 주춧돌만이 남아 있어 이곳에 예전에 장원 터였음을 짐작케 해주었다.

바삭바삭……!

머리에는 대나무 삿갓을 쓰고 손에 검은 대나무 지팡이를 쥔 사람이 기왓장을 밟으며 폐허를 살피고 있었다. 구레나룻으로 턱과 입 주변을 가리고 있는 청년은 다름 아닌 위지불급이었다.

"이곳이 우리 가문이 처음으로 세워진 곳이었을 줄이야."

미산현에서 잿더미로 변한 가문의 참혹한 광경에 비분과 좌절에 젖은 그는 많은 시간을 방황하다가 호북에 이르렀다.

본래 그의 목적지는 무당산이었다.

십야혈루등주에 대한 추살은 가문에서 내린 임무이기에 반드시 수행해야 했다. 하지만 그를 찾아내기는 극히 어렵기에 그는 십야혈루등이 밝혀질 지역을 나름대로 짐작했다.

최근 들어 십야혈루등주는 섬서성과 사천성의 대문파를 연속적으로 침범해 엄청난 사건을 일으켰다.

전통의 대문파인 화산, 종남, 아미, 청성 등 구대문파 중 네 문파가 침범을 당하는 수모를 겪어야 했다.

물론 십야혈루등주도 피해를 입었다.

그는 아미산에서 태양무후와 격돌하는 바람에 끝내 열 번째 혈등을 밝히지 못했다.

위지불급은 만일 또다시 십야혈루등이 밝혀진다면 구역은 호북성, 장소는 무당파가 될 것이라 확신했다. 그래서 무당산에 앞서 당도해 십야혈루등주를 기다리려 한 것인데 잠시 발길을 돌려 양양에 이른 것이다.

그는 미산현에서 피신한 일족이 양양으로 귀환했기를 내심 기대했지만 그런 흔적은 어디에도 찾아볼 수 없었다.

통상 하나의 장원이 폐쇄되면 누군가 장원을 인수해 새로 장원을 세우는 게 일반적인데 양산의 위지세가는 백 년 동안 방치되었다.

장원은 폐허가 됐지만 신비한 힘 때문에 장원에 접근한 사람은 모두가 길을 잃고 헤맨다고 하였다. 때로는 유령이 출몰한다는 얘기도 있었고 일각에서는 위지세가 사람들의 원혼이 서려 있다고도 하였다.

그런 연유로 폐허가 된 위지세가 주변은 누구도 접근하지 않았기에 터는 보존될 수 있었다.

위지불급은 무성한 잡초 속에서 이끼가 덮인 석등과 돌계단을 찾아냈다. 구조로 본다면 안채 정원의 누각으로 생각되었다.

그는 천천히 돌계단 위로 올라섰다.

돌계단 위에서 주변을 둘러보았지만 잡목이 우거져 있어 장원의 규모조차 짐작하기 어려웠다. 다시 장원을 세우려면 막대한 자금과 상당한 세월이 소요될 상황이었다.

그는 위지세가의 장손이기에 가문의 재건에 대해서는 고심하지 않을 수가 없었다.

"나야 이곳에서 다시 가문을 일으키고 싶지만 할아버님과 원로회의 결정은 절대적이다. 어서 가문의 임무를 완수한 후 찾아뵈어야 하는데……."

그는 두 시진 넘게 폐허 주변을 살피고는 무당산 쪽으로 날아갔다.

양산과 멀지 않은 곳에 융중산이 있다.

촉나라의 시조인 유비가 이곳 융중을 세 번이나 찾아와 제갈공명을 군사로 삼아 삼고초려라는 이야기를 만들어낸 곳이다.

한데 얼마 전부터 융중산 중턱에 몇 사람이 찾아와 화전(火田)을 일구었다. 그들은 자갈이 널린 산비탈을 차지했기에 기존의 화전민과 충돌할 일이 없었다.

이주해 온 화전민은 많지 않은 숫자로 생각되었는데 불에 태워진 비탈이 하루가 다르게 밭으로 변모하는 과정에 기존 화전민들은 놀라움을 금치 못했다. 그들이 삼 년은 족히 걸릴 일을 불과 이레 만에 이루어냈기 때문이다.

어쨌거나 새로 정착한 화전민들은 모두가 겸손했고 말수가 적었기에 토박이 화전민들은 더는 관심을 두지 않았다.

산비탈이 허름한 초옥.

비렁뱅이들의 움막처럼 초라한 초옥은 아직 문도 달려 있지 않아 풀로 엮은 주렴이 문을 대신했다.

마른 풀을 깔고 위에 한 겹 천을 덮은 나무침상 위에는 보기에도 병환이 위중해 보이는 노인이 누워 있었다.

피골이 상접한 노인의 한쪽 눈에서는 누런 진물이 흐르고 있었다. 그러나 온전한 한쪽 눈에 담긴 신비로운 기운은 화전민 노인의 눈빛이 아니었다.

이때 중년 농부가 좁은 초옥 안으로 들어섰다.

"아버님, 잠시 전 불급이가 양산을 다녀간 것으로 확인되었습니다."

중년 농부는 다름 아닌 위지세가의 가주 위지명이었다.

"쿨럭, 그러하냐……?"

나무침상에 누워 있던 노가주가 힘겹게 몸을 일으켜 앉았다.

"그렇다면… 두 녀석이 곧 만나게 되겠구나. 쿨럭쿨럭."

"불급이가 양양에 이른 것은 무당산에서 십야혈루등주를 기다리기 위함이겠지만, 제 생각으로는 무당산에서는 십야혈루등이 밝혀지지 않을 것 같습니다."

"왜… 그러하냐?"

"십야혈루등주가 잿더미로 변한 청풍공방을 보았다면 행보를 바꿀 수밖에 없습니다. 심성이 어떻게 바뀌었든 출신은 잊지 않고 있을 테니까요."

"쿨럭, 그렇구나."

노가주는 수건으로 눈가의 진물을 닦았다.

"가주가 그리 생각했다면… 불급이 또한 상황의 변화를 간파할 것이다. 쿨럭쿨럭, 둘의 대면은 필연이고 숙명이니까."

위지명의 얼굴에 짙은 그늘이 드리워졌다.

"차라리 제가 나섰어야 했습니다. 모든 면에서 부족한 불급에게는 너무 과중한 임무입니다, 아버님."

"아니야. 불급이가 해낼 수 없다면… 쿨럭, 가주가 나서도 결과는 마찬가지다."

노가주는 벽에 기대앉으며 손끝으로 육갑을 짚었다.

"우리 죄인들은… 그저 천명을 기다릴 뿐이다."

2

섬북은 섬서성 북부 지역을 말한다. 섬북에서도 서북방은 황토 고원이 형성돼 있어 다량의 밀이 생산되는 곡창지대가 펼쳐져 있다.

그러나 황토 고원 모두가 작물 재배에 적합한 토양은 아니다. 주변으로 물이 전혀 없어 지나치게 마른 황토 고원은 사막처럼 버려질 수밖에 없다.

적사산(赤沙山)도 그런 척박한 황토 고원 중 하나다.

황토 고원 중에서도 유난히 붉은 토양으로 이루어진 적사산은 얼마 전부터 쥐들의 세상으로 변모하였다.

자명궁. 아니, 하나의 동혈 안에 몇 개의 동부만 조성돼 있고 쥐 떼도 수백 마리에 불과하니 자명동(子冥洞)이라 해야 옳을 것이다.

천자명왕은 자명궁의 제자 일부만 거느리고 적사산을 새로운 터전으로 삼았다.

세상을 제패하려는 그의 야망은 위지불급이 수맥을 터뜨려 자명궁을 수장시키는 바람에 무너졌다. 그는 북궁휘와 함께 청풍공방을 잿더미로 만들어 통쾌한 보복을 한 후 적사산으로 물러앉게 되었다.

그는 세상사에 관계없이 남은 생을 애완 쥐들과 함께 보내는 것으로 만족하고 있었다.

그러나 그는 느긋한 노후를 즐길 운명이 못 되었다.

찌… 찌찍……!

다양한 색깔의 털을 지닌 쥐 떼가 방문객 수변으로 몰려들었다. 애완 쥐들은 공격성이 약하기에 방문객 주위를 맴돌 뿐 달라붙어 물어뜯지는 않았다.

이때 한 마리 쥐가 방문객의 바짓가랑이를 타고 기어올라갔다.

어지간한 사람도 몸을 타고 오르는 쥐를 대하면 기겁하고 만다. 한데 방문객은 전혀 두려워하지 않았고 오히려 손바닥 위에 쥐를 올리며 어루만져 주었다.

본래 수려한 용모의 청년이었지만 안타깝게도 얼굴 한쪽으로 깊은 상처가 나 있었다.

"자, 이제 내려가서 놀아라."

청년은 조심스럽게 쥐를 내려주고는 자명동의 동혈 앞으로 다가섰다.

"웬 놈이냐?"

동혈 밖으로 튀어나온 사람들은 자명삼군이었다.

수라혈군, 섬인혈군, 독목혈군.

그들은 하나같이 흉측한 모습을 지녔기에 행여 꿈에서 볼까 두려운 자들이었다.

청년은 무심한 표정으로 걸음을 옮겼다.

"쥐 대가리를 만나러 왔다."

자명삼군이 과장된 웃음을 터뜨렸다.

"케헤헤, 단단히 미친놈이로군."

"감히 명왕을 비하하다니 주둥이부터 찢어주어야겠어."

"크훗, 네놈을 갈기갈기 찢어 쥐 밥을 만들어주겠다."

자명삼군 중 섬인혈군과 독목혈군이 곧바로 달려들며 병기를 내려쳤다.

일순 청년의 한쪽 눈에서 강렬한 안광이 뿜어졌다. 절정의 투살공이었다.

"악!"

투살공에 적중된 독목혈군은 그만 장님이 되었다.

청년은 소수마공으로 독목혈군의 머리통을 한 주먹으로 으스러뜨리고는 좌장을 내질렀다.

자색의 번갯불. 바로 자전강기였다.

"캐애액!"

숯덩이처럼 새까맣게 타버린 섬인혈군은 처절한 고통 속에 데굴데굴 굴렀다.

"허억?"

수라혈군은 비로소 상대가 가공할 절세고수임을 깨닫고는 동혈로 도주했다.

"엄청난 고수다! 어서 명왕께 보고를 올려라!"

이때 한줄기 바람 소리와 함께 청년이 어느새 그를 지나쳐 앞을 가로막았다.

수라혈군의 표정이 심하게 구겨졌다.

"죽어라!"

그는 악에 바져서 수라마공을 전개했다.

청년은 수라혈군을 직시하다가 일검을 내려쳤다.

"천마광폭류(天魔狂暴流)!"

모든 것을 쪼갠다는 마검천자의 절대 마검이었다. 수라혈군은 엄청난 피를 뿜어내며 두 쪽으로 갈라졌다.

"쥐새끼들, 감히 우리 가문을 넘본 죄다."

그러했다, 청년은 다름 아닌 위지문현이었다. 잿더미가 된 청풍공방을 본 그는 분노를 참지 못하고 보복을 위해 자명동을 찾아온 것이다.

순식간에 자명삼군을 해치운 위지문현은 천천히 동혈로 들어섰다.

통로를 밝히고 있던 등잔은 모두 꺼진 상태였다.

위지문현은 이미 초극의 경지에 이르렀기에 어둠은 전혀 문제되지 않았다. 그는 어지럽게 뚫려 있는 통로를 따라 안으로 들어섰다.

지금의 자명동은 예전의 자명궁에 비해 십분지 일도 안 되는 규모이지만 미로와 같은 통로와 커다란 지하 광장 등 갖출 것은 모두 갖추고 있었다.

불씨 하나 없는 지하 광장은 그야말로 칠흑이었다.

위지문현은 통로의 위치조차 확인할 수 없었지만 본능적인 감각에 의존해 걸음을 옮겼다.

이때 바람 소리도 거의 느끼지 못했는데 예리한 병기가 그의 사혈로 날아들었다. 암현십살 중 생존한 살수들이 기습을 펼쳐 온 것이다.

암현살수들의 병기는 철혈목으로 제작됐기에 병기 특유의 냉기나 바람 소리도 발하지 않는다.

위지문현은 뒤늦게 자신을 관통할 네 자루 병기를 감지했지만 눈썹 하나 까닥하지 않았다.

번─ 쩍─!

그의 전신에서 강렬한 핏빛 광휘가 뿜어졌다. 으스스한 귀곡성까지 대동한 핏빛 광휘는 세상을 태워 버릴 강렬한 열기를 내포하고 있었다.

바로 악마지공 혈황파멸광이었다.

칠흑 같은 지하 광장이 순간적으로 밝혀지면 주변의 정황이 확연하게 드러났다.

네 명의 암현살수가 혈황파멸광에 적중돼 으스러지고 있었다. 마치 바싹 마른 짚 인형이 태워진 듯 네 명의 살수는 몇 줄기 불꽃만 피워내며 흔적도 없이 소멸돼 버렸다.

실로 무시무시한 악마지공의 위력이었다.

찌익… 찍……!

넓은 방은 쥐들의 놀이터였다. 쥐들이 숨거나 잠잘 수 있도록 다양한 기물들이 도처에 널려 있었다.

천자명왕은 도포를 타고 기어오르는 쥐들을 소중히 토닥였다.

"애들아, 불청객이 왔다. 잠시 숨어 있어야겠다."

천자명왕이 입으로 쥐 울음소리를 발하자 쥐들은 순식간에 기물의 빈 공간으로 숨어들었다.

콰아앙!

폭음과 함께 철문이 박살났다.

천자명왕은 도룡도를 챙겨 들고는 불청객을 응시했다.

젊디젊은 청년. 얼굴 한쪽에 깊은 흉터가 새겨진 위지문현을 대한 그는 대번에 신분을 간파했다.

"네가 십야혈루등주였더냐? 생각보다는 훨씬 어린 녀석이구나?"

일전에 십야혈루등주의 도움으로 탈출한 것은 사실이지만 이후 그는 십야혈루등주와 대면한 적은 없었다.

위지문현은 무릎도 굽히지 않고 천천히 미끄러졌다.

"쥐 대가리, 당신은 큰 실수를 했다."

"실수? 어떤 실수를 말하는 것이냐?"

"내가 당신을 구해준 것은 그 못된 대가리로 세상을 더욱 혼란스럽게 만들기를 바라는 의도에서였다. 한데 당신은 절대 해서는 안 될 짓을 저지르고 말았다."

천자명왕의 까만 눈이 유난히 반들거렸다.

"절대 해서는 안 될 짓이 혹시 청풍공방을 불태운 일을 말하는 것이냐?"

"그렇다."

"흐흐흣, 역시 그랬군. 천기무현이 짐작한 대로 네놈은 위지세가 일족이구나. 물론 노부도 어느 정도는 예상하고 있었지만 말이다."

"한 가지 확인할 것이 있다."

"무엇이냐?"

"자명궁과 함께 우리 가문을 침공한 세력이 북궁세가인가?"

천자명왕은 천천히 수염을 내리쓸었다.

"허헛, 확인해 주고 싶지 않다."

위지문현은 별다른 감정 변화를 보이지 않았다.

"상관없다. 내가 판단한 대로 행동하면 되니까."

천자명왕은 위지문현을 찬찬히 뜯어보았다.

"흐음, 위지불급과 아주 유사한 분위기를 지녔어. 위지불급과는 어떻게 되는 사이냐?"

"위지불급은 내 못난 형이다."

"허헛, 형이라고? 이렇게 재미있을 수가? 위지불급이 애를 쓰면서 찾으려 했던 당대의 악마가 자신의 동생이었을 줄이야. 아니야, 놈도 이미 알고 있었을 것이다. 다만 세상 사람들을 농락하기 위해 모르고 있는 것처럼 행세했을 것이다."

천자명왕은 통쾌한 웃음을 터뜨렸다.

"철저한 기만! 그게 바로 너희 위지세가의 특기가 아니겠느냐?"

위지문현은 건조한 음성으로 말을 받았다.

"쥐 대가리, 사악한 두뇌를 지닌 당신은 감히 그런 말을 할 처지가 못 될 텐데?"

"노부야 이미 사도로 인식된 몸이 아니더냐? 마치 세상을 굽어보는 신처럼 존재해 온 너희 일족과는 입장이 다르다. 어쨌거나 당대의 악마가 위지세가 일족임이 밝혀졌으니 너의 가문 또한 악의 가문이라는 오명을 피할 수 없다."

"그런 일은 없을 것이다. 그것을 입증할 사람도 없고 당신 역시 내 손에 죽게 될 테니까."

"허헛, 철사패왕이 이 도룡도 아래 죽었다. 천왜필왕과 의천신검이 합공을 펼쳤지만 노부를 쓰러뜨리지 못했다. 비열한 암수나 구사하는 네가 감히 노부의 상대가 되겠느냐?"

위지문현은 넓은 방을 둘러보았다.

"당신의 무덤으로 삼기에는 적당하지만 싸우기에는 너무 좁군."

천자명왕은 허연 수염을 내리쓸었다.

"오냐, 노부 역시 노후를 즐길 터전을 훼손하고 싶지 않으니 밖으로 나가자."

휘이잉……!

삭막한 황토 고원 능선 위로 두 사람이 대치해 섰다.

천자명왕은 도룡도를 비스듬히 세워 들었다.

"하찮은 무리들처럼 치고받는 싸움은 필요없겠지? 너도 세상을 알 만큼 아는 녀석이니 어떻게 싸워야 할지 잘 알 것이다."

"물론이다."

"일초로 승부를 내자. 최강의 절기를 집약한 일초로 말이다."

"원하던 바다."

위지문현은 검을 뽑아 들었다. 나름대로 보기 드문 명검이지만 도룡도에는 비할 수 없기에 일단 병기에서 천자명왕은 상대를 압도할 수 있었다.

위지문현이 지상을 향해 검을 비스듬히 내리자 천자명왕의 눈매가 가늘어졌다.

"놀랍구나. 오래전에 절전된 마검천자의 천마참혈검법을 터득했단 말이냐?"

"역시 천자명왕답군. 절전된 천마참혈검법을 대번에 간파하니 말이다."

"어디 검마왕의 절기를 견식해 보겠다."

천자명왕은 도룡도를 천천히 휘둘렀다.

일순 은은한 용울음 소리와 함께 허공으로 용의 형상이 피어올랐다.

위지문현의 입가에 희미한 미소가 감돌았다.

"흐음, 비천어도술(飛天御刀術)인가?"

천자명왕은 도룡도에 혼신의 진기를 주입시켰다.

"받아랏!"

번— 쩍—!

아찔한 광휘가 뿜어지며 천자명왕의 육신이 도룡도 속으로 스며들었다. 섬광으로 화한 도룡도의 강렬한 광휘에 의해 세상은 온통 어둠으로 화했다. 보이는 것은 빛살처럼 뻗어나가는 한 자루 도룡도뿐.

추극의 절기 어도술이 전개된 것이다.

위지문현은 빙글 회전하며 천마참혈검법을 구사했다.

츄리릭—!

검극에서 검강이 분출되며 실타래처럼 흩어졌다.

위지문현은 검강에 휩싸인 채 천자명왕을 향해 돌진했다.

퍼퍼펑—!

어도술과 검강이 충돌하며 연이어 폭음이 울려 퍼졌다. 한 번 폭음이 터질 때마다 지표가 폭발하면서 자욱한 황토 먼지가 피어올랐다.

섬광과 검강의 교차.

두 줄기 강렬한 빛이 정면으로 충돌하면서 황토 고원이 십장이나 내려앉았다.

콰아아앙!

엄청난 굉음과 함께 눈부신 광휘가 스러졌다.

위지문현의 검이 어느새 동강나 있었고 천자명왕이 도룡도로 위지문현의 심장을 찌르고 있었다.

"크홋, 네놈이 패했다."

순간 위지문현의 두 눈에서 안광이 폭사했다. 동시에 그의 우수가 하얗게 변하며 천자명왕의 가슴속으로 파고들었다.

"크아악!"

강력한 투살공에 의해 적중된 천자명왕은 위지문현을 채 찌르기도 전에 소수마공에 당해 가슴이 으스러지고 말았다.

눈알이 터진 천자명왕은 주르륵 피눈물을 흘렸다.

"크으, 이럴 수가? 네놈의 검강은 분명… 어도술에 깨졌건만……."

위지문현은 천자명왕의 심장을 움켜쥐었다.

"당신은 한 가지 중대한 사실을 잊고 있었다. 난 양심신공을 터득한 몸이다. 검강이 파훼돼 내상을 입은 것은 사실이지만 달리 투살공과 소수마공을 준비하고 있었다."

"교… 교활한 놈!"

"천자명왕답지 않은 답변이군. 분명 최강의 절기를 집약해 승부를 내자고 하지 않았던가? 만일 내가 어검술로 응수했다면 양패구상을 면치 못했을 것이다. 늙은 당신과 함께 죽기에 나는 아직 젊다."

위지문현은 천자명왕의 심장을 움켜쥔 손에 진기를 주입시켰다.

"감히 우리 가문을 침범한 죄다, 쥐 대가리!"

퍼엉……!

산산이 부서진 육편이 황토 바람을 타고 흩어졌다. 어둠의 두뇌 천자명왕의 비참한 최후였다.

위지문현은 바닥에 꽂혀 있는 도룡도를 뽑아 들었다.

주변이 온통 피로 얼룩졌지만 천하의 보물답게 도룡도에는 피 한 방울 묻지 않았다. 검을 잃었지만 도룡도를 얻었으니 최고의 전리품이었다.

위지문현은 도룡도의 칼집을 집어 허리춤에 찼다.

"천기무현! 이제 당신 차례다!"

위지문현은 도룡도와 함께 치솟아올랐다.

번— 쩍—!

아찔한 광휘와 함께 그는 한 줄기 빛으로 화해 날아갔다.

초극의 절기 어도비행술이었다.

3

일박서산(日薄西山).

태양이 저물어 서쪽 하늘이 붉은 노을로 물들고 있었다.

북궁세가로 향하는 진입로에 당도한 위지불급은 깊이 숨을 들이켰다.

'다행이군. 아직 문현이 당도하지 않았나 보구나.'

그는 줄곧 무당산에 머물러 있다가 강릉에 이르게 되었다.

그의 예측이 틀리지 않는다면 십야혈루등은 무당산에서 밝혀져야 당연했다. 한데 무당산은 물론이고 호북성 어디에서도 십야혈루등이 밝혀졌다는 정보가 입수되지 않았다.

그는 초조한 상황 속에서 자신의 판단을 다시 점검해 보았다. 그제야 비로소 그는 중대한 변수를 깨닫게 되었다.

청풍공방의 소멸.

위지문현 역시 잿더미로 변한 청풍공방을 보았다면 분노를 금치 못했을 것이다. 아니, 광기 어린 마성에 물들어 있는 위지문현이라면 분노 이상의 감정에 휩싸였을 것이다.

청풍공방의 소멸에 자명궁이 개입한 것은 확인되었지만 화탄을 터뜨린 세력은 확인되지 않았다. 북궁세가일 가능성이 높지만 어디까지나 추측일 뿐 확인된 사실은 아니다.

그로서는 불확실한 상황에서 행동을 취할 수 없지만 위지문현은 보복을 하는 데 있어 주저함이 없을 것이다.

이런 생각에 위지불급은 동생이 북궁세가를 공격할 가능성을 염두에 두고 밤을 꼬박 새워 강릉으로 달려왔다. 그러나 북궁세가를 둘러싼 고적한 분위기는 예전과 다를 바 없어 아직 위지문현이 이르지 않았음을 확신할 수 있었다.

그는 진입로를 따라 무거운 걸음을 옮겼다.

"영 부담스럽군."

그러했다. 그는 일전에 북궁검민을 구출하기 위해 금천절림을 파괴했다. 이는 북궁세가의 자존심을 짓밟은 중대한 행위였다.

이런 상황에서 다시 북궁휘를 만나 청풍공방의 침공에 대해 추궁한다는 것은 도리가 아니었다.

게다가 북궁검민이 아무리 가문에서 축출당했다지만 북궁휘는 북궁검민의 친아버지다. 장인을 의심해야 하는 그로서는 괴로울 수밖에 없었다.

위지불급은 잿더미로 변한 청풍공방을 되새기며 마음을 다잡았다.

'일단 확인이 중요하다. 연후 우리 가문이 당한 만큼 돌려주겠다. 그것이 순리다.'

북궁세가 외곽 초소 주변은 등잔으로 환히 밝혀져 있었다.

위지불급이 다가서자 초소장이 횃불을 밝혀 들고 방문객의 모습을 확인했다. 위지불급의 모습이 다소 바뀌었지만 초소장은 대번에 알아보았다.

"어서 오시오, 위지 공자."

"가주께서 이번에도 나의 방문을 알고 계신 거요?"

"아니외다. 가주로부터 전혀 통보를 받지 못했소. 일전에 공자의 오금죽장을 분명히 기억하고 있기에 위지 공자임을 짐작했소."

"그럼 통보를 부탁드리겠소."

"알겠소."

초소장은 소속 무사에게 지시를 내렸다.

"당장 가주께 보고를 올려라."

"알겠소이다.

무사는 장원을 향해 빠르게 달려갔다.

초소장은 차를 한잔 따라 위지불급에게 건넸다.

"드시오."

"고맙소."

"검민 조카는 잘 있소?'

"……."

"검민이 비록 가문에서 축출됐지만 북궁세가 출신임은 변함이 없소. 그 아이의 고충을 헤아려 주시오."

"충분히 이해하오."

위지불급은 예의상 차를 한 모금 마시고는 찻잔을 돌려주었다.

잠시 후 무사가 돌아왔다.

"가주께서 접견을 허락하셨소. 초당에 계시니 들어가시지요. 안내는 하지 않아도 된다 하셨소."

"충분히 찾아갈 수 있으니 혼자 들어가겠소."

위지불급은 간단히 예를 표하고는 초소를 통과했다.

위지불급이 삼나무 진입로 저편으로 멀어지자 무사가 초소장에게 나직이 보고를 올렸다.

"초소장, 경계수위를 최고 단계로 올리라는 가주의 엄명이 떨어졌소이다. 일족 모두에게 비상 대기령이 하달됐소이다."

초소장의 표정이 심각하게 굳어졌다.

"알겠다. 외곽 진세를 강화하라."

북궁세가의 장원 내부는 여전히 조용했다. 저녁을 준비할 시각이지만 밥 짓는 냄새조차 맡을 수 없었다.

북궁휘는 초당 앞 정원에서 화초를 돌보고 있었다. 잘려야 할 화초의 줄기는 가위에 의해 가차없이 잘려 나갔다. 그는 위지불급이 정원으로 들어섰음을 분명 인지하고 있었지만 눈길조차 주지 않았다.

위지불급은 잠시 그를 주시하다가 먼저 예를 표했다.

"다시 뵙게 되었습니다, 가주."

북궁휘는 여전히 화초를 손질하면서 냉랭하게 응수했다.

"금천절림을 파훼하고 딸년을 데려갔으면 됐지 이번에는 무엇을 얻기 위해 찾아온 것인가?"

"북궁세가에 맡겨둔 말 두 마리를 데려가고 싶습니다."

"말을 내주는 것은 어렵지 않네. 대신 자네의 양심을 내놓아야 할 것이네."

"그전에 가주께서 진실을 밝혀야 하지 않겠습니까?"

"진실이라……."

북궁휘는 손을 털고 몸을 바로 세웠다.

"정작 진실을 밝혀야 할 사람은 자네가 아닌가?"

그는 정원 한쪽에 놓인 돌 탁자로 향했다.

"악의든 선의든 일단 우리 가문을 찾아온 손님이니 차는 대접해야지. 일단 앉게나."

위지불급은 회색 돌 탁자를 사이에 두고 북궁휘와 마주 앉 았다.

"외람되지만 단도직입적으로 묻겠습니다. 가주께서 혹시 얼마 전 사천성 미산현을 방문하신 적이 있습니까?"

"그게 중요한 게 아닐 텐데?"

"그럼 다시 묻겠습니다. 가주께서는 천자명왕과 함께 미산 현에 가신 적이 있습니까?"

"그것도 절실하게 중요한 사안은 아니로군."

북궁휘는 꽃잎을 말린 화차(花茶)를 한잔 내주었다.

"자네가 아무래도 검민 때문에 질문의 요점을 제대로 말하 지 못하는 것 같아 내가 대신 밝혀주지. 미산현 청풍공방은 자 네의 가문이 아닌가? 위대한 천재가문이자 백 년 이래로 정체 를 드러내지 않은 위지세가. 한데 그 위지세가가 잿더미로 화 했네. 화탄에 의해 장원 전체가 흔적도 없이 사라져 버렸지. 자네는 혹시 내가 그 사건에 연루되었는지 묻기 위해 온 것이 아닌가?"

상대가 먼저 요점을 밝히자 위지불급은 답답한 한순간에 씻 긴 듯 홀가분해졌다.

"그렇습니다, 가주. 소생은 그 진상을 알고 싶습니다."

"그 진상에 대해서는 내가 세상 누구보다 정확히 알고 있다 고 자부할 수 있네."

"그 말씀은 가주께서 당시 그 자리에 있었음을 인정하시는 겁니까?"

북궁휘는 화차를 한 모금 마시고는 빠르게 어두워지는 하늘을 올려보았다.

"위지불급, 만일 자네가 내 질문에 두 가지만 답해주면 솔직하게 밝혀주겠네. 내 가문의 명예를 걸고 맹세하겠네."

"무엇을 알고 싶으십니까?"

"전대의 악마 광마가 위지세가 출신인가?"

"광마에 대해서는 소생도 잘 모릅니다. 다만 제 가문과 무관한 것으로 알고 있습니다."

"……."

북궁휘는 하늘색을 살피던 눈길을 내려 위지불급을 직시했다. 회색빛 눈망울은 워낙 유현해 그 심중을 헤아리기가 어려웠다.

"자네의 눈빛을 보니 정말 광마에 대해서는 모르는 것 같군. 그럼 한 가지 더 묻겠네."

"말씀하십시오."

"당대의 악마 십야혈루등주가 위지세가의 일족인가?"

위지불급은 순간적으로 전신의 피가 싸늘하게 식었다. 심장이 멎어 숨이 막혔고 수천 개의 종이 동시에 울려 퍼진 듯 귓속이 윙윙거렸다.

십야혈루등주가 위지세가의 일족!

이런 사실은 자신의 가문에서도 일부만이 알고 있는 극비이며 외부인으로는 오로지 북궁검민이 알고 있을 뿐이다. 위지세가 일족에게는 워낙 치명적 과오이기에 세상 사람 누구도 눈치 채서는 안 될 비밀이었다.

한데 북궁휘가 그 절대적인 비밀에 의혹을 제기했다. 아니, 막연한 의혹이 아니라 확신에 가까운 예단으로 위지불급에게는 단지 확인을 요구하는 것으로 짐작되었다.

위지불급은 찰나지간 수백 수천 가지의 생각이 뒤엉켜 머릿속이 혼란스러웠다.

가문을 지키기 위해서라도 절대 밝힐 수 없었다. 인정해서도 안 되며 상대에게 의혹을 품을 빌미조차 주어서도 안 되었다.

그러나 그가 부인한다면 북궁휘 또한 청풍공방을 침공한 사실을 인정하지 않을 것이다. 결국 흉수를 확인한 후 이치를 따져 보복을 가하는 과정은 불가능해진다.

위지불급은 문득 잿더미 속에서 찾아낸 가문의 암호문을 뇌리에 떠올렸다.

…가문이 소실된 것은 하늘의 뜻이다. 흉수에 대해서는 잊고…….

위지불급은 비로소 가문에서 흉수를 언급하지 않은 이유를 깨달을 수 있었다.

'가문에서는 내가 천기무현을 찾아가도 결코 진실을 알아내지 못할 것임을 이미 예상했다. 그래서 흉수를 잊으라고 지시한 것이다. 결국 나의 아둔함이 화를 불러왔구나.'

그는 최대한 감정의 동요를 감추며 북궁휘를 직시했다.

"유감이지만 확인해 드리기 어렵습니다."

"솔직히 자네도 그 사실을 모를 수 있네. 만일 내 짐작대로 당대의 악마가 위지세가의 일족이라면 이는 경천동지할 대사건이 아닐 수 없지. 만일 자네가 그 사실을 확인했다면 미쳐 버렸을 수도 있네. 아마 죽고 싶은 심정이겠지."

"가주, 소생은 두 가지를 답변해 드렸습니다. 이제 가주께서 진실을 밝혀야 할 차례입니다."

"위지불급, 앞서 밝혔듯이 자네가 양심을 내놓았다면 진상을 확실하게 얘기해 주고 두 마리 말까지 내주었을 것이네. 한데 자네는 진실을 은폐하면서 나한테만 진실을 밝히라는 것인가? 이것이 과연 위대한 천재가문 후예로서 합당한 태도인가?"

당대 최고의 두뇌라는 평가는 결코 과한 것이 아니었다.

위지불급은 한마디 답변조차 쉽지 않았다. 심기 면에서 자신보다 훨씬 앞서는 북궁휘는 칼날과 같은 혀로 위지불급을 위협하고 있었다.

가장 강력한 대응은 철저한 부정이다.

그의 마음속으로부터 십야혈루등주가 친동생이라는 사실을 지워 버리는 것이다. 그래서 당당하게 북궁휘의 의혹을 일축하는 것이 최상의 대안이다.

그러나 북궁휘와 같은 현자에게는 그러한 부정이 의미가 없다. 그가 그렇듯이 북궁휘 역시 상대의 말보다는 자신의 결정을 더 신뢰하기 때문이다.

사실 이번 논쟁에서 위지불급은 완벽한 패배자였다. 자신의 치명적인 약점을 움켜쥐고 있는 상대와 과연 어떻게 대등하게 논쟁을 벌일 수 있단 말인가.

북궁휘는 위지불급이 선뜻 답변을 하지 못하자 느긋하게 화차를 음미했다.

그는 이번 논쟁에서 지난번 금천절림이 와해되는 치욕을 되갚았기에 너무도 통쾌했다. 또한 위지세가를 말살시킬 결정적인 계책까지 세울 수 있기에 흐뭇하기까지 했다.

"위지불급, 비록 우리 가문에서 버린 계집이지만 그래도 북궁세가의 핏줄을 지닌 딸년을 생각해 내가 한 가지 비밀을 밝혀주겠네."

"……."

"청풍공방이 누구에 의해 잿더미가 되었느냐는 중요한 문제가 아닐세. 진정 중요한 문제는 왜 잿더미가 되는 참화를 입었느냐에 있네."

위지불급은 어떤 답변이 나올지 어느 정도 예상하고 있었지만 묻지 않을 수가 없었다.

"왜… 왜 참화를 당한 것입니까?"

"그 이유는 청풍공방, 아니, 위지세가가 악의 가문이기 때문일세."

악(惡)의 가문!

위지불급은 폭발하려는 분노와 격정을 애써 진정시켰다. 이

자리에서 감정을 드러내 봤자 십야혈루등주의 정체를 입증시
켜 주는 것과 진배없는 반응이었다. 상대가 그것을 유도하는
지 뻔히 알면서 당할 수는 없었다.

위지불급은 정색을 표하며 차갑게 내뱉었다.

"가주, 진정한 악의 가문은 북궁세가가 아닙니까?"

"후훗, 설사 북궁세가가 악의 가문이라 해도 과연 세상 사람
들이 그렇게 생각하겠는가? 백 년 전의 악마 광마와 당대의 악
마 십야혈루등주는 한 가문에서 비롯되었네. 이런 가문이 악
의 가문이 아니면 과연 어떤 가문을 악의 가문이라 할 수 있겠
는가?"

위지불급은 여태까지와 달리 말투를 바꾸었다.

"가수, 난 문녕과 광나가 우리 가문과 무관히다고 밝혔소.
그리고 십야혈루등주의 신분에 대해서는 전혀 밝혀진 바가 없
소. 가주는 결론을 내리기 전에 입증부터 해야 할 섯이오."

"위지불급, 어찌 한 손바닥으로 하늘을 가리려 한단 말인
가? 지금이라도 진실을 밝히고 속죄를 하는 것이 도리일세. 내
가 충고를 하자면 위지세가 일족은 또 다른 악마를 탄생시키
지 않기 위해 모두가 자결을 해야 마땅하네. 만일 그리한다면
난 이 모든 사실을 덮어둘 수 있네."

"난 확인해 주지 않았소. 만일 세상에 공개를 하겠다면 가주
는 명확한 증거를 제시해야 할 것이오."

자리에서 일어선 위지불급은 형식적으로 포권을 취했다.

"북궁세가에서 내친 검민은 이미 우리 가족이 되었소. 그래

도 검민과의 혈연을 감안해 마지막까지 가주를 장인으로 예우하려 했지만 이제는 생각을 바꾸겠소."

"허헛, 생각을 바꾼다?"

"그렇소. 청풍공방의 참화에 무림공적 자명궁이 개입된 것은 확인되었소. 자명궁과 협력한 무리는 강력한 화탄을 사용했소. 벽력강의 벽력화틴과 유사한 화탄으로 추측되오. 한데 그 사악한 무리가 어떻게 그런 화탄을 제조할 수 있었겠소? 일전에 십야혈루등주로 위장한 자가 벽력강으로 침투해 화탄제조법을 훔친 것이오. 당시 벽력강은 아무것도 분실된 것이 없다고 공표했지만, 흉수가 놀라운 기억력으로 화탄 제조법을 빼냈다는 사실을 전혀 모르고 있었소. 가주는 그런 사실이 영원히 묻혀질 거라 생각지 마시오."

"허허헛! 정말 예리한 추측이군. 아주 재미있어."

북궁휘는 당시의 사건을 저지른 흉수가 자신임을 시인도 부인도 하지 않았다.

"위지불급, 그 어떤 변명으로도 십야혈루등주에 대한 천하인들의 저주와 분노를 달랠 수 없네. 내가 충고한 대로 자네 가문이 나서서 악마 십야혈루등주를 제거하고 일족 모두가 자결하는 것이 그나마 위지세가의 명예를 보존할 수 있는 유일한 방법일세. 그것인 내가 한때나마 존경했던 천재가문에 대한 마지막 배려이기도 하네."

위지불급은 초당 밖으로 향했다.

"검민이 가주의 사악한 심성을 닮지 않았다는 것이 정말 다행이오."

그가 초당 밖으로 사라지자 북궁휘는 가볍게 돌 탁자를 내려쳤다.

"역시 무서운 놈이군. 이미 묻혀 버린 사건을 끄집어 나와 연관 짓다니."

그의 회색 동공에서 예리한 안광이 폭사되었다.

"역사는 승자의 전유물이다. 천하를 지배할 우리 가문에 의해 무림사는 다시 쓰여질 것이다."

그는 한마디 한마디씩 분명하게 내뱉었다.

"우리 가문의 기록이 곧 진실이다."

第六十七章 처절한 대결

天才家門

1

퍼엉……!

요란한 폭음과 함께 물기둥이 높이 치솟아올랐다.

"으아아아!"

위지불급은 괴성을 토하며 강물을 내려쳤다. 물기둥이 무려 칠 장이나 솟구쳐 올랐고 수면이 폭풍을 만난 듯 넘실거렸다.

위지불급은 수 차례 진기를 쏟아내 기혈이 역류하는 것을 억제했다.

참담한 심정은 이루 말할 수 없었다.

북궁휘나 위지불급과 같은 부류의 사람들은 병장기를 맞대는 직접적인 대결을 배제하고 심리와 논리로 싸운다. 외견상 싱겁게 보일지 몰라도 그런 대결을 펼치는 당사자들은 지식과 논리, 냉철함을 총동원해야 하기에 훨씬 더 격렬하다.

위지불급은 북궁휘에게 철저하게 밟혔다.

심리와 지식, 정신과 감정 모든 면에서 그는 북궁휘의 적수가 될 수 없었다. 북궁휘가 지닌 경륜과 노회함에 비하면 그는 아직 순진한 어린애에 불과했다.

그가 아무리 냉정을 유지하며 반박을 하려 해도 상대의 예리한 공격을 감당할 수가 없었다.

"헉헉……!"

위지불급은 허탈한 심정이 되어 강변에 털썩 주저앉았다.

그의 도전은 너무 무모했다. 적어도 북궁휘와 같은 지략가를 상대하려면 그 역시 만반의 준비를 갖췄어야 했지만 그가 내세울 수 있는 병기가 너무 미약했다.

반면 그는 치명적인 결함을 안고 있었다.

십야혈루등주가 위지세가의 후예. 그것도 자신의 친동생이기에 그는 북궁휘에게 가문의 참화에 대해 강하게 추궁하지 못한 것이다.

위지불급은 오금죽장을 불끈 쥐었다.

"문현, 이 나쁜 자식! 네놈이… 네놈이 결국 가문에 참화를 불러온 것이다! 저들은 네 정체를 짐작했기에 마음껏 청풍공방을 침공한 것이고, 가문에서는 변변한 대항 한 번 하지 못한 것이다!"

그는 위지문현에게 모든 원망을 돌렸다.

"가만두지 않겠다! 네 녀석을 내 손으로 처단할 것이다! 그래서… 가문의 악업을 내 손으로 씻겠다!"

한데 이때였다. 그의 등 뒤에서 조롱하는 듯한 웃음소리가 들려왔다.

"하하, 북궁세가에서 당한 수모를 왜 나한테 돌리는 거야, 베짱이 형?"

위지불급은 등줄기가 서늘해졌다.

'문현……?'

그는 깊이 숨을 들이켜 감정을 자제하고는 천천히 몸을 돌렸다.

한 사람이 버드나무에 기대서 있었다.

본래 여인처럼 단아한 용모이거만 얼굴 한쪽으로 깊은 흉터가 새겨져 있었다. 그는 산뜻한 푸른 경장에 하얀 바람마이를 둘렀으며 등에 한 자루 칼을 차고 있었다.

바로 위지문현이있다.

위지불급은 막상 동생을 눈앞에 대하자 너무도 가슴이 아팠다. 죽이고 싶도록 원망스런 존재였지만 어찌 친동생을 해칠 수 있단 말인가?

위지불급은 심한 갈등 속에서 잠시 말을 잊었다.

그의 심정을 위지문현이 천천히 다가서며 먼저 말을 건넸다.

"형은 정말 한심해. 가문의 복수는 내가 해결하겠다. 형은 이제 은퇴하는 게 좋겠어."

"나쁜 자식, 너 때문에 가문이 참화를 입을 수밖에 없었다.

당장… 나와 함께 가문으로 돌아가자. 할아버님께서 가법에 따라 널 단죄할 것이다."

"흐음, 가문에서 형한테 지시한 임무는 그게 아닐 텐데? 고집스럽게 원칙을 중시하는 우리 가문이라면 형에게 날 죽이라는 임무를 교시하지 않았겠어?"

"문현아……."

위지문현은 형의 어깨를 짚으며 나란히 섰다.

"형은 위지세가의 장손이야. 그런 신분이면 가문의 냉혹한 임무를 수행해야 하기 위해 최소한 노력은 해야 하는 것 아니겠어?"

"무, 물론이다. 널 결코 용서할 수 없다. 결코……."

"이런, 떨고 있군. 이런 상태로 어떻게 나와 겨룰 수 있겠어?"

위지불급은 동생의 손목을 덥석 쥐었다.

"넌 당장 사라져라! 중원을 떠나 다시는 돌아오지 마라. 가문에는 내가 널 처단한 것으로 보고할 것이다. 그러니… 제발 떠나란 말이다!"

"베짱이 형, 정말 순진하군. 과연 할아버님과 아버님 면전에서 그런 거짓을 고할 수 있겠어? 형은 절대 못해."

"그건 내가 해결할 문제다! 넌 사라지기만 하면 돼!"

"하하, 이렇게 아둔해서야."

위지문현은 형의 손을 뿌리쳤다.

"형, 난 이미 쥐 대가리와 자명궁을 박살 내 가문의 복수를 절반쯤 이루었어. 이제 북궁세가를 때려 부술 거야. 이로써 우리 가문을 건드린 하찮은 무리들에게 응징을 하는 셈이지. 그리고 이제 십야혈루등은 더 이상 밝혀지지 않을 거야."

"그… 그래, 잘 생각했다."

"태양무후는 역시 십대고수다운 강자였어. 열흘 밤의 공포라는 규칙을 깨뜨렸으니 나도 자존심이 상해 더 이상 십야혈루등주 행세는 못하겠어. 대신 십야광명등을 밝힐 거야."

위지불급은 눈을 휘둥그레 떴다.

"십야광명등? 그게… 무슨 소리냐?"

"십야혈루등처럼 열흘 밤 동안 등이 밝혀지지만 이번에는 혈등이 아니라 푸른 등이야. 매일 밤 악인들이 한 놈씩 사라지면서 세상의 희망이 밝혀지는 것이시. 향후 십야광녕등에 의해 천하의 악당들은 공포에 떨게 될 거야. 이로써 십야혈루등주라는 나의 과오는 사라지게 돼."

"이 녀석아, 그런 마음을 품었다면 진작 십야광명등을 밝혔어야지. 하지만 과거의 악업을 씻기에 너의 죄가 너무 크다. 넌 절대 용서받을 수 없어!"

"하하핫!"

위지문현은 세상을 오시하는 듯한 광소를 터뜨렸다.

"용서라고? 누가 감히 날 용서하고 단죄할 수 있다는 거야? 한순간의 과오 때문에 백 년 동안 쥐 죽은 듯이 살아온 우리 가문이 무슨 자격이 있다고? 우리 가문은 과오를 솔직하게 공개해 세상의 심판을 받았어야 했어. 결국 가문의 자존심과 명예

때문에 비굴한 은폐를 선택했고, 그 바람에 가문의 후예들은 백 년 동안 어둠 속에서 살아야 했어. 이런 가문이 감히 날 단죄할 수 있단 말이야?"

"……."

위지불급은 입술을 달싹거릴 뿐 한마디도 반박할 수가 없었다. 광마의 내력에 대해 전혀 알지 못하는 그로서는 오히려 혼란스럽기만 했다.

위지문현은 형을 힐끗 보고는 몸을 돌렸다.

"세상의 평판 따위에 구애받을 필요 없어. 세상에는 적당한 자극이 필요해. 백도에서 부르짖는 평화와 안주는 심각한 퇴보야. 십야혈루등으로 공포와 두려움을 안겨주었으니 이제 십야광명등으로 용기와 희망을 안겨주겠어. 이제 십야광명등은 역사상 최고의 영웅이 될 거야."

위지불급이 그의 등을 향해 외쳤다.

"닥쳐! 그것은 기만이다! 세상에 대한 농락이며 네 자신마저 속이는 사기다! 내가 널 용서치 않아! 그따위를 짓을 하게 내버려 둘 것 같으냐?"

"후훗, 내가 영웅이 되려 하니 이제 질투하는 거야?"

"미친놈! 넌 미쳤어! 제정신이 아니라고! 네가 세상을 마음 대로 조종하는 신인 줄 아느냐?"

위지문현은 팔짱을 낀 채 천천히 몸을 돌렸다.

"신이 별건가? 버러지들처럼 아등바등 대는 인간들을 굽어보는 존재가 신이잖아? 저들이 원한다면 내가 신이 돼주겠어.

어둠을 원한다면 잠시 악당이 되고 광명을 원한다면 잠시 영웅이 돼주겠다. 그러면 되는 것 아니야?"

위지불급은 동생의 정신적인 파탄을 절감했다. 정말 인정하고 싶지 않지만 동생이 마성에 의해 완전히 변질되었음을 인정해야 했다.

그는 오금죽장을 세워 들었다.

"문현, 너는 더 이상 내 동생이 아니다. 또한 위지가문의 일족도 아니다. 아마도 내 동생은 오래전에 죽은 것 같구나. 네놈은 내 동생의 육신으로 스며든 악마다!"

위지문현은 싸늘한 미소를 머금었다.

"후훗, 나와 싸우겠다는 건가? 하기는 오래전부터 한번 제대로 겨투고 싶었어. 그러나 니무 겁내지는 마. 네가 설마 형을 죽이겠어?"

위지불급은 이를 악물며 심적인 동요와 정신적인 혼란을 사제했다. 그는 상대를 당대의 악마 십야혈루등주로만 생각하기로 마음먹었다.

'내 손으로 처단해야 한다! 그것이 나의 숙명이다!'

그는 힘찬 기합을 외치며 오금죽장을 내려쳤다. 죽장은 내려치는 사이에 한 자루 빛나는 검으로 변환되었다. 은천비검이 모습을 드러낸 것이다.

위지문현은 제자리에서 빙글 몸을 회전시켰다.

차앙⋯⋯!

언제 뽑았는지 그의 손에는 도룡도가 쥐어져 있었다.

"봤어? 십야광명등주의 첫 번째 업적은 천자명왕을 제거한 일이야. 쥐 대가리를 죽이고 차지한 이 전리품이 확실한 증거물이 될 거야."

위지불급은 뒤로 물러섰다가 재차 공세를 펼쳤다.

"너의 광기를 더 이상 용인하지 않겠다!"

츄리릭—!

강력한 검기가 연이어 내리꽂혔다. 만상지존도를 통해 깨우친 천붕의 날갯짓이었다.

위지문현은 제자리를 지킨 채 쾌도를 발출했다. 아찔한 섬광과 함께 날카로운 금속성이 울려 퍼졌다.

차차창—!

검기와 도기가 비산되면서 주변의 지표가 연속적으로 폭발했다. 아름드리 버드나무는 허리를 꺾었고 강물은 또다시 뒤집혔다.

위지문현은 자신의 베어진 옷자락을 살피고는 고무적인 표정을 지었다.

"호오, 과연 천세무황의 절기답게 경이적이야. 도룡도의 칼집에 새겨진 도신(刀神)의 쾌도 절기보다 한 수 위로군. 하지만 그 정도로는 고작 내 옷자락을 베는 게 전부야."

"건방 떨지 마라!"

위지불급은 재차 검법을 펼치면서 동시에 자전강기를 발출했다. 이렇듯 초극의 절기를 동시에 펼치기 위해서는 양심신공이 필수였다.

위지문현은 장난기 어린 웃음을 흘렸다.

"후훗, 재미있어. 양심신공의 격돌이라… 이런 대결은 아마 우리 형제가 처음일걸?"

그 역시 쾌도를 구사하면서 소수마공으로 응수했다.

검과 도. 그리고 신공과 마공의 격돌!

그들이 펼쳐 내는 다양한 수법은 하나같이 세상을 진동시킬 절기들이었다. 만일 뛰어난 안목을 지닌 무림고수가 이 격돌을 보았다면 무신(武神)들이 최강의 절기를 선보이는 각축장으로 생각했을 것이다.

콰— 콰쾅—!

대결은 삼십 초를 넘어서면서 위지문현의 우세가 조금씩 드러났다. 사실 위지불급에 비해 그의 내공은 훨씬 높고 터득한 절기 또한 다양했다. 그가 독한 마음을 먹었다면 위지불급은 진작 쓰러졌을 것이다.

위지문현은 즐기듯이 대결을 펼치다가 갑자기 수법을 변화시켰다.

"크훗, 실망이군. 더 이상 새로운 수법도 없는 것 같으니 이제 끝장을 내주겠어."

그는 도룡도를 빙글 회전하며 섬전 같은 쾌도를 발출했다.

번— 쩍—!

동시에 그의 왼손에서 비릿한 핏빛 기운이 발출되었다. 엄청난 열기를 동반한 빛은 바로 악마지공 혈황파멸광이었다.

"악마지공?"

위지불급은 바싹 경각심을 높이며 마주 일장을 내질렀다.

화르르륵!

장심에서 뿜어진 불꽃이 급속도로 확산되며 위지문현을 휘감았다. 위지문현은 전혀 예상치 못한 절기에 놀라움을 금치 못했다.

"어엇, 태양신공?"

그러했다. 그의 비장의 절기는 바로 태양무후에게 전수받은 태양신공이었다. 태양신공은 능히 악마지공을 상대할 수 있는 백도 최강의 절기다.

콰아앙!

엄청난 폭음이 터지며 십 장 이내가 화염에 의해 새까맣게 타버렸다. 태양신공과 혈황파멸광 모두 극양의 절기였기에 주변의 피해는 실로 엄청났다.

뒤로 밀려난 위지문현의 얼굴에서 웃음기가 싹 가셨다. 그는 장삼을 태우고 있는 불꽃을 털어내고는 눈을 가늘게 떴다.

"태양신공을 수련했다면 진작 얘기를 했었어야지? 이런 극강 절기를 지닌 줄 알았다면 내가 봐줄 필요가 없었잖아?"

위지불급은 태양신공으로도 동생을 제압하지 못하자 가슴이 답답해졌다.

'녀석의 공력이 나보다 높아 악마지공을 무산시키지 못했다. 이제 더욱 제압하기가 힘들어졌어.'

위지문현은 양손을 날개처럼 펼치며 둥실 떠올랐다.

"그럼 이제 싱거운 싸움은 끝내볼까?"

일순 사위가 어둠으로 덮이며 세상의 모든 빛이 차단되었다. 칠흑 같은 어둠 속에서 섬뜩한 귀곡성이 울려 퍼졌다. 점점 높아지는 귀곡성은 마치 어둠 저편에서 악귀 군단이 몰려드는 것만 같았다.

위지불급은 지독한 환청과 함께 전신이 으스러지는 듯한 엄청난 압박감에 사로잡혔다. 순간 그는 모골이 송연해졌다.

"이… 이것은 암천마곡혈(暗天魔哭血)!"

최후의 악마지공이라는 암천마곡혈.

이것은 환청을 일으키는 음공을 겸비한 가공할 악마지공으로 한 번 펼쳐지면 삼십 장 이내의 모든 생명체가 파괴된다. 금강불괴지신도 파괴된다는 무시무시한 악마지공이 이백 년 이래 처음으로 전개된 것이다.

위지불급은 천세무황의 검법과 태양신공을 동시에 발출해이에 대항했다. 그러나 백도 최강이라고 할 수 있는 두 가시절기마저 암흑과 귀곡성에 빛을 잃었다.

천붕은 더 이상 오르지 못했고 태양진기는 희미한 불꽃을 피워냈을 뿐이다.

콰아앙─!

하늘과 땅을 뒤흔드는 굉음이 터지며 위지불급은 오 장 밖으로 날아갔다. 입에서 뿜어지는 피가 분수처럼 허공을 물들였다.

"크으윽!"

잿더미 속에 떨어진 위지불급은 꼼짝도 할 수 없었다.

가공할 악마지공에 전신의 뼈가 모두 으스러진 것 같았다. 심각한 내상을 당해 진기가 모두 흩어졌다. 그나마 그가 즉사하지 않은 것이 기적이었다.

위지문현은 그 옆으로 사뿐 내려섰다. 과도한 진력을 소모한 탓인지 안색이 지나치게 창백했다.

"베짱이 형, 그래도 우리가 친형제라는 정분 때문에 마지막 순간에 진기를 회수한 거야."

위지불급은 오히려 죽지 않은 것이 통한이었다.

가문을 위해서라면 동생을 처단해야 했지만 그럴 수 없을 바에는 차라리 동생의 손에 죽고 싶었다. 그것이 더 행복할 것 같았다. 아무리 대의라지만 동생을 죽이고서 어찌 세상을 살아갈 수 있단 말인가?

위지불급은 힘겹게 입술을 달싹거렸다.

"주… 죽여라."

위지문현은 형을 내려다보며 싸늘한 웃음을 흘렸다.

"크흣, 죽일 생각이면 진작 죽였어. 하지만… 형마저……."

그는 말끝을 흐리고는 냉정하게 돌아섰다.

"다른 것은 몰라도 위지세가의 장자 계보는 형이 이어야 하잖아? 이것이 형한테 베푸는 마지막 배려야."

몇 걸음을 옮기는 사이 그는 유령처럼 사라져 버렸다.

위지불급은 손끝 하나 까딱할 수 없는 몸이기에 비통한 심정으로 누워 있어야 했다.

'문현, 이 바보 같은 녀석! 북궁세가에서는 네가 찾아올 것을 대비해 만반의 준비를 갖추고 있다. 천기무현은 실로 무서운 자다. 넌 결코… 그자의 적수가 될 수 없어.'

그는 동생을 자신의 손으로 처단하지 못한 것이 너무도 한스러웠다.

자신이 평생 죄책감과 고통 속에 산다고 해도 자신의 형제가 남의 손에 의해 살해되는 것보다는 나을 것 같았다. 결국 그는 가문의 임무를 수행하지 못하고 만 것이다.

이때 강줄기를 타고 한 척의 편주가 미끄러져 왔다.

끼익… 끼익……!

능숙하게 노를 젓는 뱃사공은 청수한 용모의 중년인이었다. 가난한 화전민처럼 옷차림이 누추했지만 촌부로 생각하기에는 신위가 범상치 않았다.

편주가 강변에 이르자 뱃사공은 배를 묶어놓고 내려섰다.

위지불급은 눈알만 돌려 그를 확인하고는 놀라움을 금치 못했다.

"아… 아버님……?"

그러했다. 촌부 차림의 뱃사공은 다름 아닌 위지세가의 가주 위지명이었다.

위지명은 큰아들을 진맥하고는 아무런 말도 없이 버드나무 숲으로 향했다. 잠시 후 그는 버드나무가지와 껍질을 한 아름 안고 돌아왔다.

그는 큰아들의 전신에 부목을 대고 버드나무 껍질로 칭칭 동여매 주었다.

위지불급은 자신의 비참한 몰골이 너무도 부끄러웠지만 그런 와중에도 동생의 안위가 걱정되었다.

"아버님, 문현이가… 단신으로 북궁세가로 뛰어들었습니다."

위지명은 아무런 대꾸 없이 큰아들을 안아 편주에 실었다.

위지불급은 안타까운 심정으로 소리쳤다.

"아버님! 문현이를… 구해야 합니다!"

위지명은 상앗대로 배를 밀어내고는 천천히 노를 저었다.

"아무 말도 하지 마라. 자칫 부러진 뼈에 장기가 찔리면 넌 평생 환자로 살아야 한다."

"아버님……."

"녀석은 마지막으로 제가 가야 할 곳을 찾아간 것이다."

위지불급은 입술을 달달 떨었다.

"마… 마지막… 이라니요?"

위지명은 밤하늘을 밝히고 있는 상현달을 올려보았다.

"달이 밝구나. 더 이상 세상 사람들 눈에 피눈물을 흘리게 만들 등불은 밝혀지지 않을 것이다."

2

북궁세가로 향하는 진입로를 막아선 초소의 무사들이 이열 횡대로 늘어서 있었다. 북궁세가 무사들이 이렇듯 삼엄한 경계 태세를 갖추기는 창건 이래 처음이었다.

이때 푸른 장삼에 하얀 바람막이를 두른 청년이 초소 앞으로 다가섰다. 얼굴 한쪽에 새겨진 깊은 흉터만 없다면 보기 드문 미공자다.

위지문현이 초소 앞으로 바싹 다가서자 초소장이 앞으로 나서며 그를 제지했다.

"멈추시오."

순간 한 줄기 섬광이 환영처럼 피어올랐다가 사라졌다.

털썩……!

어느새 목이 날아간 초소장의 시체가 맥없이 바닥으로 쓰러졌다.

초소의 무사들은 경악을 금치 못했지만 경계 수칙에 대해 철저히 교육을 받았기에 그다지 당황하지 않았다. 무사 하나가 경종을 울렸다.

때때땡—!

초소에 배속된 무사들은 신속하게 움직여 위지문현을 원형으로 에워쌌다. 그들은 침입자를 최대한 지연시키는 것이 임무였기에 섣부른 공격은 삼갔다.

위지문현은 주변의 포위망을 무시한 채 진입로를 따라 걸음을 옮겼다. 그러자 초소에 소속된 무사들은 어쩔 수 없이 공격에 나서야 했다.

"쳐라!"

무사들은 삼 개 조로 나뉘어 달려들었다. 그들이 펼치는 쇄

형진(衡形陣)은 죽음을 불사하는 전술이었다. 그러나 상대는 상상도 할 수 없는 절세고수였다.

번— 쩍—!

절대 쾌도가 발출되면서 제일조의 무사 여섯 명이 대번에 몰살했다. 제이조의 무사들은 소수마공에 의해 새파랗게 얼어붙었고, 제삼초의 무사들은 혈옥수에 적중돼 참혹한 핏물로 화했다.

간단히 초소를 통과한 위지문현은 적당한 걸음걸이로 진입로를 따라 걸었다.

표정은 무심했지만 눈에는 살기가 번득였다. 본래 수정처럼 맑은 눈의 소유자였지만 지금은 피에 굶주린 악귀처럼 벌겋게 핏발이 돋아 있었다.

"오늘은 조금 많이 죽이게 되겠군."

북궁세가의 대문은 활짝 열려 있었다. 진입로 좌우로 화톳불이 환하게 밝혀져 있었고 장원 내로도 등잔이 일정한 간격으로 걸려 있어 마치 칙사를 맞이하는 모습이었다.

위지문현은 당당히 걸음을 옮겨 장원 안으로 들어섰다.

일전에 첫 번째 십야혈루등주가 북궁세가의 집법당주를 살해한 적이 있지만 그것은 장원 내부에서 벌어진 사건이 아니었다. 첫 번째 십야혈루등주는 초소를 통과한 후 장원 외곽을 순시하던 당주를 죽인 것이다.

북궁세가 창건 이래 불청객이 이렇듯 장원 내부까지 발을 들여놓은 적은 없었다. 이런 상황에서 아직까지 침입자의 행보를 저지하려는 행동이 전혀 취해지지 않은 것은 이해할 수 없는 일이었다.

위지문현은 등잔이 밝혀진 길을 따라 걸음을 옮겼다.

잠시 후 그가 이른 곳은 넓은 연무장이었다.

연무장 주변으로는 수백 개의 화톳불이 밝혀져 있어 대낮을 방불케 했다. 한쪽으로 백 명이 넘는 북궁세가 무사들이 도열해 있었다.

이들은 직위 고하를 막론하고 모두가 회색 옷을 걸치고 있어 조금은 삭막한 느낌을 주었다.

위지문현은 연무장 중앙에 이르자 걸음을 멈추었다.

사사삭!

북궁세가 무사들은 신속하게 이동해 두 겹의 원형진을 펼쳤다.

천하에서 가장 방대한 진은 소림사의 백팔나한진이다. 한데 북궁세가 무사들은 단일 진세로 포위망을 형성했다면 이들이 펼친 진세 또한 백팔나한진과 버금갈 방대한 진세라 할 수 있었다.

두 겹의 원형 진세가 갖춰지자 회색 눈망울을 지닌 노인이 앞으로 나섰다. 바로 북궁세가의 가주 북궁휘였다.

"어서 오게, 십야혈루등주."

위지문현은 빠르게 북궁휘를 훑어보고는 냉담하게 응수했다.

"당신이 천기무현인가?"

"그러하네."

"난 십야혈루등주가 아니다. 난 청풍공방의 일원으로 당시 청풍공방의 참화에 연루된 무도한 놈들을 처단하기 위해 온 것이다."

"네 이름이 무엇이냐?"

"난 위지문현이다."

"위지불급과는 어떻게 되는 사이냐?"

"그는 내 친형이다."

북궁휘는 가볍게 고개를 끄덕였다.

"흐음, 이제야 상황이 이해가 되는군. 그동안 너희 간악한 형제들이 짜고서 천하를 우롱했구나? 어디 너희 두 형제뿐이겠느냐? 너의 위지가문 일족이 모두 그런 족속들이지."

"까마귀는 자신이 까만 줄을 모른다. 너의 북궁세가 역시 마찬가지다."

"잠시 전 네 형이 나를 찾아왔었다. 그는 인정하지 않았지만 난 네가 십야혈루등주임을 확신하고 있었다."

위지문현은 희미한 냉소를 머금었다.

"훗, 단지 추측만으로 나를 십야혈루등주로 몰아세우겠다는 것이냐? 전혀 천기무현답지 않군."

"세상에 네 얼굴을 본 사람이 없다고 해서 그렇게 자신하는 것이냐? 너는 자신이 십야혈루등주가 아님을 입증하기 위해 일부러 복면을 쓰지 않았고 복장도 바꾸었지만 그것은 손바닥으로 하늘을 가리겠다는 치졸한 발상이다. 난 네가 당대의 악마 십야혈루등주임을 입증할 수 있다."

"좋다. 어디 들어보겠다."

"십야혈루등주는 지난 열흘 밤의 공포 때 아미산에서 태양무후를 만나 열 번째 혈등을 밝히지 못했다. 당시 태양무후가 한쪽 눈을 잃는 심각한 부상을 당했지만 십야혈루등주 역시 태양무후의 탄지검에 중상을 입었다. 네 얼굴에 새겨진 흉터가 바로 증거다. 마치 달군 쇠에 그어진 것처럼 보이는 네 흉터는 태양신공의 흔적이며, 병기가 아니라 탄지검에 의해 새겨졌기에 흉터 자국이 심할 수밖에 없었다. 이런 명백한 증거가 있는데도 발뺌을 하겠다는 것이냐?"

과연 전기무현나운 예리한 안목이있다. 싱대의 흉터만으로 추정하는 그의 논리에는 빈틈이 없었다.

"하하핫!"

위지문현은 가소롭다는 듯 한바탕 웃음을 터뜨리고는 북궁휘의 추정을 일축했다.

"당대의 현자라는 처기무현의 안목과 지식이 고작 그 정도란 말이냐? 내 흉터만 보고 어떻게 태양신공과 탄지검에 의해 새겨졌다고 자신할 수 있느냐? 내가 알기로도 적염마공, 축융신공, 태일신화공, 혈사극염공, 섬천강기, 화벽천공, 파륜혈화, 환희마염강기, 혼천열화공을 비롯해 팔십삼 종의 열양강기가 유사한 흉터를 만들어낼 수 있다. 당신은 오직 태양신공만 알 뿐 어리석게도 나머지 무공에 대해서는 전혀 모르는 것 같군."

"……."

북궁휘는 순간적으로 할 말을 잊었다.

위지문현이 언급한 무공 중에서 그가 아는 무공은 다섯에 불과했다. 나머지 네 종의 무공은 이름도 들어본 적이 없었다. 그 외에도 팔십삼 종이라는 숫자까지 거론했는데 그가 알기로 태양신공과 유사한 열양강기는 열 종도 되지 않는다.

비록 한 번의 논쟁이었지만 북궁휘는 등줄기가 서늘하게 젖어드는 한기를 느껴야 했다.

'이놈은 위지불급보다 훨씬 똑똑하다. 위지세가는 정녕 범접할 수 없는 천재가문이란 말인가?'

그는 자신을 주시하고 있는 일족의 자부심과 긍지를 상기하며 강하게 반박했다.

"너희 형제는 똑같구나. 네 형과 마찬가지로 너도 십야혈루등주임을 인정하지 않는다만 진실은 결코 묻혀질 수 없다. 너는 청풍공방의 일원이 아니라 당대의 악마 십야혈루등주로서 우리 가문을 침범한 것이다."

"천기무현, 나에 대해 어떻게 생각하든 당신의 자유다. 그러나 난 당신이 추악한 자명궁과 합작해 우리 가문을 침공했다는 명백한 증거를 지니고 있다. 또한 그 증거는 내가 십야혈루등주가 아니라는 것을 입증하는 증거이기도 하다."

위지문현은 등에 멘 칼을 뽑아 연무장 바닥으로 내던졌다.

파악!

한 자루 칼이 절반 깊이로 꽂혔다.

칼의 손잡이 끝에 용두(龍頭)가 양각되었으며 도신에 물고기 비늘 같은 문양이 선명하게 새겨져 있었다. 천중칠보 중 하나인 도룡도가 분명했다.

도룡도를 확인한 북궁휘의 눈 밑 근육이 찰나지간 경련을 일으켰다.

'천자명왕이 죽었단 말인가?'

위지문현은 바닥에 꽂힌 도룡도를 향해 천천히 걸음을 옮겼다.

"그것이 도룡도임은 당신도 부인하지 못할 것이다. 그럼 도룡도를 지니고 있던 사람은 누구였지?"

"……."

"바로 천자명왕이다. 이는 세상이 아는 사실이니 비밀일 수 없다. 한데 그 도룡도가 내 손에 쥐어졌다는 것은 과연 무엇을 의미할까?"

위지문현은 도룡도를 뽑아 등에 멘 칼집에 꽂았다.

"바보가 아니라면 누구나 짐작할 수 있다. 쥐 대가리는 내 손에 죽었다. 자명궁의 버러지들도 모두 제거됐지. 다시 말해 자명궁 잔당들은 나에 의해 완전히 소탕되었다. 내가 십야혈루등주라면 과연 그런 짓을 저질렀을까? 십야혈루등주는 일전에 군천세가와 백리태보에 의해 죽을 위기에 처해 있는 쥐 대가리를 구해주었다. 도저히 얘기가 맞지 않아."

"네가 천자명왕을 해친 이유는 십야혈루등주라는 신분과는 무관하다. 넌 청풍공방이 잿더미로 된 보복으로 천자명왕을 죽인 것이다."

위지문현은 낭랑한 웃음을 터뜨렸다.

"하하, 그건 확실해. 난 가문의 복수를 위해 천자명왕을 죽였다. 그리고 천자명왕을 통해 북궁세가가 협력자임도 확인했다. 사실 쥐 대가리의 입을 통해 확인할 것도 없었다. 일전에 음흉한 도적이 십야혈루등주로 가장해 벽력강으로 침투한 적이 있었다. 도적, 즉 당신은 화탄 제조의 기밀만 은밀히 알아냈지. 청풍공방이 철저하게 파괴된 것은 당신이 벽력화탄을 모방해 제조한 화탄 때문이었다. 이 정도면 당신이 무고한 청풍공방을 잿더미로 만든 사악한 흉수라는 증거로 충분하겠지?"

북궁휘는 또 한 번 위축되고 말았다. 위지불급과 논쟁을 벌였을 때는 자신이 강하게 몰아붙일 수 있었지만 지금은 계속 밀리는 형국이었다.

그는 곤궁함을 벗어나기 위해 다소 억지를 부렸다.

"유감이군. 천자명왕이 죽었으니 네가 한 말을 입증할 방법이 없다. 네 형에게도 밝혔다만 청풍공방은 악의 가문이기에 천벌을 받아 잿더미가 되었다. 유감스럽게도 네 일족이 쥐새끼처럼 모두 달아나는 바람에 더러운 핏줄을 한 명도 제거하지 못한 것이 통탄스러울 따름이다."

"무슨 근거로 우리 가문을 악의 가문이라고 단정 짓는 것이냐?"

"백 년 전의 광마와 당대의 악마인 십야혈루등주가 모두 위지세가와 깊은 연관돼 있다. 이런 살인마왕들을 배출한 일족

이 어찌 악의 가문이 아닐 수 있겠느냐?'

위지문현의 입가에 의미심장한 미소가 감돌았다.

"훗, 광마의 정체에 대해 알고 있느냐?"

"위지세가 일족이거나 친분이 깊은 자로 추측된다."

"일부는 사실이다. 광마의 성은 북궁이다."

"뭐, 뭐야?"

"광마는 바로 너의 선조인 북궁 씨다. 따라서 악의 가문은
바로 너희 북궁세가다."

북궁세가는 자신도 모르게 격한 감정을 드러냈다.

"터무니없는 소리 마라! 당시 북궁세가는 세워지지도 않았
으며 우리 북궁 씨 중에 광마와 같은 살인마는 없었다."

"하하핫!"

위지문현은 조롱하듯 웃음을 터뜨렸다.

"잠시 농담을 한 것이다. 광마는 북궁세가와 무관하나. 하
지만 누구도 진실을 모른다면 조작은 얼마든지 가능하다. 마
찬가지로 우리 가문을 악의 가문으로 몰아세우는 것은 분명
조작이다."

북궁휘는 심한 모욕과 수치를 느꼈다.

'당했군. 지극히 교활한 놈이다.'

그는 불리한 논쟁에서 벗어나기 위해 서둘러 싸움을 선포했
다.

"위지문현, 무엇이 진실인지는 이 자리에서 누가 살아남느
냐에 달려 있다. 너 또한 그것을 알고 찾아왔으리라 믿는다."

"물론이다. 평화로운 우리 가문을 침범한 죄로 북궁세가 역시 잿더미로 변할 것이다. 또한 북궁세가는 사악한 자명궁과 은밀하게 내통해 세상을 집어삼키려 한 악의 가문으로 그 악명을 전하게 될 것이다. 그게 진실이다."

"틀렸다. 당대의 악마 십야혈루등주는 북궁세가에 의해 제거되었다. 그것이 진실이다."

북궁휘는 뒤로 물러서며 손을 쳐들었다.

"쳐라!"

두 겹의 진세가 서로 엇갈려 회전했다. 전열에는 삼십육 명, 후열에는 칠십이 명 등 모두 백팔 명이 어우러진 대진세였다.

천지혼황대진(天地混荒大陣).

북궁세가에서 창안된 진법으로 아홉 명 단위로 진세를 축소하고 확대시킬 수 있다. 진세는 구궁을 근간으로 하지만 변화가 뛰어나 진세 일부가 파훼되더라도 전체의 진세는 쉽게 무너지지 않는다.

위지문현은 처음 대하는 진세였지만 조금도 당황하지 않았다.

세상의 어떤 원리도 태극과 구궁의 이치를 벗어날 수 없기에 변화만 정확히 헤아린다면 어떤 진세도 파훼할 수 있다는 것이 그의 생각이었다.

퍼퍼펑—!

진세가 조여들면서 엄청난 압박감이 몰아쳐 왔다.

위지문현은 마치 미로에 빠져 허둥대는 사람처럼 일관성없이 진세의 이곳저곳을 두드렸다. 그러는 사이 그는 천지혼황대진의 기본 원리를 파악할 수 있었다.

그러나 그는 조금도 내색하지 않고 계속 진세를 두드리는 것처럼 위태로운 싸움을 벌였다.

차차창—!

도룡도는 지극히 예리한 병기라 상대적으로 공력이 미흡한 자들은 도룡도와 교차할 때마다 병기와 함께 동강나 버렸다.

십여 초를 넘기면서 천지혼황대진의 이 개 조 열여덟 명이 도룡도 아래 고혼이 되고 말았다.

이를 관전하던 북궁휘는 조금씩 상황을 의심하게 되었다.

'이상하군. 놈이 제대로 응수하지 못하는 것이 분명한데 전혀 공략이 되지 않는다.'

그러는 사이 다시 일 개 조 아홉 명이 참혹하게 베어져 쓰러졌다.

사실 위지문현은 천지혼황대진을 간단히 격파할 수 있었지만 일부러 진세 속에서 빠져나가지 않았다.

그는 북궁세가를 철저하게 말살할 생각이었기에 자신의 실력을 최대한 감추었다. 상대가 자신을 죽일 수 있다는 착각에 빠지도록 유도한 것이다.

이때 북궁휘 뒤로 네 명의 노인이 내려섰다.

네 노인은 하나같이 피부가 쭈글쭈글하고 어깨가 꾸부정했지만 노인답지 않게 맑은 눈을 지니고 있었다.

북궁세가의 최고 현자들인 북궁사현.

바로 일월성신으로 구분되는 북궁세가의 원로들이었다.

"오셨습니까, 네 분 원로."

일현이 늙수그레한 음성으로 물었다.

"어째 가주답지 않게 일족들이 속절없이 죽어가는 것을 지켜만 보고 있는가?"

"송구합니다. 하지만 악적 십야혈루등주는 곧 제압될 것이외다."

"가주, 똑똑히 보시게나. 놈은 진세 속에 갇혀 있는 게 아니라, 양 떼를 희롱하는 늑대처럼 우리 일족들을 마음껏 죽이고 있는 것일세."

"아……!"

북궁휘는 비로소 눈앞의 어둠 씻기는 기분이었다.

그도 진전이 없는 격돌에 의혹을 품었지만 위지문현이 곧 쓰러질 것 같은 기분에 사로잡혀 있다가 현실을 깨닫게 되었다.

월현이 한쪽으로 기울어진 고개를 끄덕거렸다.

"진세를 물리게나. 우리가 상대하겠네."

"안 됩니다. 원로들께서 나설 상황이 아니외다."

"가주, 놈은 우리 일족을 말살할 작정으로 실력을 숨기고 있네. 끔찍할 만큼 무섭고도 교활한 놈이지."

성현이 허리를 두드리며 월륜(月輪)을 뽑아 들었다.

"놈을 제압한다 해도 일족들 대다수가 희생된다면 무슨 의미가 있겠는가? 청풍공방이 비록 잿더미로 변했다지만 위지세가 일족들은 건재하지 않은가? 북궁세가 일족들도… 최대한 많이 살아남아야 하네."

북궁휘는 북궁사현을 향해 정중히 예를 표했다.

"그럼 네 분 원로를 믿겠습니다."

그는 길게 사자후를 외쳐 진세 해체를 명했다. 북궁세가 무사들은 동료들의 시신을 이끌고 연무장 외곽으로 물러섰다.

위지문현은 도룡도를 높이 쳐들고 살폈다. 서른 명에 가까운 사람들을 죽였지만 도신에는 피 한 방울 묻어 있지 않았다.

그는 모호한 웃음을 머금었다.

"백 명쯤 죽이면… 피 한 방울 정도는 묻겠지?"

이때 바람 소리와 함께 주변으로 북궁사현이 내려섰다.

위지문현은 그들을 쓸어보고는 간단히 목례를 취했다.

"북궁세가의 진정한 악당인 북궁사악이 아니시오?"

일현이 그를 훑어보고는 감탄을 토했다.

"흐음, 그야말로 신골(神骨)이구나."

"북궁세가는 연장자를 존중할 줄 모르나 보군. 젊은것들은 물러서 있고 곧 관에 들어갈 노인네들만 나서니 말이오. 이것은 도리가 아닌데?"

"네가 도리를 논할 자격이라도 있느냐?"

"하핫, 그러는 사악은 내게 도리를 강론할 자격이라도 있소?"

"신골이라도 마성을 지녔다면 악마가 되는 법. 너는 제거되어야 마땅하다."

처절한 대결 223

위지문현은,

"재주껏 죽여보시오. 하지만 날 못 죽이면 북궁세가 일족이 몰살될 테니 확실히 죽여야 할 것이오."

"그것은 우려하지 않아도 된다."

북궁사현은 제각기 병기를 뽑아 들고 사위를 점했다. 비록 네 명에 의한 진세였지만 그 위력은 대단했다.

위지문현은 뒤틀린 세상에 갇힌 듯 혼란에 빠지고 말았다.

그의 몸은 흐물흐물하게 녹아 팔다리를 구분할 수 없었고 도룡도도 엿가락처럼 길게 늘어져 있었다. 그것이 진세에 의한 환영이며 착각인 줄 알면서도 전혀 힘을 쓸 수가 없었다.

'세상에 이런 진법이 있었단 말인가?'

위지문현은 바싹 긴장하며 기억을 더듬었다.

그의 뇌리 속으로 천이백여 종의 진법이 주마등처럼 스쳐 지나갔다. 일순 그의 표정이 심각하게 굳어졌다.

"이건… 불마사악군상진(佛魔四惡群像陣)?"

진세 저편에서 일현의 음성이 흘러들었다.

"으음, 믿을 수가 없군. 네가 소뇌음사의 불마진경을 보았단 말이냐?"

위지문현의 표정이 심각하게 굳어졌다.

"악마의 사찰인 소뇌음사의 마진(魔陣)을 펼치는 것을 보니 분명 악의 가문이로군."

"네가 진세를 알아보았다면 그 위력도 잘 알겠구나?"

"물론이다. 극악한 동귀어진 진세가 아닌가?"

위지문현은 싸늘한 분노를 발하며 양심신공을 전개했다.

"그러나 내게는 안 통한다!"

번— 쩍!

도룡도에서 뿜어지는 도강이 폭발하는 화산처럼 사위로 분출되었다. 동시에 자전강기가 벼락 소리와 함께 진세를 강타했다.

콰— 콰쾅—!

하늘과 땅이 뒤집힐 어마어마한 굉음이었다.

연무장에 깔린 두터운 석판들이 치솟아오르며 수십 장 밖까지 날아갔다. 화톳불을 밝히고 있던 육중한 가마솥이 사정없이 나뒹굴었고 내공이 약한 무사들은 저마다 피를 토하고 주저앉았다.

한바탕의 광풍이 가라앉은 데에는 약간의 시간이 소요되었다.

털썩, 털썩!

북궁사현의 육신이 차례로 바닥으로 처박혔다. 월현과 신현은 도룡도에 의해 처참하게 쪼개졌고 일현과 성현은 자전강기에 적중돼 까맣게 타버렸다.

그러나 위지문현 또한 무사하지 못했다.

불마사악군상진은 마군들이 불보살과 함께 소멸하겠다는 악랄한 의도로 창안된 진법이기에 한번 펼쳐지면 양측 모두가 충돌의 여파로 동귀어진할 수밖에 없다.

위지문현은 양심신공을 펼쳐 가까스로 동귀어진은 모면했

지만 내외상이 극심했다. 경락이 세 줄기나 끊어지고 경혈 일곱 곳이 손상됐으니 거의 죽음에 가까운 부상이었다.

"젠장… 정말 지독한 마진이로군."

위지문현은 더 이상 싸울 상황이 못 되기에 연무장 밖으로 몸을 날렸다.

북궁휘가 솟구치며 격한 어조로 외쳤다.

"놈을 죽여라! 북궁사현 원로들의 위대한 헌신을 헛되게 할 수는 없다!"

위지문현은 달아나는 와중에도 빙글 회전하며 도룡도를 날렸다.

"천기무현, 당신은 꼭 죽이겠다!"

번ㅡ 쩍!

순간적으로 세상이 암흑천지로 변했다. 그곳에서 오직 한 자루 섬광만 빛을 발하며 날아들었다. 초극의 절기인 이기어도술이 펼쳐진 것이다.

북궁세가 무사들이 일제히 뛰어들어 어도술을 몸으로 저지했다.

퍼퍼펑ㅡ!

연이은 폭음 속에 무려 서른 명이나 되는 무사들이 어도술에 적중돼 산산이 쪼개졌다. 가주를 지키려는 그들의 충성심은 실로 무서울 정도였다.

위지문현은 북궁휘를 죽이지 못한 것이 한스러웠지만 이미 진기가 고갈돼 도룡도를 회수할 수도 없었다. 그는 한 가닥 진기에 의존해 어풍비행술을 펼쳐 장원 밖으로 날아갔다.

북궁세가 무사들이 그를 추격했다.

"쫓아라!"

"놓쳐서는 안 된다!"

일족들의 희생 덕분에 무사한 북궁휘는 참담한 심정으로 연무장에 널려 있는 시신들을 둘러보았다.

"이럴 필요까지는 없었다. 나를 지킬 절기를 지녔건만……."

그는 가문을 위해 장렬하게 희생한 북궁사현의 시신 앞에 털썩 무릎을 꿇었다.

"사현 원로, 위지세가의 사악함을 밝혀냈으니 이제 저들의 존재를 세상에서 말살할 수 있소이다. 원로들의 숭고한 헌신을 잊지 않겠소이다."

第六十八章 무림공적이 된 위지세가

1

무림천하는 북궁세가에서 전개된 대사건에 충격과 경악을
금치 못했다.

─북궁세가에 침투한 십야혈루등주가 치명상을 입고 도주
했다. 북궁세가는 북궁사현을 비롯해 일족 절반이 죽는 희생
을 치르면서 당대의 악마를 격퇴했다!

오랜 세월 열흘 밤의 공포 속에 짓눌려 있던 천하인들은 모
두가 만세를 부르며 환호했다. 북궁세가에서 흘러나온 다양한
정보를 감안한다면 십야혈루등주가 회복하기 힘든 부상을 당
한 것이 확실했다.

북궁세가의 존재는 태양처럼 부각되었다.

얼마 전까지 요지혈혜를 참살하면서 악마지공에 의해 부상을 당한 백리장패가 무림의 영웅이었지만, 천하인들의 관심은 북궁세가로 쏠리게 되었다.

이런 상황에서 천기무현이 천자명왕마저 제거했다는 낭보까지 들려오기 시작했다. 그 경위는 알 수 없지만 천기무현이 도룡도를 소지하고 있다는 것으로 풍문이 사실임이 입증되었다.

무림맹이 혈환마궁과 동조세력을 격퇴했지만 북궁세가는 단독으로 자명궁을 제거하고 십야혈루등주를 몰아냈다. 강호의 삼대악 중 이대악을 몰아낸 북궁세가의 위상은 무림맹을 앞설 수밖에 없었다.

삼대악이 와해됐다면 무림맹은 더 이상 존재할 이유가 없다.

아직 십야혈루등주의 생사가 확인되지 않았기에 즉각적으로 해체되지 않았지만 상당수 문파들이 자파의 제자들을 철수시켰기에 무림맹의 전력은 크게 약화되었다.

더불어 무림맹 총단인 백리태보의 위상 역시 빛을 잃고 말았다.

당대 최고의 가문은 단연 북궁세가로 선정되었다.

중원제일가(中原第一家)!

그 위대한 명예가 헌정되기 일보직전이었다.

융중산 화전민 부락.

새로운 유랑 농민들이 유입되면서 화전민 부락은 조금씩 마을 형태를 갖추게 되었다. 좁은 산길이 넓어지고 창고가 지어졌으며 허름한 초옥도 흙벽으로 바뀌었다.

융중산 화전민은 여느 농촌 부락과 달리 신기한 설비를 지니고 있었다.

통상 높은 지대에서 밭을 일구는 농민들에게 물이 가장 커다란 애로사항인 융중산 화전민들은 일곱 개의 수차를 이용해 산 정상까지 물길을 끌어올렸다.

산 정상에 만들어진 커다란 웅덩이로 끌어올려진 물은 정교한 수로를 통해 밭과 민가로 이어졌다. 덕분에 화전민들은 밭에 물을 대거나 집에서 허드렛일을 할 때도 손쉽게 물을 이용할 수 있다.

이외에도 융중산 화전민들은 독특한 농기구를 개발해 굳이 소를 이용하지 않고도 사람의 힘으로 쟁기를 끌어 돌밭을 질 좋은 밭으로 바꾸었다.

이들의 농사법은 근경의 농민들에게도 전수돼 많은 부락에서 혜택을 보았다.

이들 융중산 화전민들은 사천성 미산현 청풍공방에서 이주해 온 위지세가 일족들이었다.

가을 햇살이 따갑다.

위지불급은 산비탈 나무 그늘 아래 편안히 기대앉아 있었다. 부목을 댄 팔과 다리, 몸통은 부목을 대고 천으로 칭칭 동여매져 있기에 그는 손과 발, 고개만 겨우 움직일 수 있었다.

그는 위지문현의 악마지공에 의해 전신 뼈가 으스러지는 부상을 당해야 했다.

다행히 신의 의술을 지닌 부친의 치료 덕분에 그는 상당히 회복되었다. 뼈는 통상 달포가 지나야 완전히 접합되지만 부친의 특별한 처방을 받아 조만간 부목을 풀기로 돼 있었다.

위지불급은 처음 화전민 부락에 당도했을 때는 참담한 심정을 금할 수 없었다.

모든 면에서 불편한 부락에 비하면 청풍공방은 안락한 주거지였다.

당시도 일족들이 죽세공품과 국화지를 제작하느라 고생이 많았지만, 틈틈이 음률과 바둑을 즐기고 서책도 벗할 수 있었으니 삶의 질은 낮지 않았다.

한데 지금은 남녀노소 모두가 척박한 땅에서 새로이 부락을 형성하느라 온종일 땀을 흘려야 했다.

위지불급이 무엇보다 괴로운 것은 여전히 베짱이처럼 지내야 한다는 점이었다.

하기는 전신에 부목을 댄 상태에서 그가 할 수 있는 일이라고는 먹고 자는 게 고작이었다. 차라리 초옥에 틀어박혀 있으면 속이라도 편하련만 부친은 빠른 회복을 위해 햇볕을 쬐어야 한다며 종일 바깥에 있도록 지시했다.

아이, 어른 할 것 없이 모두가 일하는 모습을 물끄러미 지켜본다는 것은 정말 고역이었다.

그런 심적인 자극이 약이 되었는지 어긋난 뼈마디가 빠른 속도로 회복될 수 있었다.

"오라버님, 과일 좀 드세요."

위지취취가 잠시 짬을 내서 과일을 깎아 위지불급에게 먹여주었다.

위지불급은 상큼한 과일 맛이 쓰기만 했다.

"갑갑해서 미치겠구나. 이제 다 나았으니 부목을 풀어달라고 아버님께 말씀 좀 올려라."

"뼈는 한번 잘못 붙으면 평생 고생한디고 들었습니다. 갑갑하더라도 며칠만 더 참으세요."

"어린 네가 고생이 많구나."

"아니에요. 저보다 어린 동생들도 손이 부르트도록 고생을 하는데요 뭘."

위지불급은 다정한 눈빛으로 그녀를 바라보았다.

"사실 우리 가문에 적응하기가 쉽지 않은데… 네 심성이 가상해."

"아버님께서 신술로 제 말문을 틔어 여느 사람처럼 살아갈 수 있게 해주셨지요. 과연 어느 가문에서 저 같은 계집을 받아들여 이렇게 키워주시겠어요?"

"네가 그렇게 생각한다니 나도 기쁘구나."

이때 위지명이 나무 그늘 아래로 다가섰다. 그는 쟁기를 내려놓고 수로를 따라 흐르는 물로 손과 얼굴을 씻었다.

위지불급은 부친의 허옇게 센 머리를 보며 송구한 마음을 금할 수 없었다.

'문현, 그 녀석 때문에 내가 받은 충격과 고통이 어디 아버님께 비할 수 있겠느냐? 아버님은 나보다 열 배 백배는 더 괴로워하셨을 것이다.'

위지명은 큰아들을 진맥하며 물었다.

"어떠하냐?"

"괜찮습니다. 지금이라도 당장 일어날 수 있습니다."

"그럼 일어나 보거라."

위지명은 위지취취와 함께 천과 부목을 제거해 주었다.

겨우 자유로운 몸이 된 위지불급은 조심스럽게 몸을 일으켰다. 뼈는 접합됐지만 그동안 근육이 풀려서인지 다리가 후들후들 떨렸다. 다행히 위지취취가 오금죽장을 건네주는 바람에 겨우 몸을 지탱할 수 있었다.

위지명은 그를 훑어보고는 앞서 걸음을 옮겼다.

"따라오너라."

"예, 아버님."

위지불급은 군소리도 못하고 힘겹게 걸음을 옮겼다. 보다 못한 위지취취가 그를 부축해 주었다. 한데 위지명이 뒤도 돌아보지 않고 지시를 내렸다.

"취취는 어서 내려가 보거라."

"네, 아버님."

위지취취는 미안한 표정을 짓고는 밭으로 내려갔다.

위지불급은 오금죽장에 의존해 부친의 뒤를 따랐다.

노가주가 밭이랑에 쪼그려 김을 매고 있었다. 호미를 쥔 손이 앙상했다.

위지불급은 허름한 몰골로 밭일을 하는 노가주를 대하자 눈물이 핑 돌았다.

"할아버님……."

노가주는 운신이 불편해 고개도 천천히 돌렸다.

"쿨럭, 이제… 회복된 것이냐?"

위지불급은 털썩 무릎을 꿇으며 노가주의 흙 묻은 손을 쥐었다.

"할아버님, 소손이 하겠습니다."

"아니다. 흙냄새가… 좋구나. 쿨럭, 사람은 흙에서 대이니서 흙으로 돌아가는 법이다."

"그냥 산책이나 하지 그러셨어요."

"쿨럭, 세상의 죄인이 어찌 그런 호사를… 누리겠느냐?"

위지불급은 가슴이 메어졌다.

세상의 죄인!

위지문현으로 인해 그의 가문은 평생 씻지 못할 업보를 짓고 말았다. 적어도 다시 백 년은 그늘 속에 살아야 할 것이다.

노가주는 장손의 어깨를 다독여 주었다.

"풍문에 의하면… 세상에 희망이 밝혀졌다는구나."

"예에?"

"매일 밤 악인이 한 명씩 죽고… 푸른 등이 밝혀졌다. 쿨럭, 열흘 동안."

위지불급은 가슴이 세차게 뛰었다.

'문현이다! 녀석은 아직 건재해!'

노가주는 호미를 쥐고 밭고랑을 골랐다.

"쿨럭, 붉다 하여 모두 흉한 것은 아니며, 푸르다 하여 모두 길한 것은 아니거늘……. 이만 가보아라."

"예, 할아버님."

위지불급은 노가주를 향해 정중히 예를 올렸다.

허름한 원두막.

밭일을 하다 햇볕을 피해 잠시 휴식을 취할 수 있게 지어진 원두막은 풀로 엮은 천장이 듬성듬성 뚫려 비는 막아주지 못할 것 같았다.

위지명은 원두막 난간에 서서 한창 밭을 돌보고 있는 일족들을 내려다보았다.

"네 과오가 크다. 네가 보다 신속하게 임무를 수행했다면 최소한 청풍공방은 보존될 수 있었을 것이다. 물론 또다시 백 년 세월 동안 자성하며 살아야 했겠지만……."

"송구합니다, 아버님."

"이제 정착을 시작했으니 청풍공방처럼 주변을 정리하려면 족히 삼십 년은 걸릴 것이다. 이후 다시 사관들을 파견해 자료와 정보를 수집할 수 있다. 힘겨운 작업이다만 과거 선조들이 미산현에서 청풍공방을 처음 열었을 때도 마찬가지로 이 같은 과정을 겪었다."

위지불급이 조심스런 어조로 물었다.

"비밀 장원의 모든 자료는… 소실된 것입니까?"

"우리 가문에서 작성한 대부분의 자료는 소실되었다. 다행히 위급 상황에 대비해 지하에 비밀 금고를 마련해 두었기에 귀중한 자료는 지킬 수 있었다. 하지만 이곳으로 옮겨올 여건이 되지 않아 당분간은 금고에 보관될 것이다."

위지명은 찻주전자를 기울여 차갑게 식은 차를 한 모금 마셨다.

"노가주님께서 잠시 언급하신 대로 강호에 새로운 사건이 발생했다. 십야혈루등처럼 매일 밤 한 사람이 죽고 등불이 밝혀졌다. 다른 점이 있다면 죽은 자들은 악명이 자자한 자들이고 등불이 푸르다는 점이다. 세상 사람들은 이를 십야광명등이라 한다."

"……."

"그러나 등불의 색깔이 바뀌었다 하여 사람이 바뀌는 것은 아니다. 또한 악인을 죽인다 하여 영웅이 되는 것도 아니다."

"아버님, 속죄로 생각해 주실 수는 없습니까?"

"불급아, 네 임무는 아직 끝나지 않았다. 반드시 네 손으로 해결해야 한다. 알겠느냐?"

"아버님······."

"풍문을 감안한다면 녀석은 심한 부상을 당했다. 다행히 네가 속히 회복됐으니 지금 겨룬다면 녀석을 제압할 수 있을 것이다."

위지명이 단호한 어조로 질책했다.

"노가주님의 수명이 얼마 남지 않았다. 네가 노가주님께 통한을 안길 셈이냐?"

위지불급은 정중히 고개를 조아렸다.

"명심하겠습니다, 아버님."

융중산을 내려온 위지불급은 양양을 찾아갔다.

양양은 호북성 내에서도 커다란 성시이기에 상세한 정보를 수집하기가 용이하기 때문이다.

위지불급은 세 곳의 주점과 두 곳의 다관(茶館)에 들러 그가 원하는 정보를 수집할 수 있었다.

십야광명등이 처음 밝혀진 곳은 절강성 항주였다.

황사당은 나흘 동안 당주 급 이상의 수뇌가 매일 밤 한 명씩 죽는 공포를 경험해야 했다. 이어 십야광명등은 절강의 악명 높은 녹림채주 세 곳에서 밝혀졌고 나머지 사흘은 해룡채의 지부에서 밝혀졌다.

황사당과 해룡채는 지난번 사파의 본성을 드러낸 가문이기에 강호에서는 악으로 분류된 자들이었다. 그들의 수뇌 급과 녹림의 도적들은 모두 죽어 마땅하기에 열흘 동안 밝혀진 푸른 등은 십야광명등으로 명명되었다.

그러나 십야혈루등에 의해 크게 상처를 받은 천하인들이기에 유사한 살인을 전개하는 십야광명등주를 아직 높게 평가하지 않았다.

영웅인지 악인인지 모를 의혹을 떨쳐 내지 못한 것이다.

위지불급은 십야광명등주의 행동반경이 좁다는 사실에서 씁쓸함을 금치 못했다.

'문현이 녀석의 부상이 확실히 심한가 보군. 죽은 자들의 면면이나 등불이 밝혀진 지역이 삼백 리를 넘지 않는다.'

그로서는 추적이 훨씬 용이해졌기에 유리한 상황이지만 결코 유쾌한 기분은 아니었다.

부상을 당한 동생을 죽여야 한다는 현실은 일전에 북궁세가 앞에서 대견할 때보다 훨씬 고통스러웠다.

다각다각……!

그는 강서성 방향으로 말을 몰아갔다.

'불급, 괴롭더라도 끝내야 한다. 그것이 너와 문현, 아버님, 할아버님, 그리고 가문의 일족 모두를 위한 길이다.'

대의(大義)!

위지불급은 성현의 금언을 처음으로 마음 깊이 받아들였다.

3

백리태보.

한동안 무림맹 총단으로 무림천하의 호령하던 백리태보는 예전의 수준으로 돌아갔다. 총단에 상주하던 고수들을 위해 마련된 거처는 해체되었고 조직도 대폭 축소되었다.

　아직 공식적으로 무림맹이 해체된 것은 아니지만 상징적으로 오대당주와 세 명의 순찰영주를 비롯해 고작 칠십 명 정도만 남아 명목상 무림맹 총단임을 시사해 주었다.

　"젠장, 대체 상황이 어떻게 돌아가는 거냐?"

　백리장패는 약사발을 내리며 불만부터 터뜨렸다.

　"우리 가문이 왜 이렇게 쪼그라든 것이냐? 아비의 이 꼴이 보이지 않느냐? 아비가 악녀 요지혈혜를 제거하면서 악마지공에 당해 이런 몰골이 되었건만 왜 세상이 알아주지 않는 것이냐? 왜 모두가 북궁세가만을 인정하는 것이더냐?"

　당당하다는 그의 풍채는 옛말이었다.

　다리가 기형적으로 짧았지만 풍성한 사자수염과 떡 벌어진 상반신은 영웅의 풍모로 손색이 없는 그였다. 한데 요지혈혜의 악마지공에 적중된 이후 그는 심한 화상으로 얼굴이 일그러졌고 경맥이 다쳐 무공이 급속도로 쇠약해졌다.

　무엇보다 체내에 스며든 화기가 해소되지 않아 하루에 두 차례씩 탕약을 마셔야만 안정을 찾을 수 있었다.

　부친이 분노하면 체내의 화기가 폭발할 수 있기에 백리빙은 애써 부친을 진정시켰다.

　"고정하십시오, 아버님. 강호의 민심은 바람 속 갈대와 같다고 하지 않았습니까? 지금에야 북궁세가가 커다란 공적을 내세워 뽐내고 있지만 조만간 잊혀질 것입니다. 아버님은 여전히 무림맹주이시며 또한 무림맹이 해체된다 해도 여전히 우리 가문은 중원제일입니다."

"아비가 듣기로 중원제일가라는 명예는 북궁세가에게 주어야 한다는 것이 대세라 하였다. 중원제일가는 오직 하나의 가문만이 존재할 수 있는데 이제 우리 가문은 물 건너간 것이 아니냐?"

백리빙이 결연한 어조로 대답했다.

"북궁세가는 결코 중원제일가에 오르지 못할 겁니다."

"뭐야? 어떤 근거로?"

"북궁세가는 무고한 청풍공방을 침공해 잿더미로 만들었다는 의혹을 받고 있습니다. 더군다나 그런 참화에 자명궁의 천자명왕과 손을 잡았다는 얘기가 확실시되고 있습니다."

백리장패는 탕약의 쓴맛을 씻어내기 위해 대추야자를 하나 집어 우물거렸다.

"천기무현이 쥐 대가리와 손을 잡았다면 큰 흠이 되겠지만 청풍공방을 잿더미로 만든 것이 무슨 문제가 되겠느냐?"

"청풍공방이 어디 단순한 장인들의 공방이겠습니까? 바로 위지불급의 본가인 위지세가입니다. 전설의 천재가문으로 불린 가문이 그런 참화를 당하고 과연 가만있겠습니까? 저들은 놀라운 지략으로 북궁세가를 와해시킬 겁니다."

"하지만 십야혈루등주가 위지세가 출신이라는 괴이한 소문이 나돌고 있다. 만일 그게 사실이라면 우리 가문에게도 치명적이다. 네가 위지불급과 연인 관계임은 세상이 아는 사실이 아니더냐?"

백리빙은 정색이 지으며 반박했다.

"말도 안 됩니다! 위지불급은 십야혈루등주를 추적하기 위해 무던히도 애를 쓴 사람입니다. 만일 일족이 당대의 악마라면 위지불급이 그렇듯 전력을 기울였겠습니까?"

백리장패는 대추야자의 씨를 내뱉으며 인상을 구겼다.

"검민은 요즘 어떻게 지내더냐?"

"불급에게 별다른 소식이 없어 우울해하는 것 같습니다."

"검민은 상세한 내막을 알고 있지 않을까? 만일 십야혈루등주가 위지세가 일족이라면… 그 아이도 큰일이다. 아무리 북궁세가에서 축출된 몸이라지만 강호의 비난을 무릅쓰고 위지불급과 맺어질 수 있겠느냐?"

"아버님, 불급은 누구보다 당당한 사람입니다. 일 푼의 야심도 없고 자신의 공적조차 드러내지 않으려는 의인입니다. 위지세가 역시 같은 부류일 겁니다. 소녀는 십야혈루등주가 위지세가 일족이라는 풍문은 절대 믿을 수 없습니다."

백리장패는 화상으로 일그러진 얼굴 부위를 소매로 문질렀다.

"세상사는 모르는 법이다. 위지세가 일족이 모두 천재일 수 있지만 모두가 선인이라고는 확신할 수 없다. 무엇보다 십야혈루등주가 지독히도 교활한 두뇌의 소유자라는 점에서 위지세가 일족일 가능성은 높다."

"소녀는 믿지 않습니다. 만에 하나 십야혈루등주가 위지세가 일족이라도 위지불급에 대한 소녀의 애정과 신뢰는 변함이 없습니다."

백리장패가 탁자를 치며 벌떡 일어섰다.

"뭐, 뭐야? 네년이 지금 무슨 소리를 하는 게냐? 풍문이 사실이라면 위지세가는 악마를 배출한 가문이기에 무림공적으로 지목될 것이다. 무림공적을 비호하고 두둔하는 자 역시 무림공적으로 간주된다. 네가 우리 백리태보를 말아먹을 작정이냐?"

백리빙은 부친의 매서운 질책에도 꿈쩍하지 않았다.

"아버님, 불급은 소녀를 태양무후 사문에 입문시켜 준 은인입니다. 소녀는 불급을 절대적으로 믿습니다."

백리장패는 애써 분노를 자제했다.

"빙아야, 아비는 네가 여장부인 줄 알았는데 이제 보니 한낱 계집에 불과했구나. 정말 실망이다."

이때 바깥에서 인기척이 들려왔다.

"맹주, 속하 제일영주입니다.

백리장패는 급히 장포를 가다듬고는 자리에 좌정했다.

"들거라."

집무실로 들어선 사람은 순찰 제일영주인 군사준이었다.

"맹주, 북궁세가의 가주께서 찾아오셨습니다."

"뭐야? 천기무현이 찾아와?"

백리장패는 빠르게 생각을 굴렸다.

북궁세가의 가주는 좀처럼 거동을 하지 않는 은자로 널리 알려진 사람이다. 그가 가문을 떠나 타 문파를 방문했다는 것은 아주 이례적인 사건이 아닐 수 없었다.

더군다나 지금 북궁세가의 위상은 최고조에 달해 있기에 천기무현은 중원제일인에 해당될 정도였다.

백리장패는 몸을 일으켰다.

"당장 대의사청에 모든 수뇌들을 집결시켜라. 최고의 예우로서 천기무현을 맞이할 것이다."

무림맹 총단에 파견된 각 문파의 고수들, 백리태보 소속의 무사들 등 총 삼백여 명이 좌우로 늘어선 채 북궁휘를 맞이했다.

북궁휘와 수행원들은 모든 북궁세가 특유의 회의 차림이었다. 북궁휘만 회색 장포 위에 검은 바람막이를 둘렀다. 그들 모두는 가슴에 애도를 표하는 상장(喪章)을 달고 있었다.

그가 대문 안으로 들어서자 좌우로 도열한 사람들이 일제히 예를 표했다.

"천기무현의 방문을 환영하외다!"

"찾아주셔서 영광입니다."

북궁휘는 포권을 취해 답례했다.

"환대에 감사드리오."

백리빙이 다가서며 공손히 예를 표했다.

"소녀 백리빙이라 하옵니다. 아버님의 지엄한 명을 받고 가주를 영접 나왔습니다."

"고맙네, 혈향요희. 풍문보다 훨씬 절색이군."

"과찬이십니다. 모두들 대의사청에서 기다리고 계십니다. 드시지요."

백리빙은 북궁휘 일행을 대의사청으로 안내했다.

대의사청 돌계단 위로 백리장패를 비롯해 오대당주, 군사준과 철주훼, 그리고 군사 북궁검민이 도열해 있었다.

북궁휘가 돌계단 위로 올라서자 백리장패가 먼저 예를 표했다.

"어서 오시오., 북궁 가주. 오랜만이오."

"반갑소, 맹주."

백리장패에 이어 오대당주와 군사준과 철주훼도 순서대로 인사를 나누었다.

북궁검민의 차례가 되자 그녀는 그 자리에서 절을 올렸다.

"불효 여식이 아버님을 뵈옵니다."

하지만 북궁휘는 그녀를 거들떠보지도 않았다.

"무림맹과 긴히 상의할 사안이 있어 찾아왔소. 어디 드십시다."

"허허, 그러십시다."

사람들은 화기애애한 표정을 띤 채 대의사청 안으로 들어섰다.

북궁검민은 부복한 자세 그대로 일어설 줄을 몰랐다.

가문에서 축출된 몸으로 부친을 뵈었으니 죄책감 때문에 감히 얼굴을 들 수 없는 게 솔직한 심정이다. 그러나 그녀는 지금 자신의 입장보다 잠시 후 밝혀질 진상 때문에 괴로워하고 있었다.

그녀는 자신의 부친이 어떤 연유로 무림맹을 방문했는지 이미 짐작하고 있었던 것이다.

군사준이 그녀 옆으로 서며 부드럽게 위로했다.

"군사, 피는 물보다 진하오. 천기무현께 깊이 사죄를 드리면 반드시 용서하실 거요."

북궁검민은 처연함에 젖어 몸을 일으켰다.

"군 공자, 제발 불급을 믿어주십시오. 또한 위지세가를 믿어주십시오."

"무슨 말씀을 하시는 거요, 군사?"

"제 아버님이 폭로하는 진상에 절대 동요하시면 안 됩니다. 불급은 군 공자의 둘도 없는 친구입니다."

"군사, 아니, 북궁 소저. 천기무현은 소저의 부친이 아니시오?"

북궁검민은 음울한 표정으로 고개를 떨어뜨렸다.

"소녀는 북궁세가의 딸이라는 사실이… 부끄럽습니다."

백리장패는 북궁휘의 가슴에 매어진 상장을 보고는 애도를 표했다.

"북궁사현께서 타계하셨다는 얘기는 들었소. 당시 부상을 치유 중이라 빈소도 찾아뵙지 못했소. 무례를 용서하시오."

"당치 않으시오. 오히려 문병을 가지 못해 송구하였소."

북궁휘는 의례적인 인사를 주고받고는 좌중을 둘러보았다.

"다행히 대문파의 원로들과 명문세가의 후예들이 한 자리에 있으니 강호의 중대한 비밀을 고하기에 부족함이 없을 것 같소."

"중대한 비밀?"

백리장패가 마른침을 꿀꺽 삼키고는 권했다.

"어서 말씀하시오."

"우리 가문에 십야혈루등주가 침범해 왔다는 얘기는 모두가 들으셨을 것이오. 그로 인해 우리 가문은 엄청난 피해를 당했소. 다행히 북궁사현께서 장렬하게 헌신하시면서 악마를 격퇴시킬 수 있었소."

북궁검민을 제외한 모든 사람들이 포권을 쥐하며 북궁세가의 의기를 치하했다.

"북궁세가의 위업에 감격할 따름이오!"

북궁휘는 딸을 힐끗 보고는 자리에서 일어섰다.

"당시 십야혈루등주는 우리 가문을 몰살시킬 자신이 있었던지 복면조차 쓰지 않았소. 그러면서 광오하게 자신의 본명까지 밝혔소. 난 비로소 악마의 정체를 알 수 있었소."

십야혈루등주의 정체!

강호제일악의 신분이 밝혀지는 상황이라 모두가 흥분과 격동을 금치 못했다.

북궁휘는 천천히 걸음을 옮겨 대의사청 중앙을 가로질렀다.

"놈은 자신의 이름을 위지문현이라 밝혔소."

일순 장내가 술렁거렸다.

"위지문현?"

"처음 듣는 이름이군."

"하지만 아주 생소하지도 않아."

청룡당주인 법장 대사가 하얀 눈썹을 꿈틀거렸다.

"아미타불, 흉수의 이름이 위지문현이라 하셨소?"

"그렇소."

"흔한 성씨는 아니군. 혹시… 탁세신룡 위지불급과 무슨 연관이라도 있소?"

"물론이오. 아주 깊은 연관이 있소. 둘은 형제요. 정확히 말씀드리면 당대의 악마 위지문현은 협사로 위장한 위지불급의 친동생이오."

청천벽력!

장내에 일순 싸늘한 냉기가 흘렀다.

위지불급은 누구인가.

십야혈루등주를 찾아냈고, 혈환마궁을 와해시켜 은향장을 구원했으며, 패황사의 중원진출을 저지한 데다 자명궁 격파에 앞장 선 중원의 영웅이 아니던가.

그를 아는 모든 사람은 그가 얼마나 소탈하고 의로운 사람인지 잘 알고 있다. 모두가 탐내는 세상의 보물조차 무시하는 그의 심성은 도인 경지라는 평가까지 받고 있는 그였다.

대단한 야심을 지닌 백리장패까지 인정할 만큼 위지불급은 오점이 없는 의인이었다.

한데 북궁휘는 당대의 악마 십야혈루등주가 그러한 위지불급의 친동생이라 분명하게 공언했다.

누구보다 위지불급을 인정하고 두터운 우정을 지닌 군사준이 자리를 박차고 일어섰다.

"터무니없는 모략입니다, 가주! 탁세신룡은 누구보다 앞서서 십야혈루등주를 추살하려 했던 사람입니다. 십야혈루등주가 자신의 친동생이라면 그가 그렇듯 사력을 다해 십야혈루등주 추적에 나섰겠습니까?"

북궁휘는 걸음을 옮겨 군사준 앞으로 다가섰다.

"자네는 나를 믿지 못하는 것인가, 아니면 내 말을 믿지 못하는 것인가?"

"가주께서는… 그자의 이름이 위지문현임을 어떻게 아셨습니까?"

"그자가 자신의 입으로 스스로 밝혔네. 또한 자신이 위지불급의 친동생임도 털어놓았네."

"그것이 전부라면 가주께서는 섣불리 단정하신 겁니다. 아무런 물증도 없이 단지 악도의 말만 믿고 십야혈루등주와 탁세신룡을 연관 짓는 것은 천기무현답지 않은 처사입니다."

군사준의 예리한 지적에 힘을 얻은 백리빙이 동조했다.

"맞아요. 교활한 십야혈루등주는 강호를 혼란에 빠뜨리기 위해 거짓을 말한 것입니다. 위지불급이 그런 악마와 친형제일 수는 없습니다!"

네 명의 당주는 위지불급과 대면한 적이 없어 적극적으로 두둔할 수 없었지만 그를 잘 아는 백리장패와 기린장주 철위진, 순찰 제삼영주 철주훼 역시 입에 침을 튀기며 위지불급을 비호했다.

결국 백호당주인 청인 도장도 의문을 제기했다.

"무량수불, 천기무현이 틀림없는 분인 줄은 잘 알지만 이번 사안은 심각하게 점검해 봐야 할 것 같소."

북궁휘는 모두의 반발에 대해 별 이견을 제기하지 않다가 비로소 입을 열었다.

"솔직히 나 역시 충격을 금치 못했소. 위지불급은 내 딸을 자명궁에서 탈출시켜 준 은인이기도 하오. 일전에는 내 딸과 혼사 문제로 장기간 얘기를 나누기도 했었소. 나 역시 그가 전혀 사심이 없는 의인임을 확신했기에 십야혈루등주의 말을 전혀 신뢰하지 않았소. 그러나 그가 우리 가문을 침범한 연유를 듣고 그자의 말이 사실임을 인정할 수밖에 없었소."

그는 잠시 말을 끊어 긴장감을 고조시키고는 얘기를 이었다.

"십야혈루등주가 복면도 쓰지 않고 우리 가문을 침범한 연유는 바로 청풍공방의 참화에 대한 보복 때문이었소. 자명궁에 의해 잿더미가 된 청풍공방이 자신의 가문이기에 우리 가문도 잿더미로 만들겠다고 했소. 물론 나는 청풍공방의 참화가 우리 가문과 무관함을 밝혔지만 그자는 내 말을 귀담아듣지 않았소. 가문의 복수를 위해 무조건 우리 가문을 괴멸시키겠다고 했소."

그는 걸음을 옮겨 북궁검민 앞에 섰다.

"여러분도 잘 알다시피 위지불급은 청풍공방 출신이며 그 공방이 바로 위지세가요. 보다 분명히 말씀드리면 전설의 천재가문이오. 오랜 세월 어둠 속에서 세상을 쥐락펴락했던 무서운 가문이 바로 위지세가요. 결국 나는 십야혈루등주와 위지불급이 형제임을 인정할 수밖에 없었소."

백리장패가 태도를 조금 바꾸었다.

"북궁 가주의 말씀대로 그들이 형제일 수 있소. 그렇다고 위지불급까지 싸잡아서 비난할 수는 없지 않소? 아무리 피를 나눈 형제라 해도 좋은 놈과 나쁜 놈이 있게 마련이오. 삐뚤어진 한 놈 때문에 위지불급은 물론이고 위지세가를 매도한다는 것은 지나친 처사요. 우리는 십야혈루등주만 제거하면 되오."

그가 한발 물러선 것은 북궁휘의 말을 인정하면서 위지불급은 보호하려는 의도였다.

북궁휘는 치열한 논쟁에서 우세를 점하자 계속 공세를 취했다.

"그렇소. 맹주의 말씀대로 위지불급이 전혀 모르는 와중에 심성이 나쁜 동생이 단독으로 그런 악행을 저지를 수도 있소. 하지만 만일 위지불급이 알고 있었다면 어찌하겠소? 과연 위지불급이 무관하다고 비호할 수 있겠소?"

모두의 시선이 북궁검민에게로 쏠렸다.

군사준이 턱을 덜덜 떨며 물었다.

"마… 말씀해 주시오, 군사. 위지 형은 전혀 몰랐을 거요. 군사 또한… 처음 접하는 얘기가 아니오?"

북궁검민은 마음을 모질게 먹었다.

자신의 한마디에 의해 하나의 가문이 말살될 수 있기에 심장이 세차게 뛰었다. 그녀가 부인한다면 위지불급은 보호받을 수 있다. 대신 가문과는 영원히 등을 져야 하며 다시는 부친을 대면할 수 없다.

그러나 그녀가 무엇보다 두려워하는 것은 부친이 과연 어디까지 알고 있느냐에 있었다.

만일 부친이 자신의 발언을 뒤집을 결정적인 증거를 제시한다면 위지불급을 비호하려는 그녀의 노력이 오히려 독이 될 수도 있었다. 그렇게 된다면 위지불급이 직접 나서서 어떤 변론을 해도 전혀 먹히지 않는다.

실로 긴박하고 심각한 상황.

북궁검민은 초인적인 정신력으로 엄청난 압박감을 이겨냈다.

"저는 아무것도 확인해 드릴 수 없습니다."

북궁휘가 매섭게 다그쳤다.

"그 말은 네가 알고 있지만 답변할 수 없다는 뜻이냐? 결국 너도 알고 있었다는 얘기로구나?"

"송구합니다. 소녀는 확인해 드릴 게 없습니다."

철주훼가 탁자를 치며 그녀를 닦달했다.

"언니, 그런 말이 어디 있어? 아니면 아니라고 확실히 말해! 왜 그렇게 모호하게 답변하는 거야?"

북궁검민은 지그시 눈을 감았다.

"이 문제는 불급만이 정확히 답변할 수 있어. 난 어떤 의혹도 확인해 줄 수 없어."

북궁휘는 딸을 직시하며 차갑게 내뱉었다.

"검민아, 네가 진실을 밝혔다면 아비는 너를 용서하려고 했다. 한데 네가 이제 북궁세가의 딸임을 완전히 포기했구나. 차라리 잘됐다. 너로 인해 가문의 명예에 오점을 남길 우려를 덜게 되었으니 말이다."

그는 뒷짐을 진 채 대의사청 중앙 공간을 천천히 걸었다.

"위지세가는 실로 사악한 가문이오. 십야혈루등주는 단지 가문의 이단아에 의해 탄생된 것이 아니오. 예전에도 저들은 사악한 악마를 탄생시켜 세상을 뒤흔든 적이 있었소."

현무당주인 서악풍검이 눈을 번쩍 떴다.

"무… 무슨 말씀이시오? 설마 백 년 전의 광마……?"

"그렇소. 백 년 전의 살인마왕인 광마 또한 위지세가의 일족이었소."

광마 역시 위지세가의 일족!

또 한 번의 충격으로 장내는 정적에 휩싸였다.

광마와 십야혈루등주는 백 년 이래 최악의 살인마왕으로 지목된 악인들이다. 만일 그들이 한 가문에서 배출됐다면 이것은 결코 개인의 실수일 수 없다. 의도적으로 세상을 어지럽히려는 고도의 계략으로 봐야 했다.

북궁휘는 회의장의 분위기를 완전히 거머쥐었다.

"이 또한 십야혈루등주인 위지문현의 입을 통해 확인한 사실이오. 그리고 이제서 밝히지만… 천자명왕 또한 같은 얘기를 하였소."

그는 등에 멘 칼을 풀어 백리장패 앞에 내려놓았다.

손잡이 끝에 용두가 새겨진 칼. 칼집은 평범했는데 뽑혀 나온 도신은 눈부시도록 강렬한 광채를 발했다.

백리장패는 일전에 천자명왕과 대결한 적이 있기에 도룡도를 대번에 알아보았다.

"도룡도! 분명 도룡도군. 이걸 어떻게……?"

"강호의 풍문대로요."

"하면 가주가 천자명왕을 죽이고 섬북의 자명동부를 와해시켰단 말이오?"

북궁휘는 멋쩍은 웃음을 띠었다.

"대단한 일은 아니오."

그러자 오대당주가 모두 자리에서 일어나 예를 표했다.

"오, 정말 대단하시오!"

"강호의 풍문이 과연 헛되지 않았구려."

"강호의 이대악을 제거한 북궁세가의 신위에 감복하였소."

백리장패는 내심 의혹이 깊었지만 그렇다고 면전에서 따져 묻자니 북궁세가의 공적을 질시하는 것으로 비칠 수 있기에 속만 끓었다.

북궁휘는 도룡도를 회수해 등에 메고는 말을 계속했다.

"천자명왕은 자신은 작은 도적이며, 위지세가가 진정 커다란 도적이라 했소. 천자명왕이 비록 강호를 위협한 악인이지만 두뇌는 인정해야 마땅하오. 그가 청풍공방 공략에 나선 것도 훗날의 위험 요소를 미리 제거하기 위함이었소. 이것이 악의 가문의 진실이오."

북궁검민은 부친이 숱한 거짓으로 좌중을 기만하는지 알면서도 감히 반박할 수가 없었다. 위지불급에 대해 명확한 의사표시를 하지 못하면서 좌중의 신뢰를 상실한 것이다.

게다가 아무리 가문에서 내쳐졌다 해도 부친 면전에서 어떻게 거짓임을 거론할 수 있겠는가.

그녀의 가슴속으로 피눈물이 흘렀다.

'용서하세요, 불급. 당신을 위해, 그리고 당신의 가문을 위해 아무런 변론도 하지 못하는 소녀를 용서하십시오. 아버님을 감당하기에… 소녀는 너무 미약합니다.'

무림공적 위지세가!

무림맹 총단에서는 긴급회의를 통해 위지세가를 무림공적으로 지목하고 추적에 나섰다. 더불어 위지세가에 향한 토벌대를 결성하기 위해 각대문파에 지원을 요청했다.

백리장패는 부상을 핑계로 무림맹주에서 물러났으며 무림맹은 이번 위지세가 토벌대를 끝으로 해체가 결정되었다.

토벌대 총수로는 북궁휘가 추대되었다.

이제 무림천하는 백리태보가 아니라 북궁세가를 중심으로 움직이게 되었다. 북궁세가로서는 오랜 염원을 목전에 둔 것이다.

第六十九章 난 자유롭고 싶었다!

天才家門

1

강서성 파양호(鄱陽湖).

내륙 최대의 호수는 온화한 날씨 덕분에 어족이 풍부해 호반으로 무수한 포구가 형성돼 있다. 회류성 물고기가 산란하는 가을에는 야밤에도 고기잡이배들이 환하게 불을 밝히고 있어 호수 전체가 불야성을 방불케 한다.

넓은 호수이다 보니 물길도 발달해 많은 상선들이 호수를 가로질러 물자를 수송한다. 먹을 것이 많으면 자연 도적들도 많아진다.

이런 연유로 파양후 주변에는 일백에 달하는 수채가 세워져 수적들이 날뛰게 되었다.

강서성에는 대문파나 변변한 무림세가가 없기에 수적들을

견제할 세력은 거의 없었다. 상인들의 탄원에 관군들이 나서 봤자 토벌 흉내만 내다가 회군하기 일쑤였다.

결국 상인들이나 어민들은 수적들과 적당히 타협하는 선에서 생활을 유지해야 했다.

"으악!"

처절한 비명 소리가 파양호 밤하늘 위로 메아리쳤다.

파양호 수적 중 흑사수채(黑蛇水寨)의 쾌속선 돛대 위로 푸른 등이 밝혀졌다. 졸지에 채주를 잃은 수적들은 아우성을 치며 물속으로 뛰어들었다.

"십야광명등이다!"

"모두 피해라!"

"젠장, 당분간은 숨죽이면서 지내자."

쾌속선 중앙 돛에는 한 사람이 목이 꺾인 채 밧줄에 매달려 있었다. 드러낸 상반신 가득 문신이 새겨져 있는 털보는 바로 흑사수채의 채주였다.

한 사람이 선두에 선 채 푸른 등을 올려보고 있었다.

모자가 달린 헐렁한 옷을 뒤집어쓴 사람이었다. 달빛 아래 드러난 면모는 여인처럼 수려했지만 얼굴에 깊이 새겨진 흉터가 커다란 흠이었다.

"쿨럭쿨럭!"

그는 손등까지 덮은 소매에 얼굴을 묻으며 괴로운 기침을 토했다. 각혈로 인해 소매가 더럽혀졌다.

그는 옷깃으로 입가를 닦으며 나직이 뇌까렸다.

"왜 여태 못 찾는 거야, 멍청한 형."

그러했다. 쾌속선 돛대에 십야광명등을 밝힌 그는 다름 아
닌 위지문현이었다.

그는 잠시 수면을 둘러보다가 자신이 타고 온 편주에 내려
섰다. 수면을 향해 일장을 날리자 편주가 빠른 속도로 수면 위
를 미끄러졌다. 그가 탄 편주는 이내 어둠 저편으로 사라졌다.

얼마나 지났을까.

돛을 활짝 편 소형 범선이 쾌속선 가까이 이르렀다. 소형 범
선이 쾌속선 가까이 이르자 한 사람이 솟구쳐 올라 쾌속선 위
로 내려섰다.

촌민처럼 남루한 옷차림의 청년은 융중선을 떠나온 위지불
급이었다.

그는 목이 꺾인 채 살해된 흑사수채를 살피고는 돛대 위에
걸친 푸른 등을 쥐고 갑판 위로 내려섰다.

"오늘이 파양호에서 십야광명등이 밝혀진 지 사흘째다. 녀
석의 몸 상태가 아무리 좋지 않다 해도 한 지역에서 닷새 이상
은 머물지 않을 테니 내일 밤까지는 찾아내야 한다."

그는 위지문현이 자신에게 단서를 남기기 위해 십야광명등
을 밝힌 것으로 짐작했다. 만일 위지문현이 그대로 잠적했다
면 그는 평생토록 동생을 추적하다가 생을 마감할지도 모를
상황이었다.

그는 고운 빛깔의 푸른 등을 살피다가 문득 묘안을 떠올렸다.

'그래, 녀석이 날 피하지 않으려 한다면 내가 먼저 선수 치면 된다. 녀석이 아직 파양호를 떠나지 않았다면 내일 밤이 유일한 기회다.'

한데 이때였다. 요란한 북소리와 함께 십여 척의 대형 범선이 주변으로 몰려들었다. 돛에 새겨진 붉은 표식으로 미루어 수적들로 짐작되었다.

"와아아아!"

요란한 함성이 터지며 수적들의 대형 범선이 쾌속선을 가운데 두고 에워쌌다. 수적들답게 배를 다루는 그들의 솜씨는 아주 능숙했다.

건장한 체격의 대머리 거한이 뱃머리로 올라섰다.

"네놈이 십야혈루등주를 흉내 내는 십야광명등주냐?"

위지불급은 상대가 오인한 대로 행동했다.

"그렇다. 넌 누구냐?"

"나는 파양호 수적들의 총수인 교룡수왕(蛟龍水王)이다. 네놈이 파양호에 나타났다는 얘기를 듣고 널 찾아다녔다."

파양호 수채의 채주들 중에서 자신이 파양호 수적들의 총수임을 자처하는 자들이 더러 있다. 교룡수왕도 그중 하나였다.

위지불급은 불화살로 무장하고 있는 수적들을 둘러보았다.

"못된 놈들은 모두들 날 두려워하는데 너는 두려움이 없는 것이냐?"

"카하핫! 나약한 놈들이나 네놈을 두려워한다. 적어도 물 위에서는 내가 강자다!"

위지불급은 십야광명등을 밧줄에 걸어놓았다.

"난 하루에 한 놈만 죽인다. 오늘 한 놈을 죽였으니 너는 내일 죽이겠다. 용기가 있으면 내일 밤 이곳으로 나오너라."

"미친놈! 당장 네놈이 죽을 텐데 내일 밤을 기약한단 말이냐?"

교룡수왕은 주먹을 번쩍 치켜들었다.

"쏴라!"

십여 척의 범선에서 일제히 불화살이 발사되었다.

피피핑—!

밤하늘을 가로지르는 수백 발의 불화살은 실로 장관이었다. 불화살 공격을 받은 쾌속선은 순식간에 불길에 휩싸였다.

교룡수왕은 범선을 가까이 접근시켰다.

"박살 내라!"

수적들은 범선을 조종해 뱃머리로 쾌속선의 옆구리를 들이받았다.

우지끈!

쾌속선은 대번에 동강나 버렸다. 한데 불타는 잔해가 물속으로 가라앉는 동안 위지불급의 모습은 보이지 않았다.

교룡수왕은 수면을 살피며 외쳤다.

"놈이 도주했다! 마구 쏴라!"

수적들은 수면을 향해 화살을 쏘아대고 철침이 돋아 있는 쇳덩이를 마구 던졌다.

교룡수왕은 잠시 수면을 살피다가 공격을 중지시켰다.

그는 자신이 십야광명등주를 쫓아냈다는 착각 속에 개선장군처럼 행세했다.

"보았느냐? 십야광명등주는 나 교룡수왕이 두려워 쥐새끼처럼 달아났다!"

수적들은 뱃전을 두드리며 환호를 보냈다.

"와아아아!"

교룡수왕은 한껏 고무돼 호기를 부렸다.

"내일 밤 놈을 파양호에서 수장시킬 것이다!"

한편 위지불급은 오랫동안 잠영을 하다가 수면 밖으로 고개를 내밀었다. 수적들의 범선이 멀리 보인다.

그는 양심신공을 수련했기에 장시간 숨을 참을 수 있어 수적들의 사정권에서 벗어나는 것은 일도 아니었다. 그는 유유히 헤엄을 치다가 고기잡이배를 하나 발견하고는 슬며시 올라탔다.

어부들은 고기잡이 불을 밝힌 채 그물을 끌어올리느라 누군가 승선을 했는지 전혀 몰랐다.

2

다음날 밤.

교룡수왕은 범선들을 이끌고 호수 남단으로 향했다. 수적들은 전날 밤 십야광명등주를 쫓아냈다는 착각 속에 오늘 밤은 반드시 죽이겠다고 별렀다.

수적들은 호수 위를 미끄러지다가 멀리서 반짝이는 푸른 등을 보게 되었다.

"교왕, 십야광명등입니다!"

"뭐야?"

교룡수왕은 돛대 중간으로 훌쩍 뛰어올랐다.

"젠장, 벌써 한 놈 죽었단 말인가? 어서 배를 몰아라!"

수적들은 돛을 높이 달고 빠른 속도로 물살을 헤쳐 나갔다.

소형 범선 한 척이 호수 위에 둥실 떠 있었다.

범선의 돛대 위에는 푸른 십야광명등이 걸려 있었다. 뱃전에서 혼자 낚시를 하고 사람은 어제 보았던 십야광명등주였나. 물론 위지불급이다.

교룡수왕은 위지불급을 향해 외쳤다.

"이놈, 오늘은 빠져나가지 못할 것이다!"

위지불급은 낚싯대를 끌어올렸다. 낚싯바늘에 걸린 팔뚝만한 물고기가 펄떡거린다.

"하하, 월척이 걸렸군."

위지불급은 잡았던 물고기를 놓아주었다.

"교룡수왕, 오늘은 너를 위해 미리 등불을 밝혀놓았다. 시간 있을 때 유언이라도 남겨놓아라."

"카하핫, 미친놈! 내가 할 소리다!"

교룡수왕은 뱃머리에 내려섰다.

"접근하라! 내가 직접 놈의 명줄을 따겠다!"

한데 이때였다. 커다란 작살이 그의 등판으로 날아들었다.

"캐애액!"

작살에 관통된 교룡수왕은 처절한 비명과 함께 즉사했다.

졸지에 총수를 잃은 수적들은 어찌 된 영문인지 몰라 크게 당황했다.

"엇, 교왕께서?"

"뭐야? 어디서 작살이 날아온 거야?

"다른 놈이 있었단 말인가?"

이때 모자를 뒤집어쓴 푸른 그림자가 유령처럼 뱃머리로 내려섰다. 그는 작살에 관통된 교룡수왕을 꿰차고 소형 범선으로 날아갔다.

위지불급은 자신이 탄 배로 내려선 푸른 그림자를 보고는 가볍게 흥분했다.

"문현아!"

모자 달린 헐렁한 옷을 뒤집어쓴 사람은 바로 위지문현이었다. 그는 교룡수왕을 갑판에 내던졌다.

"미리 십야광명등을 밝혀놓다니 아주 멍청하지는 않군."

그는 수면 위로 날아갔다.

"따라와!"

수면을 밟고 뛰는 그의 신법은 한 마리 새처럼 날렵했다.

위지불급이 급히 그를 추격했다.

수적들은 비로소 어제 자신들이 쫓아냈던 사람이 가짜 십야광명등주였음을 알게 되었다.

팟, 팟, 팟!

위지문현은 호숫가의 수직 벼랑을 타고 비상했다. 벼랑 위로 올라선 그는 갑자기 주저앉으며 한 모금의 피를 토했다.

"욱!"

그는 소매로 입가의 피를 닦고는 공허한 미소를 띠었다.

"베짱이 형한테 이런 모습을 보여서는 안 되는데…….".

그는 무성한 수림 속으로 몸을 날렸다.

잠시 후 위지불급이 벼랑 위로 올라섰다. 그는 오금죽장을 세워 들었다.

"어디 숨은 것이냐? 당장 나와!"

그러사 사방에서 음성이 들려왔다.

"끝내 날 죽이려는 거야?"

위치를 확인할 수 없게 만드는 사위전성술이었다.

위지불급은 다소 격분한 모습으로 외쳤다.

"네놈 때문에 가문의 백 년 숙원이 수포로 돌아갔다. 할아버님께서 그렇게 소원하셨는데… 결국 현관을 달 수 없게 되었다. 우리 가문이 무림공적이라는 오명까지 받게 되었으니 모두 네놈의 잘못이다!"

"큭, 무림공적? 버러지 같은 놈들이 지들끼리 떠들어대는 소리에 구애받지 마. 그것이 불쾌하다면 내가 모두 죽여줄 수 있어."

"닥쳐! 내가 널 죽일 것이다!"

"형의 능력으로는 날 죽일 수 없어. 이미 확인했잖아?"

"다시 겨뤄보겠다. 이번에는 반드시 널 쓰러뜨리겠다."

"베짱이 형, 정작 죽여야 할 자는 북궁휘야. 우리 가문을 말살시키려는 사악한 놈이지. 놈은 우리 일족과 버금갈 만큼 뛰어난 두뇌의 소유자야. 꼭 죽였어야 했는데… 저들이 펼친 불마사악군상진은 정말 가공했어."

위지불급은 세워 들었던 오금죽장을 내렸다. 그는 긴 한숨을 내쉬었다.

"많이 다쳤다고 들었다. 몸은 괜찮은 거냐?"

"난 괜찮아. 먼저 불마사악군상진의 파훼법을 가르쳐 줄 테니 잘 들어."

"그따위 것 필요없다."

"멍청하기는! 가문을 지켜야 할 것 아냐?"

"네놈이 감히 가문을 운운할 자격이 있는 거냐? 이런 사단을 일으킨 주제에 이제 와서 가문을 지켜야 한다고?"

"베짱이 형, 우리 가문은 바뀌어야 돼. 털어낼 것은 모두 털어내고 당당하게 세상에 존재를 드러내는 게 순리야. 백 년 전의 과오 때문에 왜 우리들이 그림자처럼 살아야 하는 거야?"

위지불급은 마른침을 꿀꺽 삼켰다.

"넌… 광마에 대해 얼마나 알고 있는 것이냐? 광마 동부에 들어가기 전부터 넌 광마에 대해 알고 있었지?"

"물론이야. 난 진작부터 알고 있었어."

"언제?"

"열세 살 때부터."

예상치 못한 충격에 위지불급은 몸을 휘청거렸다.

"뭐, 뭐야? 어떻게? 네가 어떻게… 가문의 최고 비밀을 알았단 말이냐?"

"사실 비밀이랄 것도 없어. 선조들의 지나친 자격지심과 가문의 명예를 지켜야 한다는 그릇된 자긍심이 비밀을 만들어낸 거야."

위지불급은 숨을 깊이 들이켰다.

"말해라. 대체 광마와 우리 가문은… 어떤 관계냐?"

"곧 알게 될 거야. 내 신분이 밝혀진 이상 가문에서도 무언가 특단의 조치를 취해야 할 테니까."

"이제 어떻게 할 거냐?"

"뭘?"

"아버님은 반드시 널… 처치하라고 명하셨다. 가문을 위태롭게 만든 너이니 절대 용서할 수 없으셨을 테지. 하지만 네가 나를 죽이지 못했듯이 나도 널 죽일 수가 없구나. 제발 사라져라, 이 녀석아! 바다 건너 멀리 떠나라. 아버님께는 네가 죽은 것으로 보고를 올리겠다."

"하하핫!"

위지문현이 웃음소리가 처연하게 울려 퍼졌다.

"멍청한 형. 형은 역시 우리 가문 최악의 둔재야. 아직도 짐작하지 못했다니 정말 실망이다."

"그게… 무슨 소리냐?"

"형은 가문을 승계할 자격이 없어. 그리고 난 형을 죽이지 못한 것이 아니라 죽일 가치가 없어 죽이지 않았을 뿐이야. 하지만 이제 죽여야 되겠어. 가문의 장손 자격이 없는 형이 가문을 승계해서는 안 되니까."

순간 새파란 귀화가 피어오르며 벼락처럼 날아들었다.

콰아아ー!

악마지공 하나인 혼천혈염폭이었다.

위지불급은 요지혈혜에 의해 전개된 혼천혈염폭을 경험한 적이 있기에 그 가공할 위력을 익히 느끼고 있었다.

위지불급은 전신이 타 들어가는 고통 속에서 본능적으로 오금죽장을 내질렀다. 은천비검 변화된 검이 악마지공의 허점을 찾아 파고들었다.

퍼억!

둔탁한 폭음과 함께 극렬한 귀화가 스러지고 위지문현이 모습을 드러냈다. 은천비검은 위지문현의 가슴을 관통하고 있었다.

그러나 정작 검에 찔린 위지문현보다 동생을 찌른 위지불급이 더 놀랐다.

"무… 문현아!"

그는 알고 있었다. 자신이 위지문현을 찌른 것이 아니라 위지문현이 스스로 자신의 검에 찔린 것임을. 자신을 죽이려는 악마지공은 그저 위협일 뿐 자신을 해칠 의도가 전혀 없었다는 것을 뒤늦게 깨닫게 되었다.

그가 검을 뽑으려 하자 위지문현이 검신을 움켜쥐었다.

"뽑지 마. 아직… 할 말이 남아 있어."

위지불급은 결국 자신이 동생을 죽였다는 비통함에 눈물을 금할 수 없었다.

"왜… 왜……?"

"난 용서받을 없는 죄를 저질렀어… 십야혈루등주로서 사람을 죽인 것은… 사실 죄도 아니야."

"네가… 지금 무슨 소리를 하는 거냐?"

"크훗, 내 입으로 꼭 밝혀야 하다니… 그렇게 몰랐단 말이야?"

위지문현의 입을 통해 심장에서 솟구친 새빨간 피가 흘러나왔다.

"기억해? 형이 백리태보를 다녀왔을 때… 당숙이 첫 번째 십야혈루등주에 의해 살해됐을 거야. 나는… 심한 부상을 당했고."

"……?"

"그리고 형이 첫 번째 십야혈루등주를 찾아내고 돌아왔을 때… 누이가 피살되었지. 유력한 용의자는… 도주한 연남건이고 말이야."

위지불급은 너무도 무서운 예감에 전신을 와들와들 떨었다.

"아, 아니야. 그럴 리가 없다. 어떻게… 네가 어떻게……."

위지문현의 얼굴에 처연한 미소가 피어올랐다.

"그래, 내 소행이야. 당숙과 누이는… 내가 죽였어."

털썩!

위지불급은 너무도 극심한 정신적 충격에 한순간 정신을 잃으며 주저앉았다. 세상이 빙글빙글 돌았고 구토가 일었다.

"우욱!"

그는 헛구역질을 하며 자신의 가슴을 쥐어뜯었다.

믿을 수가 없었다. 아니, 이해할 수가 없었다. 당숙과 친누이를 살해했다는 동생의 실토를 도저히 수용할 수가 없었다.

그는 턱을 덜덜 떨었다.

"왜… 왜냐?"

위지문현은 검을 움켜쥐고는 힘껏 뽑았다.

쨍그렁……!

검이 뽑힌 상처 부위를 통해 심장의 피가 분수처럼 뿜어졌다.

위지문현은 벼랑을 등지고 섰다.

"왜냐고……?"

위지불급은 충격과 경악 속에서 극도로 격분했다. 그는 벌떡 일어서며 은천비검을 집어 들었다.

"그래, 이 미친놈아? 이유가 뭐야? 네가 어떻게 당숙을, 그리고 어머니를 대신한 누이를 죽일 수 있었어?"

위지문현의 얼굴이 고통스럽게 일그러졌다.

"크흣, 그건… 아버님께 여쭤봐."

위지불급은 뒤로 쓰러지려는 동생의 멱살을 움켜쥐었다.

"말해! 어서!"

위지문현은 도룡도의 빈 칼집을 위지불급에게 건넸다.

"받아."

"이건 뭐냐?"

"어서… 가문으로 돌아가. 가문을… 지켜."

위지문현은 내가진기로 형을 밀어내고는 벼랑 아래로 떨어져 내렸다.

"문현아!"

위지불급은 안타깝게 부르짖으며 동생을 구하기 위해 몸을 날렸다.

위지문현은 호수로 추락하면서 처절하게 외쳤다.

"난 자유롭고 싶었어!"

퍼엉……!

위지문현의 육신이 폭발했다. 내가진기로 스스로 몸을 터뜨린 것이다. 시신 한 조각 남기지 않은 허무한 최후였다.

벼랑 아래로 내려선 위지불급은 통곡하고 말았다.

"크으, 문현아!"

위지문현이 어떤 죄를 지었든 그에게는 유일한 동생이었다. 누이 위지예금에 이어 또다시 친형제를 잃은 상실의 아픔은 너무도 깊었다.

무엇보다 동생의 참혹한 죽음을 눈앞에서 목격했기에 영원히 잊지 못할 고통이 될 것이다.

3

융중산 화전민 부락.

아침저녁으로 부는 바람이 쌀쌀하게 느껴질 만큼 가을이 깊어졌다. 위지세가 일족에 의해 세워진 화전민 마을은 가을의 정취를 감상할 새도 없이 바쁘게 돌아가고 있었다.

사내들은 다가올 겨울 준비를 해야 했기에 허름하게 지어진 임시 초옥은 흙벽을 둘러 보강했다. 비가 오면 빗물이 새는 지붕도 보수해야 했기에 위지세가 아이들은 풀을 베어 이엉을 짜고 있었다.

여인네들은 밭이랑에 둘러앉아 앉아 심은 지 얼마 안된 새싹을 돌보며 돌을 고르고 있었다.

이때 보따리를 둘러멘 여인이 가파른 산길을 올라 화전민 부락에 이르렀다. 여인은 따가운 가을 햇살을 가리기 위해 챙이 넓은 모자를 썼는데 드러난 코와 입매가 정말 고왔다.

그녀는 산비탈에 형성된 거미줄 같은 수로와 여러 개의 수차를 보고는 감탄을 금치 못했다.

"아⋯⋯!"

그녀는 호미를 손에 쥔 소녀가 다가서자 모자를 벗고 먼저 예를 표했다.

"저는 북궁검민이라 합니다. 가주님을 뵐 수 있을까요?"

호미를 쥔 소녀는 눈을 동그랗게 떴다.

"아, 언니가 바로 불급 오라버님과 정혼하신 분이군요? 저는 위지취취입니다."

"아, 취취!"

위지취취는 반색을 지으며 북궁검민의 손을 쥐었다.

"정말 반가워요."

"취취, 급한 상황이라 어서 가주님을 뵈어야 합니다."

"알았어요."

위지취취는 북궁검민과 함께 부락으로 올라섰다.

그녀는 흙벽을 쌓고 있는 위지명을 찾아갔다.

"아버님, 검민 언니가 찾아왔습니다."

"누구라고?"

"북궁검민이요. 불급 오라버님의 정혼녀이신⋯⋯."

"알았다."

위지명은 가까운 수로에서 손을 씻고는 북궁검민을 맞이했다.

"내가 가주요, 북궁 낭자."

북궁검민은 옷을 가다듬고는 공손히 절을 올렸다.

"소녀 북궁검민입니다. 이제야 찾아뵈어 송구합니다, 아버님. 말씀 낮추십시오."

"⋯⋯."

"정식으로 혼례도 올리지 못한 몸으로 불쑥 찾아뵌 무례를 용서하십시오."

위지명은 잠시 그녀를 내려다보다가 몸을 돌렸다.

"따르거라."

부락 상부에는 흙벽으로 둘러진 초옥이 세워져 있었다. 마당은 좁았으며 비탈진 화단에 들꽃이 몇 송이 피어 있었다.

노가주는 윤거에 앉아 새끼를 꼬고 있었다. 손가락은 앙상했지만 한번 손을 비빌 때마다 튼튼한 새끼가 꼬아졌다.

마당으로 들어서 위지명이 노가주를 소개했다.

"노가주님이시다."

북궁검민은 정중히 절을 올렸다.

"소녀 북궁검민이 노가주님을 뵈옵니다."

노가주는 물끄러미 그녀를 주시하다가 자상한 미소를 띠었다.

"쿨럭, 네가 우리 가문의 장손을 홀려… 가법에도 없는 사전정혼을 하게 만든 아이로구나?"

북궁검민은 얼굴을 붉히며 연신 고개를 조아렸다.

"송구하옵니다, 노가주님. 정말 송구합니다."

"허허, 농담이다. 쿨럭, 참으로 놀라운… 미색을 지녔구나. 하지만… 불급이는 오히려 너의 고운 심성에 매료되었을 게다."

"과찬이십니다, 노가주님."

"평상에 앉거라."

"아닙니다."

"쿨럭, 너는 향후 우리 가문의 장손을… 생산할 아이가 아니더냐? 여인은 차가운 바닥에 앉아서는 안 돼."

"배려에 감사드립니다."

북궁검민이 평상에 올라앉자 위지명은 마른 풀을 한쪽으로 치웠다.

이때 위지취취가 나무 소반에 차를 받쳐 들고 왔다. 찻잔은 투박했고 찻주전자도 주둥이 부분이 깨져 있었다. 위지취취는 세 개의 찻잔에 차를 따르고는 물러갔다.

노가주는 수전증 때문에 다소 떨리는 손으로 찻잔을 집어 들었다.

"보다시피… 정착한 지 얼마 되지 않아… 모든 게 변변치 않구나. 차 맛도 다소 쓸 게다. 쿨럭쿨럭."

북궁검민은 우려와 달리 자신을 냉대하지 않은 노가주의 태도에 깊이 감동했다. 사실 그녀는 위지세가의 가법에 어긋나는 처신을 했기에 커다란 질책을 예상했던 것이다.

"고맙습니다, 노가주님."

"쿨럭, 한데 어찌 위험한 시국에… 찾아온 것이냐? 주변의 화전민과 농민들도… 우리 가문이 무림공적으로 지목된… 위지세가임을 알고는… 모두 피신했다. 사실… 네가 올 상황이 아니다."

"그것을 말씀드리고자 찾아온 것입니다. 북궁세가에서 주도한 무림맹 토벌대가 하루이틀 내로 이곳에 당도할 것입니다. 속히 피신하셔야 합니다."

노가주는 손수건으로 눈가의 진물을 닦아냈다.

"겨우 정착한 상황에… 어디로 옮기란 말이냐? 쿨럭, 아무 일도 없을 테니… 검민은 걱정하지 않아도 된다."

"노가주님, 토벌대의 목적은… 정말 외람된 말씀이지만 위지세가의 말살입니다."

"쿨럭, 불급이가… 올 것이다."

노가주는 북궁검민의 우려를 전혀 일축하고는 화제를 돌렸다.

"너는 무리맹의 군사 신분이 아니더냐? 우리 가문을… 걱정하는 네 마음은 익히 알겠다만… 공사는 분명히 해야 돼."

"군사 직은 진작 그만두었습니다. 본래 불급 공자를 만나 함께 뵈려 했는데, 통 소식이 없이 저 혼자 찾아뵙게 된 것입니다."

"쿨럭, 어쨌든… 잘 왔다. 우리 가문의… 종부가 될 아이이기에… 보고 싶었다."

노가주는 위지명에게 시선을 돌렸다.

"가주는 검민의 처소를… 마련해 주어라."

"아버님, 문중회 절차를 걸치지 않고 검민을 수용할 수는 없습니다. 이는 전례에 없는 일입니다."

"쿨럭, 전례는… 만들면 되는 일이다."

노가주는 윤거를 바퀴를 움직여 초옥으로 향했다.

"나는 잠시… 쉬어야겠다."

북궁검민이 급히 평상에서 내려섰다.

"노가주님, 제가 모시겠습니다."

노가주가 그녀의 등을 다독여 주었다.

"허헛, 늙은이 수발은… 정식으로 혼례를 올린 후… 해도 늦지 않다."

위지명은 노가주가 쉴 수 있도록 자리를 봐주고는 초옥을 나섰다. 노가주와 달리 북궁검민을 대하는 그의 태도는 별반 호의적이지 않았다.

"당장 마땅한 거처가 없으니 잠시 취취와 함께 지내도록 해라."

"알겠습니다."

위지명은 그녀를 지나쳐 마당을 나갔다.

"호미질이나 할 수 있을지 모르겠구나."

위지세가 사람들은 모두가 밝고 쾌활했다.

북궁검민은 위지세가의 아낙들과 섞어 밭에 돌을 고르고 밥을 지었다. 그녀로서는 낯선 환경이지만 누구도 그녀를 고깝게 생각하지 않기에 쉽게 적응할 수가 있었다.

위지취취와는 한 방을 쓰다 보니 많은 얘기도 나눌 수 있었다.

그녀는 본래 듣지도 말하지도 못하는 불구자였지만 위지세가의 양녀가 되어 말문이 틔었고 음률에서도 높은 경지에 이르러 있었다.

북궁검민은 위지취취가 평범한 소녀로 알고 있었는데 음률에 대해 논하다 보니 그녀의 해박함과 높은 성찰에 그만 말문이 막히고 말았다.

그녀는 비로소 위지세가가 왜 천재가문인지 깨닫게 되었다. 개인에게 잠재된 천재성을 발굴해 최대한 키워주는 특별한 교습법.

그것이 바로 위지세가의 천재성임을 절감한 것이다.

그러는 사이 이틀이 지나 토벌대가 융중산 자락에 당도했다.

팔대가문 중 다섯 개 가문과 구파일방 중 일곱 개 문파, 그리고 오대세가 중 세 개의 세가와 개별적인 참가한 군웅들. 도합 칠백 명에 달하는 대무단이었다.

第七十章 밝혀진 진실

天才家門

1

둥— 둥— 둥—!

거대한 북소리가 울려 퍼지자 토벌내가 흩이지며 화전민 부락 주변을 세 겹으로 에워쌌다. 개미 새끼 한 마리 빠져나갈 수 없는 철통같은 포위망이었다.

북궁휘는 무림계의 최고 수뇌들만 대동해 산길을 올랐다.

백리태보의 가주 백리장패와 공녀 백리빙.

군세세가의 가주 군계명과 소가주 군사준.

철문산장의 가주 철위진과 소공녀 철주훼.

은향장의 장주인 은주란.

벽력강의 가주인 뇌을급(雷乙級).

일곱 개 문파의 대표로는 무림맹에 배속된 원로들이 참여했다.

이윽고 군웅들은 화전민 부락에 당도했다.

그들은 산비탈에 형성된 넓은 밭과 거미줄 같은 수로, 다양한 크기의 수차에 놀라움을 금치 못했다. 위지세가 일족이 청풍공방에서 융중산으로 이주한 지는 달포에 불과했는데 어느새 안정된 거처를 마련한 것이다.

무엇보다 군웅들을 의아하게 만든 것은 위지세가 일족들의 태도였다.

위지세가 일족들 역시 토벌대의 존재를 알고 있었을 텐데 그들은 여전히 밭일과 주거지 손질에만 전념할 뿐 군웅들에게는 눈길도 주지 않았다.

아직 밭일할 나이가 안 된 어린아이들은 산토끼를 키우는 우리에 먹이를 주거나 소꿉장난을 하며 놀고 있었다. 몇몇 아이는 낯선 군웅들을 보고도 전혀 두려워하지 않고 손을 흔들고 있었다.

군웅들은 동요하기 시작했다.

아무리 눈을 씻고 보아도 무림공적으로 지목될 사악할 가문이 아니었다.

가난해 보이지만 열심히 사는 화전민에 불과했기에 세상을 위협할 존재로는 전혀 생각되지 않았다. 이들이 과연 백 년 동안 두 번의 악마를 배출한 악의 가문인지 당최 이해가 되지 않았다.

위지세가에 대해 가장 호의적인 군사준이 한마디 던졌다.

"아버님, 이런 사람들이 지금 우리가 토벌해야 하는 무림공적이란 말입니까?"

군계명이 북궁휘에게 화살을 돌렸다.

"아비도 이해가 되지 않는다. 천기무현의 설명을 듣고 싶구나."

북궁휘 역시 위지세가의 빈한한 삶에 내심 놀라움을 금치 못했다. 그는 위지세가 사람들이 토벌대 진입을 저지하기 위해 진법이나 기관 장치 등을 설치해 놓았을 것으로 예상했던 것이다.

'교활한 무리들! 군웅들의 감정에 호소해 토벌을 막으려는 꼼수를 부렸군. 하지만 오늘 위지세가가 세상에서 사라지는 사실에는 변함이 없다.'

그는 군웅들을 둘러보며 신각한 어조로 말했다.

"모두들 동요하지 마시오. 저렇게 초라해 보여도 저들은 하나같이 놀라운 능력을 지니고 있소. 내 장담컨대 군웅들 중 누구도 예닐곱 살짜리 아이보다 나은 학식을 지니지 못할 것이오."

그는 한참 소꿉장난에 빠져 있는 계집아이들에게 다가섰다.

"아이야, 네가 몇 살이냐?"

어린 계집아이는 나이답지 않게 정중히 예를 표했다.

"소녀의 나이는 여섯이며 이름은 위지수련(尉遲水蓮)이라 하옵니다."

"흐음, 어린 나이에도 예법을 제대로 배웠구나. 내 몇 가지 물을 테니 솔직하게 대답해야 한다. 알겠느냐?"

"말씀하십시오."

"너는 그 옛날 황제(黃帝)가 구자산에서 목동을 만나 천사(天師)라 호칭한 내력을 아느냐?"

위지수련은 맑은 눈동자를 굴리다가 대답했다.

"그것이 혹시 장자에 나오는 내용입니까?"

"그러하다."

"저는 아직 나이가 어려 장자는 내편 칠장과 외편 십오장까지만 배웠습니다. 만일 잡편에 대해 물으셨다면 저는 답변을 드릴 수가 없습니다."

"흐음, 문제가 너무 어려웠나 보구나. 하면 다시 묻겠다. 초초자자(楚楚者茨), 언추기극(言抽其棘), 자석하위(自昔何爲), 아예서직(我藝黍稷)을 해석할 수 있겠느냐?"

위지수련은 생긋 웃음을 짓고는 또랑또랑하게 대답했다.

"서경 소아편 중 곡풍지습에 나오는 문구로군요? 제가 서경은 확실히 알고 있습니다. 무성한 가시나무에서 가시를 뜯어내는 일은 기장과 곡식을 심기 위함이라는 뜻입니다."

"과연. 그럼 한 가지 더 묻겠다. 공화(共和)에 대해 알고 있느냐?"

"예, 십팔사략에서는 이렇게 적고 있습니다. '백성이 난을 일으키자 주나라 여왕이 산서성으로 달아났다. 나라에 왕이 없는 상황에 처하자 주공과 소공 두 재상이 협력하여 나라를 다스렸는데 이 기간을 공화라고 부른다'. 이는 태사공이 지은 사기의 연표에도 나와 있습니다."

북궁휘는 이외에도 시부와 역사에 대해 세 가지를 더 질문했다.

위지수련은 성심껏 대답했으며 막힘이 전혀 없었다.

군웅들은 비로소 북궁휘가 제기한 천하의 위협을 실감할 수 있었다. 고작 여섯 살짜리 아이의 해박한 학식을 감안하면 이들 일족의 천재성을 능히 짐작하고도 남았다.

백리장패는 쓴 입맛을 다셨다.

"쩝, 위지불급이란 녀석이 왜 그토록 똑똑했는지 알겠군. 게다가 십야혈루등주가 마음껏 세상을 농락한지도 말이야."

백리빙이 부친의 평가에 우려를 표명했다.

"아버님, 모든 내막을 확실히 알 때까지 판단을 유보하기로 하시지 않았습니까?"

"그렇기는 하다만… 저 꼬마를 보니 정말 끔찍하구나. 그러니까 이들 일족이 애, 어른 할 것 없이 모두 천재란 얘기가 아니더냐?"

"똑똑하다는 게 왜 세상에 위협이 된단 말입니까? 불급처럼 세상을 구하는 영웅이 될 수도 있습니다."

딸이 계속 위지세가를 비호하자 백리장패가 엄한 표정을 지으며 나무랐다.

"이 녀석, 너도 아비와의 약속을 지켜야 한다. 내막이 밝혀질 때까지 절대 위지세가를 옹호하면 안 된다."

이때 위지명이 대동해 군웅들 앞으로 다가섰다. 그는 군웅들을 향해 깍듯하게 예를 표했다.

"이 사람이 위지세가의 가주요. 많은 분들께서 누추한 곳에는 어쩐 일이시오?"

북궁휘가 다그치듯 되물었다.

"정말 몰라서 묻는 거요?"

"그렇소."

"백 년 동안 두 명의 악마를 배출해 세상을 피로 물들인 악의 가문이 어찌 이리도 당당하단 말인가? 위지세가는 무림공적으로 지목되었소. 만일 일말의 양심이라도 있다면 천하에 진심으로 사죄하고 일족 모두가 자결하는 것이 순리요. 그렇지 않을 경우… 위지세가는 철저하게 토벌될 것이오."

위지명이 북궁휘를 응시하며 물었다.

"천기무현, 당신이 천자명왕과 함께 청풍공방을 잿더미로 만들었지만 우리 가문은 어떠한 보복도 가하지 않았소. 한데 왜 우리 가문을 이렇듯 핍박하는 거요?"

북궁휘는 정색을 지으며 반박했다.

"청풍공방이 잿더미가 된 것은 천벌인데 왜 우리 가문을 자명궁과 연관 지으려는 것이오?"

이때 군계명이 나서며 예를 표했다.

"이 사람은 군천세가의 가주로 있는 군계명이오. 이렇게 불쑥 찾아와 송구하오. 하지만 반드시 확인할 것이 있으니 가주께서 솔직하게 답변해 주셔야 하겠소."

"군 가주, 가문의 중대사는 내 아버님이신 노가주의 재가를 받아야 하오. 워낙 연로하신데다 병환이 깊어 예까지 마중을 나오실 수가 없으니 초옥으로 안내해 드리겠소. 하지만 워낙 마당이 좁아 많은 분들이 들어설 공간이 없으니 각 문파의 대표되시는 분만 오르시오."

백리장패가 미심쩍은 표정으로 물었다.

"설마 우리를 분리시켜 암습할 생각은 아니겠지?"

"우리 가문 어디에도 병기는 없소. 물론 호미와 낫도 병기라고 한다면 부정하지는 않겠소."

군계명이 앞서 나섰다.

"이곳의 분위기로 봐서 그럴 우려는 없는 것 같소. 수행원들은 남고 수뇌들만 갑시다."

군웅들 중 스무 명 내외가 추려져 산길을 올랐다. 백리빙은 군시준과 철주훼를 꼬드겨 수뇌들의 뒤를 따랐다. 그녀의 성격상 지켜볼 수 없는 것은 당연했다.

노가주가 서주하는 초옥의 마당은 워낙 좁아 이십여 명이 들어서자 꽉 찼다.

곧이어 초옥의 문이 열리며 북궁검민이 노가주가 탄 윤거를 밀고 밖으로 나섰다. 북궁검민은 부친을 보게 되자 공손히 예를 올렸다.

북궁휘는 이미 위지세가의 가족이 된 딸을 대하자 분노를 금할 수 없었다.

"넌 이미 북궁세가의 일족이 아니다. 무림공적과 한통속이 되었으니 너 또한 무사하지 못할 것이다."

그는 딸의 존재를 무시하고는 노가주를 직시했다.

"귀하가 악의 가문의 수장이오?"

지극히 불손한 언사에 위지명이 한 걸음 나섰다.

"천기무현! 최소한의 예의는 갖추시오!"

초반부터 팽팽한 긴장감이 감돌자 노가주가 가볍게 손을 들었다.

"쿨럭, 가주는… 물러서게."

"예, 아버님."

위지명이 윤거 뒤로 물러서자 노가주가 군웅들을 향해 예를 표했다.

"쿨럭, 위지세가의 노가주로서… 못난 손자의 엄청난 과오에 진심으로 사죄드리겠소. 보시다시피… 길게 말을 할 수 없는 몸이라… 가주가 대신 모든 답변을 할 것이오. 쿨럭, 늙은 몸 또한 가능하면… 답변을 위해… 노력하겠소."

노가주의 진지한 모습에 군웅들은 아주 난감해졌다. 운신도 불편한 노인이 먼저 사죄를 자청하자 매섭게 추궁하기가 쉽지 않았다.

모두들 주저하는 모습을 보이자 북궁휘가 차갑게 물었다.

"난 당대의 악마 십야혈루등주를 만나 그자가 위지문현임을 확인하였소. 그자는 자신이 위지불급의 친동생이라 하였소. 이를 인정하겠소?"

위지명이 군웅들을 향해 정중히 허리를 굽혔다.

"그렇소. 두 번째 십야혈루등주는 분명 우리 가문의 일족이며 이 사람의 못난 자식이오. 많은 분들께 슬픔과 심려를 끼쳐

드려 진정 송구하오. 지난 백 년 동안 우리 가문은 반성하고 자숙하며 지내왔는데 또다시 이런 사고가 터져 정말 참담한 심정이오. 무림 동도들의 관대한 용서를 빌겠소."

북궁휘의 눈에 이채가 감돌았다.

"지금 지난 백 년 동안 자숙했다고 했소? 그 말은 백 년 전의 악마인 광마 역시 위지세가 일족임을 인정하는 것이오?"

군웅들의 눈빛이 심각해졌다. 몇 사람은 노골적으로 분노를 드러내기도 했다.

만일 광마가 위지세가 일족임이 밝혀진다면 북궁휘가 주장한 대로 위지세가는 악의 가문일 수밖에 없다. 악의 가문이라면 무림공적으로 토벌되는 게 마땅하다.

위시녕은 무거운 어조로 대답했다.

"광마는… 우리 가문과 분명 연관은 있지만 일족은 아니오."

"위지 가주! 그런 모호한 말로 얼버무리겠다는 거요?"

북궁휘가 무섭게 다그치자 군계명도 강하게 요구했다.

"위지 가주, 우리 군천세가는 위지불급에게 많은 도움을 받았으며 그의 의로움을 절대적으로 믿고 있소. 하지만 십야혈루등주와 광마가 모두 위지세가 일족이라면 대의에 따라 귀 가문을 응징할 수밖에 없소. 어떤 고충이 있는지 몰라도 진실을 밝혀주시오."

백리장패도 한마디 거들었다.

"그러하오. 이미 백 년이나 지난 일이거늘 숨길 게 뭐 있겠소? 광마의 배후가 정말 궁금하오."

이어 각 문파의 장문인들까지 사실 확인을 촉구했다.

"위지 가주는 진실을 밝히시오!"

"광마에 대해 밝히시오!"

그러자 노가주가 힘겹게 입을 열었다.

"쿨럭, 광마는… 우리 가문 제칠대 가주의… 친구였소."

노가주가 서두를 밝히자 위지명이 말을 이었다.

"광마의 본명은 공손무월(公孫武月). 그는 천세무황의 제자로 선대 가주님과는 막역한 교분을 맺었소. 본래 우리 가문은 외부인을 절대 들이지 않았는데 공손무월 선배가 워낙 간곡히 요청하는 바람에 방문을 허락하셨소. 당시 가문의 서고에는 많은 비급들이 있었소. 공손 선배는 한동안 가문에 머물면서 비급을 탐독하다가 홀쩍 떠나 버렸소."

성격이 급한 백리장패가 잠시의 뜸을 참지 못하고 물었다.

"그 후 그자가 광마가 되었단 말이오?"

"그렇소."

"그렇다면 천세무황의 제자가 왜 갑자기 미치광이 살인마가 된 것이오?"

"선대 가주님은 공손 선배가 떠난 후에야 가문의 금역이 침범당한 흔적을 발견하였소. 비로소 공손 선배가 금역에서 독창적인 몇 절기가 수록된 비급과 절대 익혀서는 안 될 마경을 훔쳐 갔다는 것이 확인되었소. 가문에서는 천사관들을 파견해 공손 선배를 추적했지만 이미 광마로 변해 있었소. 아마도 양심신공과 마경을 동시에 수련하면서 인성이 파괴되고 마성에 깃든 것으로 추정되오. 선대 가주님은 가문의 책임을 통감해 광마를 제압하려 했지만 광마는 워낙 초절한 무공의 소유자라 쉽지 않았소. 우리 가문은 몇 번의 시도 끝에 겨우 광마로부터 절기와 마경을 회수할 수 있었소. 결국 광마는 백팔 군웅들의 합공을 받아 치명상을 입고 도주하였소. 이것이 광마에 대한 내력이오."

백 년 이래 가장 의문시 되어온 엄청난 과거사가 밝혀지자 장내에 한동안 정적이 감돌았다.

군계명은 광마가 일단 위지세가 일족이 아니라는 사실에 크게 안도했다.

"그랬구려. 참으로 놀랍고도 안타까운 일이오. 위대한 무인이신 천세무황의 제자가 광마가 되었다는 것은 무림으로도 큰 손실이었소. 어쨌거나 위지세가는 광마의 혈겁에 대해 책임을 면할 수 없소. 또한 당시 그 사실을 천하에 고하지 않았으니 세상을 기만한 것도 사실이오."

그는 군웅들을 둘러보며 말을 이었다.

"그러나 가문의 과오를 통탄해 백 년 동안 가문의 현판을 내리고 자숙해 왔으니 참으로 고통스런 자성의 세월이 아닐 수 없소. 우리 가문은 광마의 문제에 대해서는 이미 백 년 전의 일인데다 위지세가의 진심 어린 자책을 감안해 더는 거론치 않겠소."

철위진도 동조 의사를 밝혔다.

"광마의 혈겁이 엄청났던 것은 사실이지만 모든 책임을 위지세가에 묻는 것은 다소 과한 것 같소. 하나의 가문이 도의적인 죄책감 때문에 백 년 동안 현판도 걸지 못한 채 자숙했다는 것은 실로 전무무후한 일일 것이오."

그러나 당시 엄청난 피해를 입은 문파 측에서는 위지세가에 대한 성토로 목소리를 높였다.

"당시 광마로 인해 수백 명이 살해되었소. 게다가 이번에 십야혈루등주로 세상을 어지럽힌 자는 위지세가 일족임이 확인되었소. 단순한 자숙과 반성만으로는 부족하오. 보다 강력한 징계가 필요하오!"

"무림공법대로 처단합시다!"

한데 이때였다. 융중산 자락에서 연이어 함성이 터지며 폭죽이 치솟았다. 이는 누군가 침범했다는 경보였다. 이어 화전민 부락 입구에 배치된 있던 고수들 쪽에서 소란이 일어났다.

"위지불급이다!"

"어서 제지하라!"

과연 초옥의 마당 입구로 위지불급이 내려섰다. 뒤로는 수뇌들의 수행원들이 추격해 오고 있었다.

군계명이 나서 수행원들을 제지했다.

"멈추시오! 위지불급은 위지세가의 장손으로 자신의 집으로 돌아올 자격이 있소! 침입자가 아니니 물러들 가시오!"

수행원들은 의천신검의 말을 존중해 더는 위지불급을 제지하지 않았다.

"고맙습니다, 가주."

위지불급은 군계명에게 사례를 표하고는 마당으로 들어섰다. 군웅들은 좌우로 갈라서며 그가 들어설 수 있도록 길을 내주었다.

위지불급은 노가주 앞에 부복해 절을 올렸다.

"다녀왔습니다, 할아버님."

"쿨럭, 어찌… 되었느냐?"

"가문에서 내린 임무를… 완수했습니다."

위지불급이 비감 어린 어조로 아뢰자 노가주는 길게 탄식을 토했다.

"허어, 통재로다!"

위지불급은 부친에게도 절을 올렸다.

"어디까지 얘기가 됐습니까?"

"광마의 내력에 대해 모두 밝혔다."

"그렇다면 십야혈루등주에 대해서는 제가 밝히겠습니다."

"생사에 대해서만 확실히 밝혀라. 나머지 문제는 아비가 해결할 것이다."

"아버님, 제가 해결할 수 있도록 윤허해 주십시오."

"우리 가문의 가주는 아비다. 네가 나설 자리가 아니다."

부친의 엄한 지시에 위지불급은 비통함을 참으며 몸을 일으켰다. 그는 군웅들을 향해 돌아서며 예를 표했다.

"그동안 무림을 혼란에 빠뜨린 십야혈루등주는… 죽었습니다. 소생의 동생을 죽인 사람은… 바로 소생입니다."

장내의 분위기가 무겁게 가라앉았다.

십야혈루등주가 강호 제일악이라는 데는 누구도 이견을 제기하지 못한다. 그러나 그런 악인이 자신의 형제에 의해 살해됐다는 보고에 군웅들은 대부분은 씁쓸함을 곱씹어야 했다.

피를 나눈 형제끼리 검을 들이댔다는 것은 이유를 불문하고 비극이다. 어쨌거나 혈환마궁, 자명궁에 이어 십야혈루등주까지 제거되었으니 천하는 삼대악의 위협 속에서 완전히 벗어난 셈이다.

군사준이 위지불급의 손을 쥐며 위로했다.

"유감이오, 위지 형. 정말 유감이오. 다시는… 이런 비극이 일어나는 일이 없어야 할 것이오."

"미안하오, 군 형. 군천세가에게도 너무 큰 상처를 안겨주었소."

"잊읍시다. 나는 숙부를 잃었지만… 위지 형은 형제를 잃지 않았소?"

군계명은 군웅들을 향해 외쳤다.

"십야혈루등주는 분명 용서받을 수 없는 죄인이었소. 하지만 이미 형제의 손에 의해 죽었으니 우리 가문은 위지세가에 대해 더는 죄를 묻지 않겠소. 위지세가에서 십야혈루등주를 추살하기 위해 적극적으로 대처했다는 것은 제 살을 베어내는 아픔이라 사료되오. 개인적인 견해로는… 위지세가를 무림공적으로 지목한 결정은 철회되어야 마땅하다고 생각하오. 무림 동도들의 현명한 판단을 바라겠소."

십야혈루등주에 의해 살해된 총관 군산명은 군계명의 친아
우다. 한데 그가 자신의 아우를 살해한 자를 용서하겠다는 입
장을 표명하자 군웅들은 크게 술렁거렸다.

백리빙은 부친을 졸라댔다.

"아버님, 불급이 너무 안됐어요. 아무리 대의를 위해서라지
만 자신의 손으로 형제를 죽였으니 얼마나 가슴이 아프겠어
요? 돌아가신 숙부도… 위지세가를 원망하지 않을 겁니다."

이때 잠자코 듣고 있던 북궁휘가 언성을 높였다.

"동도들께서는 어찌 저들의 교활한 술책에 휘말리는 것이
오?"

철위진이 퉁명스럽게 내뱉었다.

"뭐가 교활하다는 것이오?"

"광마가 위지세가 일족이 아니라 공손무월임을 어찌 믿을
수 있겠소? 내가 알기로 천세무황께서는 말년에 선도를 수련
하기 위해 깊이 은거하셨소. 그분께 제자가 있었다는 얘기는
금시초문이오. 게다가 여러분들은 가장 중요한 사실을 잊고
있소. 위지문현이 왜 당대의 악마가 되었는지 위지세가는 그
연유를 밝히지 않았다는 점이오."

북궁휘는 장내의 시선을 자신에게 집중시키고는 얘기를 계
속했다.

"여러분은 광마가 위지세가에서 보유한 마경 때문에 악마
가 되었다고 들었을 것이오. 그리고 그렇듯 끔찍한 마경을 위
지세가에서 다시 회수했다고 밝혔소. 한데 백 년이 지난 지금

광마와 유사한 연쇄 살인마가 탄생했소. 왜 그런 일이 전개되었겠소? 바로 위지세가가 보유하고 있는 악마적인 무서 때문일 것이오. 내가 위지세가를 악의 가문으로 규정한 이유는 저들이 악마적인 무서를 지니고 있기 때문이오. 내 짐작이 틀렸는지 한번 확인해 보시오."

군웅들의 시선이 자연스럽게 위지명에게 옮겨졌다.

위지명은 이런 사태를 예감한 듯 조금도 동요하지 않았다.

"과연 천기무현다운 예리한 지적이군. 그렇소. 내 둘째 아들 역시 금역을 무단으로 침범해 어린 나이로 마경을 접하는 바람에 심마에 빠지고 말았소. 그래서 자신이 얼마나 잘못된 짓을 저지르고 있는지 전혀 인식치 못한 것이오."

백리장패가 격한 음성으로 물었다.

"대체 그 마경이 뭐요? 왜 그런 끔찍한 마경을 집 안에 둔 것이오?"

"그 마경은 서장 밀교에서 입수한 혼정심경(昏精心經)이오. 무공 절기가 아니라 고도의 정신세계를 다루는 밀교의 경전으로 우리 가문에서는 심마를 연구하기 위해 보유하게 된 것이오."

"그 마경 때문에 광마가 탄생했는데 왜 없애 버리지 않은 것이오?"

"광마의 정신적 착란과 광증에 대해 연구하기 위함이었소. 그래서 엄격하게 제한된 금역에 보관해 두었는데 둘째 녀석이 과도한 호기심으로 금역을 침범한 사실이 나중에 확인되었소."

"그 혼정심경은 지금 어디에 있소?"

"지난번 청풍공방이 잿더미로 변하면서 함께 소실되었소."

백리장패가 사자수염을 움켜쥐었다.

"그렇다면 이제 안심이군. 다시는 광마나 십야혈루등주 같은 살인마들이 튀어나올 일은 없겠어."

그러자 북궁휘가 다시 반론을 제기했다.

"무림동도 여러분, 왜 이렇듯 위지세가에 대해 관대한 것이오? 십야혈루등주는 우리 가문을 침범해 북궁사현을 비롯해 예순 명에 달하는 엄청난 살상을 저질렀소. 우리 가문뿐만 아니라 수많은 방파들이 피해를 입었소. 그런 악마를 길러낸 가문에게 어찌 면죄부를 줄 수 있단 말이오?"

위지불급이 감정을 참지 못하고 앞으로 나섰다.

"천하인 모두가 우리 가문을 미넌히고 성토할 수 있지만 북궁세가는 절대 그럴 수 없소."

"뭐라? 왜 우리 가문은 그럴 수 없다는 것이냐?"

"가주는 허황된 말로 천하인들을 기만했고, 우리 가문을 말살시키기 위해 갖은 모략을 일삼았소. 우리 가문이 혼정심경을 보유했지만 그것은 금지된 마경은 아니오. 그러나 북궁세가는 불마사악군상진을 보유하지 않았소?"

소림의 법장 대사가 부르르 전율했다.

"아미타불……! 북궁 가주, 탁세신룡의 말이 사실이오? 정녕 악마의 사찰 소뇌음사에서 유래됐다는 불마사악군상진을 알고 있소?"

북궁휘는 한마디로 일축했다.

"모략이오. 언급할 가치도 없소."

한데 북궁검민이 떨리는 음성으로 증언했다.

"사… 사실입니다. 북궁사현께서… 오랜 세월에 걸쳐 불마사악군상진을 수련하셨습니다."

충격적인 증언에 군웅들은 크게 술렁였다.

"그럼 사실이란 말인가?"

"금지된 악마진법을 보유했다면 비난받아 마땅하오. 아니, 누구든 금지된 마공을 지녔다면 무림공법으로 다스려야 하오!"

북궁휘는 딸을 매섭게 쏘아보고는 군웅들을 향해 외쳤다.

"무림동도들께서는 어찌 위지세가 일족이 되어버린 계집의 말을 믿으려 하시오? 우리 가문에는 금지된 악마진법 따위는 없소."

위지불급은 장삼자락을 밀치며 빈 칼집을 뽑아 들었다.

"그럼 이것은 어찌 해명하겠소?"

팍—!

칼집이 마당에 꽂히자 백리장패와 군계명이 한눈에 알아보았다.

"아니, 도룡도의 칼집이 아닌가?"

"자네가 어떻게 이것을……?"

위지불급은 동생을 통해 들은 중대한 사실을 군웅들에게 밝혔다.

"소생의 동생이 북궁세가를 찾아간 것은 십야혈루등주로서
가 아니라 청풍공방을 잿더미로 만든 복수를 하기 위함이었습
니다. 당시 그가 복면도 쓰지 않았고 혈등도 지니지 않았다는
것이 그것을 입증합니다. 그래서 당당히 자신의 이름과 신분
을 밝힌 것입니다. 당시 그는 도룡도를 지니고 있었습니다. 그
는 북궁세가와 함께 청풍공방을 잿더미로 만든 자명궁을 찾아
가 천자명왕을 죽이고 온 길이었지요."

군웅들은 북궁휘와 상반된 주장에 입을 다물지 못했다.

위지불급의 얘기는 계속되었다.

"한데 천기무현은 동생이 떨어뜨리고 간 도룡도를 수중에
넣자 마치 자신이 천자명왕을 죽인 것처럼 행세한 것입니다.
도룡도는 칼집에 도신의 도법이 새겨져 있기에 칼보다 훨씬
가치가 높습니다. 그것을 잘 아는 천기문현이 왜 도룡도만 지
니고 있겠습니까? 그것은 그가 천자명왕을 죽여서 도룡도를
얻은 게 아니라 소생의 동생과 한 싸움으로 인해 획득했기 때
문입니다."

벽력강의 가주 뇌을급이 눈을 부릅뜨며 물었다.

"위지 공자, 그럼 한 가지 묻겠네. 청풍세가의 참화 때 강력
한 화탄이 사용되었다고 들었는데 그것이 사실인가?"

"사실이오."

"하지만 당시 우리 가문은 잃어버린 것이 아무 것도 없었네.
도적은 벽력화탄이나 화탄제조법을 훔쳐 가지 않았네."

"뛰어난 암기력을 지닌 사람은 군이 화탄제조법이 기록된 책자를 훔쳐 갈 필요가 없소. 단지 훑어보는 것으로 화탄제조법을 머릿속에 담아둘 수 있소."

비로소 자신들이 기만당했다는 사실을 인식한 군웅들 모두가 분노했다.

"으음, 이럴 수기? 벽력강으로 침투한 도적이 천기무현이었을 줄이야."

"천자명왕을 죽이고 자명궁을 와해시켰다는 말이 새빨간 거짓이란 말인가?"

"결국 천기무현은 천하를 속인 악인이 아닌가?"

북궁세가의 부각에 누구보다 시기했던 백리장패가 언성을 높였다.

"이런 사기꾼을 보았나? 그렇다면 북궁세가는 한 일이 아무것도 없지 않은가? 쥐 대가리는 십야혈루등주에 의해 죽었고, 십야혈루등주는 위지불급의 손에 죽었다면 대체 북궁세가가 한 일이 뭐란 말인가? 그러면서 뻔뻔하게 자명궁을 궤멸시켰다고 나를 속여? 천기무현, 어디 입이 있으면 해명을 해라!"

북궁휘는 이미 대세가 위지세가 쪽으로 기울었다는 사실에 분통함을 금할 수 없었다. 하지만 그는 가문의 명예를 사수해야 했기에 끝내 자신의 과오를 인정하지 않았다.

"여러분들은 어찌 무림공적을 배출한 간악한 일족의 말만 신뢰하는 것이오? 여러분들은 불과 여섯 살짜리 아이가 지닌 끔찍한 천재성을 보시지 않았소? 절대 저들의 농간에 넘어가서는 안 되오!"

이때 북궁검민이 나서며 부친 앞에 털썩 무릎을 꿇었다.

"아버님, 누구나 과오를 저지를 수 있습니다. 그러나 그 과오를 인정하고 반성한다면 용서받을 수 있습니다. 위지세가가 그러했듯 북궁세가도 과오를 수용하십시오."

북궁휘는 냉담하게 쏘아붙였다.

"닥쳐라! 난 너 같은 딸년을 둔 적이 없다. 오늘은 이만 물러간다만 반드시 위지세가의 추악한 가면을 벗길 것이다."

그는 군웅들을 향해 포권을 표했다.

"보다 냉정하게 판단하시오. 위지세가 일족이 광마와 십야혈루등주를 배출한 악의 가문임을 잊어서는 안 되오."

그는 수행원들을 대동해 서둘러 융중산을 내려갔다.

위지세가의 말살을 강하게 주장한 북궁세가가 물러가자 군웅들은 위지세가에 대해 관대한 처분을 제기했다.

"십야혈루등주의 악행은 괘씸하지만 이미 죽었으니 한바탕 홍역을 치렀다고 생각합시다."

"동도들, 그동안 위지불급이 강호를 위해 얼마나 많은 공을 세웠소? 그의 공적은 동생의 과오를 씻어주기에 충분하다고 확신하오."

"광마의 혈겁에 대한 반성으로 백 년을 자숙해 온 위지세가의 진심 어린 반성을 높이 평가합시다."

군웅들의 의견이 어느 정도 일치를 보자 군계명이 제안을 내놓았다.

"이제 위지세가를 무림공적으로 지목한 결정을 철회해야 할 것 같소. 또한 위지세가가 다시 가문의 현판을 걸 수 있도록 인정해 주는 게 도리인 것 같소."

대세에 약한 사람이 백리장패였다.

"암, 당연히 그래야지. 현판조차 없는 가문이 어디 가문이라 할 수 있겠소?"

이때 위지명이 나서 군웅들에게 정중히 예를 표했다.

"여러분들의 관대한 처분에 감격을 금치 못하겠소. 그러나 가문을 잘못 관리하고 자식을 잘못 키운 이 사람의 죄는 결코 용서받을 수 없소."

비수들 뽑아 든 위지명이 그것을 자신의 심장에 꽂았다.

퍼억!

워낙 창졸간의 상황이라 위지불급조차 제지할 겨를이 없었다. 모두가 경악하고 모두가 충격에 젖었다.

위지명은 노가주 앞에 털썩 무릎을 꿇었다.

"아버님… 부모보다 먼저 떠나는… 이 불효막심한 자식을 용서… 하십시오."

노가주는 비통한 눈물을 흘리며 어렵사리 입을 열었다.

"가문의 모든 업보를… 네가 짊어지고… 가는구나."

비로소 충격에서 깨어난 위지불급이 부친을 부둥켜안았다.

"아버님, 아버님!"

위지명의 붉은 피가 흘러나왔다.

"불급아, 이제… 네가 우리 가문의 십삼대… 가주다."

"크으, 아버님! 백 년 만에 겨우 용서를 받았거늘… 왜 이러신 겁니까?"

위지명이 얼굴에 사신의 그림자가 짙게 드리워졌다.

"아비가 아니면… 누가 구천에서 방황할 문현이를… 지켜주겠느냐?"

"크으으, 아버님!"

"네 할아버님께… 아비가 못다 한 효도를 해야 한다."

북궁검민이 옆에서 꿇어앉으며 위지명의 손을 쥐었다.

"흑흑, 아버님……."

위지명은 힘겹게 미소를 지었다.

"아가… 부족한 불급이를… 부탁… 한다……."

절명.

위지세가의 제십이대 가주 위지명은 그렇게 생을 마감했다.

군웅들은 한 가문의 비극에 탄식을 지으며 하나둘 화전민 부락을 내려갔다. 비록 백 년 동안 두 번에 걸쳐 혈겁을 야기시킨 가문이지만 가주마저 자결한 상황이기에 다시는 죄를 물을 수 없는 상황임을 인식했다.

백리빙은 남아서 위지불급을 위로해 주려 했지만 부친의 손에 잡혀 강제로 끌려갔다.

"이 녀석아, 넌 위지세가 밖에서나 불급의 연인일 뿐이다. 넌 결코 조강지처인 검민을 앞설 수 없어."

天才家門

1

북궁세가를 찾아온 위지불급은 가슴에 상장을 달고 있었다. 갓 부친상을 치른 후라 몰골이 몹시 초췌했다.

넓은 연무장에는 위지불급과 북궁휘 두 사람이 대치해 있었다. 북궁세가의 무사들은 모두 연무장 밖에서 이를 지켜보고 있었다.

북궁휘가 먼저 입을 열었다.

"너희 가문의 보복을 위해 나를 찾아온 것이냐?"

"북궁세가를 위해 한 가지 충고를 해주러 왔소."

"충고? 어떤 충고냐?"

"현판을 내리고 십 년 동안 자숙하시오. 그러면 과오를 용서받을 수 있을 것이오."

"나는 용서를 받아야 할 만큼 잘못한 게 없다."

"천자명왕과 손을 잡고 청풍공방을 잿더미로 만든 죄를 끝내 부인하겠다는 거요?"

북궁휘는 끝까지 위지세가를 깎아내렸다.

"나는 백 년 동안 두 명의 악마를 배출한 악의 가문을 제거하려 했을 뿐이다."

위지불급은 더 이상 논쟁할 의미를 상실했다.

"충고를 거부한다면 내 손으로 북궁세가의 현판을 내려주겠소."

북궁휘는 가소롭다는 듯 조소를 머금었다.

"위지불급, 일전에 넌 내가 그린 매화도를 베지 못했다. 그 이유를 아느냐?"

"당시 나는 세월의 무게를 감당하지 못했소. 과연 여의신주에 담긴 신기는 대단했소."

"크핫, 역시 짐작하고 있었구나. 그렇다. 당시 나는 여의신주의 구결을 일성밖에 깨우치지 못해 백 년 세월밖에 담지 못했다. 한데도 넌 매화도를 베지 못했지. 지금의 나는 삼성의 성취를 이루었다. 이제 너는 삼백 년의 무게를 감당해야 할 것이다."

"기꺼이 도전해 보겠소."

위지불급은 오금죽장을 곧추세워 들었다. 대나무가 갈라지며 은천비검이 모습을 드러냈다.

북궁휘는 춤을 추는 듯한 기이한 자세를 취했다. 병기를 쥐지 않은 맨손이었지만 마치 몸 전체가 병기로 화한 듯 예리한 기운이 눈알을 찔렀다.

"여의신주에 담긴 절기는 주천비선무(宙天飛仙舞)다. 한 자락 춤사위에 세상을 담고 우주를 담았다."

"지나치게 거창하군. 아무래도 가주가 해석을 잘못한 것 같소."

"너의 무지함과 과문(寡聞)이 너를 죽게 만들었다고 생각해라."

북궁휘는 기이한 보법을 연출하며 소매를 휘저었다.

일순 그의 신형이 사라지며 회색 옷자락만이 세상을 휘감았다. 한 자락 춤사위에 세상을 담고 우주를 담았다는 그의 표현이 결코 지나친 과장은 아니었다.

'놀랍군. 세상에 이런 무학이 있단 말인가?'

위지불급은 양심신공을 펼쳐 한쪽으로는 무사천서를 떠올려 주천비선무의 원리를 파악하는 데 주력하고, 다른 쪽으로는 만상지존도에 그려진 천붕의 날갯짓에 몰입했다.

우우웅―!

묵직한 바람 소리와 함께 거대한 장인(掌印)이 천신의 손처럼 위지불급을 압박했다.

위지불급은 순간적으로 숨이 턱 막혔다.

거대한 장인을 통해 뿜어진 유구한 세월의 무게를 감당할 수가 없었다. 쥐고 있는 은천비검은 빛을 잃었고 아득한 현기증마저 느껴야 했다.

찰나지간 위지불급은 유구한 세월 뒤에서 내쉬는 숨소리를 들을 수 있었다. 주천비선무의 원리를 간파한 것이다.

"차앗!"

엄청난 압박감을 떨쳐 낸 위지불급은 바다를 박차고 치솟는 천붕처럼 비월했다.

번— 쩍—!

세상의 모든 어둠을 소멸시킬 강렬한 빛. 이어 하늘과 땅을 진동시킬 굉음이 울려 퍼졌다.

콰— 콰쾅—!

천신의 손과 같은 거대한 장인이 스러지며 북궁휘가 모습을 드러냈다.

"으윽, 이… 이럴 수가?"

주요 경락이 베어진 북궁휘는 피로 흠뻑 젖어 있었다.

정말 인정하고 싶지 않았지만 자신 패배를 인정할 수밖에 없었다. 또한 위지불급이 일부러 자신을 죽이지 않았다는 사실도 분명하게 느꼈다.

위지불급은 은천비검을 오금죽장으로 변환시켜 어깨에 걸쳤다.

"유감스럽게도 가주는 세월을 거꾸로 돌렸소."

"……?"

"무공을 잃었지만 세상을 살아가는 데는 문제가 없을 것이오."

"왜… 나를 죽이지 않은 것이냐? 네 동생은 우리 가문에서 거의 죽은 목숨이었다."

"문현에 대해서는 더 이상 거론하지 마시오……. 내 할아버님의 가르침 때문이었소. 훗날 내 아이들이 외조부에 대해 물을 때… 내가 아무런 말도 못해서는 안 된다고 하셨소. 무엇보다… 검민을 슬프게 할 수 없었소."

위지불급은 천천히 몸을 돌렸다.

"불마사악군상진을 펼치지 않아 정말 다행이오. 만일 악마의 진법을 펼쳤다면 북궁세가도 청풍공방처럼 잿더미로 변했을 것이오."

북궁휘는 눈알이 시리도록 푸른 하늘을 올려보고 있었다.

평생의 세월이 주마등처럼 뇌리로 스쳐 지나갔다. 한때는 원대한 야망까지 품었지만 이제는 회한만 남았다. 그러나 그는 오늘의 패배를 영원한 패배로 생각지 않았다.

포기를 하기에는 그의 높은 자존심이 허락지 않은 것이다.

그는 총관을 불러 지시를 불렀다.

"가문의 현판을 내려라. 향후 삼십 년 동안 봉문할 것이다. 세상이 우리 가문의 존재를 기억하지 못할 때… 북궁세가는 다시 깨어날 것이다.

2

뚝딱뚝딱……!

화전민 부락으로 오르는 길이 확장되고 사찰의 일주문처럼 대문이 없는 문루가 세워지고 있었다.

한쪽에서는 위지세가의 노가주가 커다란 현판에 글자를 쓰고 있었다. 평소에는 수전증 때문에 손을 심하게 떨었지만 붓을 쥔 지금은 한 치의 미동도 없었다.

심혈을 기울여 네 개의 글자를 쓴 노가주는 붓을 내리자마자 윤거에 주저앉았다. 극히 쇠약한 상태에서 과도한 기력을 소모한 것이다.

오래지 않아 현판에 글자가 선명하게 새겨졌다.

위지불급은 가주의 신분으로 사다리를 타고 올라 문루 상단에 현판을 부착했다.

노가주는 문루에 걸친 현판을 보고는 노안에 눈물을 글썽거렸다.

"쿨럭, 이제 죽어도… 여한이 없구나."

노가주는 위지불급과 북궁검민을 위시한 위지세가 일족들고 함께 문루의 현판을 향해 절을 올렸다. 백 년 만에 걸친 현판의 글자는 이러했다.

尉遲世家.

천재가문인 위지세가는 백 년의 자성을 통해 이렇게 다시 태어난 것이다.

『천재가문』完

작가후기

이번 작품을 진행하면서 인터넷을 통해 독자들의 반응을 점거하던 중 참으로 감동적인 감상평을 한 줄 발견하게 되었습니다.

"천재가문을 보면 청어람을 사랑하지 않을 수 없다."

그동안 필자가 접해온 감상평 중 가장 고맙고도 가슴 뭉클한 논평이었습니다.

독자들의 감상평은 대개 작품에 대한 평가나 작가의 성향만을 거론하는데, 이 감상평을 남겨주신 분은 청어람에서 좋은 작품을 출간했다는 과분한 만큼 후한 평가를 내려주셨습니다.

물론 천재가문에 대해 결코 호평만 있었던 것은 아닙니다. 공들여 쓴 것은 인정하지만 무협소설답지 않게 박진감이 없고 너무 말로만 해결하려 한다는 비평이 더 많았습니다.

독자 제현들의 질책을 충분히 수용합니다. 필자의 의도가 어떠하든 간에 보다 많은 독자들의 사랑을 받는 데 있어 여러모로 부족함이 있었음을 반성합니다. 그리고 이런 자성을 통해 향후 재미와 작품성을 고루 갖춘 글을 집필하는 데 더욱 정진하겠습니다.

그리고 이 지면을 통해 감동적인 감상평을 남겨주신 독자 분께 깊은 감사를 드립니다.

차기 작품의 제목은 〈천년제일세가(千年第一世家)〉입니다.

천재가문이 지혜를 중시하는 가문이었다면 천년제일세가는 철저하게 무(武)를 중시하는 가문의 이야기입니다. 그러나 시작부터 비극적인 참화가 시작됩니다.

〈천년제일세가〉는 〈검신〉, 〈이매전사〉, 〈마왕출사〉, 〈천재가문〉에 이은 다섯 번째 작품입니다.

끝으로 천재가문을 완독해 주신 독자 제현께 설날을 맞이해 큰 절을 올립니다.

청산 배상(拜上).

장랑
행로
張郎行路

진패랑 新무협 판타지 소설
FANTASTIC ORIENTAL HEROES

세상을 떨쳐울릴 영웅에게 뼈를 깎는
고난의 계절은 필연!

살수인 아비로 인해 공동파의 하늘 아래 갇힌 장랑.
그리고 그에게 닥친 상상불허의 절세 기연,

『강호잡기총요(江湖雜技總要)』

강호에 떠도는 오만 가지 잡동사니가 총망라되어 있는 서적.
그리고 거기에서는 천하제일검의 검법도 한낱 허접한 잡기일 뿐.
자상한 사부의 배려 아래 끝없는 성장을 거듭하여,
마침내 세상 밖으로 나서는데…

잔혹한 운명에 굴강하게 맞서나가는 장랑의 행로에 가슴 두근거린다.

유행이 아닌 자유추구 -
WWW. chungeoram.com

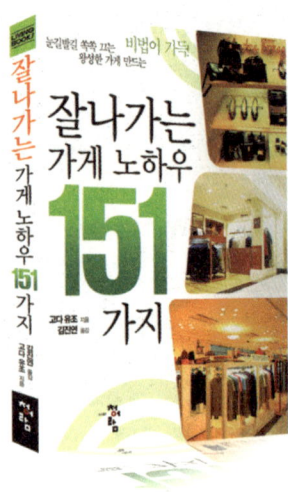

입소문을 통해 아는 분은 다 알고 계십니다!
올 한해 공인중개사 최고의 화제작!

1~2권 합본 | 이용훈 지음
3~4권 합본 | 이용훈 지음
5~6권 합본 | 이용훈 지음
용어해설 | 이용훈 지음

수험생 기본 필독서
만화 공인중개사

제목 : 만화공인중개사 쓰신 분에게 감사드립니다.

학원을 두 달 다녔어요 근데 과연 그 숫자 외우기 그런 게 몇 문제나 나올까 생각을 했어요
아니라는 생각이 드네요 학원강의를 뒤로하고 서점을 갔어요 내 머리에 가장 이해될 수 있는
책이 없나 하구요 거기서 만화를 발견했어요 무조건 세 번 봤어요 3개월 걸렸어요 문제집을 보라고
했는데 그건 시행을 못했어요 근데 합격을 했네요.
어떻게 감사의 말을 해야 될지…….
도서관에서 만화책 들고 다니니까 사람들이 비웃더라구요 만화책으로 공인중개사를 공부한다고
미친 사람처럼 보더라구요 근데 그거 다 감수하고 했던 내가 자랑스럽습니다.
어떻게 감사의 말을 해야 할지… 정말 감사합니다.
부디 행복하세요 제 나이 41살에 좋은 스승을 만난 것 같습니다.
엎드려 감사드립니다.

–본사 홈페이지에 독자분이 올린 메일 中에서 발췌–

2008년 봄 그들이 온다!!

권왕무적의 초우, 궁귀검신의 조돈형, 삼류무사의 김석진, 태극검해의
한성수, 프라우슈 폰 진의 김광수, 흑사자의 김운영, 송백의 백준 등

총 20여 명에 이르는 호화군단의 인더북 이북 연재 확정!!
그 외에도 많은 정상급 작가들의 이북 연재 런칭 예정!!

**포도밭 그 사나이, 새빨간 여우 등의 로맨스 정상급 작가
김랑의 작품을 이북 연재로 만나다!!**

오직 인더북에서만 독점 연재!!

아쉬움을 남기고 1부에서 막을 내린 **권왕무적 시리즈의 2부** 등 인기 작가들의 수준 높은
미공개 작품들이 시중에 책으로 출간되지 않고, 오직 인더북에서만 연재됩니다.

COMING SOON! INTHEBOOK.NET

1. 인더북의 이북 유료연재는 2008년 1월 말 ~ 2월 중순경 오픈
2. 인더북에 연재되는 작품들은 시중에 출판되지 않은 작품들로 엄선

*이북 유료연재의 새로운 도전! 그리고 새로운 시작! 인더북!!
곧 새로운 모습의 이북 연재 사이트로 여러분께 다가가겠습니다.*

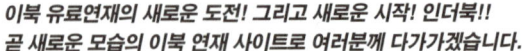